Georg Stern Denkmalsturz

Georg Stern wurde 1969 in Leipzig geboren, studierte Geschichte und Philosophie. Nach langjährigen Auslandsaufenthalten kehrte er vor einigen Jahren nach Leipzig zurück. Er lebt mit seiner Familie in der Nähe von Leipzig in einem ländlichen Anwesen. *Denkmalsturz* ist sein erster Kriminalroman.

Georg Stern

Denkmalsturz

Ein Leipzig-Krimi

Bild und Heimat

Die Handlung und alle handelnden Personen sind frei erfunden. Jegliche Ähnlichkeit mit lebenden oder realen Personen wäre rein zufällig.

ISBN 978-3-86789-499-9

1. Auflage

Umschlaggestaltung: fuxbux, Berlin
Umschlagabbildung: © MarclSchauer, shutterstock
Druck und Bindung: GGP Media GmbH, Pößneck

Ein Verlagsverzeichnis schicken wir Ihnen gern:
BEBUG mbH / Verlag Bild und Heimat
Alexanderstr. 1
10178 Berlin
Tel. 030 / 206 109 – 0

www.bild-und-heimat.de

Prolog

Aus der Dunkelheit waren wütende Rufe zu hören. Blindlings hastete er die Treppe hinauf. Die Stufen unter seinen Füßen nahmen kein Ende, hinter seinem Atem hörte er die Schritte der Verfolger. Die Tasche geriet ihm zwischen die Beine, er stolperte, fing sich rechtzeitig ab, rannte weiter. Die Treppe war eine Falle, er wusste es, aber es war zu spät. Die Angst trieb ihn vorwärts, die Angst war übermächtig. Einer der Männer würde ihm von der Nordseite her entgegenkommen, er konnte nicht wieder herunter, nur der Weg nach oben blieb. Furcht und Erregung jagten Adrenalin durch seinen Organismus. Seine Gedanken verwirrten sich. Wie ein Tier, das sich in einem Winkel verkriechen will, suchte er instinktiv nach einem Versteck, nach schützendem Dunkel, nach einer Höhle im Stein. Klein wollte er sich machen, winzig, Arme und Beine an den Körper drücken, die Augen zukneifen, wie es Kinder taten, wenn sie unsichtbar werden wollten. Die Explosion hatte die mittlere Tür aufgerissen, er sah ein rötliches Blinken. Sicher war ein Alarmsystem aktiviert worden, es musste doch bald jemand kommen, Polizei, Sicherheitsleute, wer auch immer. Durch den zerstörten Eingangsbereich gelangte er in die Krypta. Glassplitter knirschten unter seinen Schuhen, er lief durch eine graue Qualmwolke. Vorwärts hastend versuchte er sich zu orientieren, rechts von ihm befand sich eine Tür, er riss sie auf, eilte die enge Wendeltreppe hinauf. Als er keuchend auf den Außenrundgang huschte, schöpfte er Hoffnung. Über sich sah er den klaren Himmel, Sterne. An der nahe gelegenen Ausfallstraße fuhren Autos, eine Straßenbahn hielt zum Greifen nahe. Warum war er statt in das Denkmal nicht in diese Richtung gelaufen? Warum war er überhaupt in dieser Nacht hierhergekommen? Warum konnte er nicht einmal etwas richtig machen? Dieses eine einzige Mal. Vor Wut und Enttäuschung hätte er beinahe aufgeschrien, aber es gelang ihm die Zähne aufeinanderzubeißen, ein knirschendes Geräusch hallte in seinem Schädel. Einen Ausweg, dachte er, es gibt doch immer einen Ausweg, selbst in den düstersten Alpträumen gab es einen Ausweg, wenn man sich konzentrierte und sich bewusst machte, dass es ein Traum war, nicht die Wirklichkeit. Aber dies hier war real. Niemand würde plötzlich die Scheinwerfer anschalten und »Danke! Wir haben die Szene im Kasten« sagen. Mit großem Schwung schleuderte er die Aktentasche über die steinerne Brüstung in die Tiefe. Dann lief er bis zur nächsten Biegung des schmalen Balkons. An der Vorderseite des Turmes war ein Metallgitter über den Außenrundgang gespannt, kurz entschlossen, kletterte er auf die niedrige Brüstung und klammerte sich an das Gitter. Er versuchte das Zittern zu unterdrücken, das seinen ganzen Körper ergriffen hatte und das Gitter, an dem er sich festkrallte, leise vibrieren ließ.

Nichts war zu hören gewesen, aber eine Gestalt erschien lautlos an der Ecke, blieb unter ihm stehen, duckte sich, bereit, einen Angriff abzuwehren. Mit dem Mut der Verzweiflung löste er sich vom Gitter, sprang mit einem Schrei auf die Gestalt, die mit ihm zu Boden ging. Er versuchte den Mann niederzuringen, über ihn hinweg wieder zur Tür zu gelangen, aber sein Gegner war stark. Mit einem dumpfen Knurren wurde er gepackt, seine Arme umklammert und fest an den Körper gedrückt. Dann verlor er den Boden unten den Füßen, er wurde einfach hochgehoben. Er wand sich und schrie, spürte den heißen Atem des Mannes in seinem Nacken. Für einen Moment wurde ihm schwarz vor Augen, als er gegen die Brüstung geschleudert wurde. Wieder nach oben gezerrt, wollte er sich festklammern, aber seine Finger glitten über die Steinfläche, ohne Halt finden zu können. Sein langgezogenes Schreien verhallte, unterbrochen von einem dumpfen Schlag, dem ein zweiter Aufprall folgte, dann hatte das Schreien aufgehört, und es war still.

I

Ungeduldig sah Katja Friedrich dem Ziel ihrer Reise entgegen, als der Zug endlich die Elbe und kurze Zeit später auch die Mulde überquerte. Sie war am Vormittag von Brüssel nach Berlin geflogen und hatte den ersten Zug genommen, der nach Leipzig fuhr. Sie hatte einen kleinen Koffer und eine lederne Reisetasche dabei, es sah aus, als ob sie eine Urlaubsreise antreten wollte, aber das war es nicht. Es gab nicht viel, was sie in ihrem möblierten Zimmer in der Rue de Chambéry zurückließ, nichts, was sie vermissen würde jedenfalls, und das, obwohl sie dort fast fünf Jahre gelebt hatte. Diese Jahre waren in rasendem Tempo vergangen. Immer war Katja beschäftigt gewesen: die Arbeit am Institut, ein Intensivkurs Französisch, Ausflüge nach Frankreich und Luxemburg, dann die Unternehmungen mit Gerald, zwei-, dreimal im Jahr hastige Besuche bei ihren Eltern. Dennoch hatte sich zunehmend eine Leere eingestellt, und sie hatte gespürt, dass ihr das Leben zwischen den Fingern hindurchrann wie Sand. Sand, so feinkörnig, dass er sich nicht festhalten ließ, selbst wenn man die Hand zur Faust ballte. Dieser Gedanke war ihr zum ersten Mal in Brügge gekommen, kurz nach ihrem dreißigsten Geburtstag. Sie erinnerte sich noch genau daran. Gerald war mit ihr nach Brügge gefahren, es war sein Geschenk. Du wirst diese Stadt lieben, hatte er gesagt. Alle lieben Brügge. Aber das, woran sie sich am deutlichsten erinnerte, wenn sie an Brügge dachte, war ein Schaufenster, das mit Biergläsern und Sanduhren dekoriert war. Sanduhren, durch die Katjas Lebenszeit lief, unaufhörlich. Schlagartig war ihr damals klargeworden, dass Brüssel und ihre Beziehung zu Gerald eine Sackgasse waren. Es würde nicht weitergehen. Am Institut nicht und vor allem mit Gerald nicht. Sie waren seit vier Jahren zusammen und sie könnten noch weitere Jahre zusammenbleiben, aber es würde sich nichts ändern Gerald war in seine Unabhängigkeit verliebt, er würde sie nicht für ein Familienprojekt aufgeben. Und selbst wenn die Gerüchte um eine Schließung des Instituts übertrieben sein sollten, würden mit Sicherheit etliche Stellen gestrichen werden. Sie war noch nicht lange genug dabei, um auf der sicheren Seite zu sein.

Katja strich sich eine Haarsträhne aus dem Gesicht. Es war eine Illusion gewesen, zu glauben, dass sie in Brüssel heimisch werden könnte. Die Stadt war aufregend fremd gewesen, aber ihr war klargeworden, dass sie nicht für alle Ewigkeit dort leben wollte. Es war an der Zeit, die Dinge in die Hand zu nehmen und die Zukunft zu planen.

Katja kramte ihr Telefon aus der Tasche, sie musste Bernhard anrufen. Er hatte sie unbedingt schon am Bahnhof abholen wollen, aber das hatte sie ihm ausgeredet. Sie freute sich zwar auf ein Treffen mit ihm, aber instinktiv spürte sie, dass Bernhard sich immer noch Hoffnungen auf mehr als eine gute Freundschaft machte, und sie wollte ihm keine Enttäuschung bereiten müssen. Schwieriges Terrain. Sie mochte ihn sehr gern, aber sie waren nie ein Paar geworden. Bernhard war schon immer ein bisschen schrullig gewesen, dachte Katja amüsiert. Lieber hatte er über seinen Papieren und Büchern gehockt, statt auszugehen. Er hatte sich schon früh für Geschichte interessiert und alles über die Stadt gewusst, er hatte Vorträge zur Völkerschlacht gehalten, die hier einmal getobt hatte, oder zu den großen Handelshöfen der Pelzhändler am Brühl.

Sie musste unwillkürlich lächeln, als sie sich an Bernhard erinnerte und sich vorzustellen versuchte, wie er jetzt wohl aussehen würde. Sie hatten sich seit mehren Jahren nicht gesehen. Ab und an hatten sie sich immer noch E-Mails geschrieben, aber Bernhard schickte keine Fotos, und wenn, dann nur per Post irgendeine historische Stadtansicht, die er auf dem riesigen Flohmarkt in den agra-Hallen von Markleeberg aufgestöbert hatte. Bernhard hatte früher lockiges blondes Haar gehabt. Ohne die sperrige Brille hatte er sogar gut ausgesehen, und vielleicht wären sie auch einmal im Bett gelandet, wenn er nicht so verdammt schüchtern gewesen wäre. Ob Bernhard inzwischen endlich eine Freundin hatte? Sie wünschte es ihm aufrichtig. Katja spürte, wie aufgeregt sie wurde, je näher sie der Stadt kam. Es war etwas anderes für ein, zwei Tage auf Besuch zu ihren Eltern in die Kleinstadt zu kommen. Doch jetzt kam sie für immer zurück. Ja, für immer. Der Gedanke fühlte sich verdammt gut an. Gedankenverloren legte Katja das Telefon wieder zur Seite, sie würde Bernhard später anrufen. Zu viel ging ihr jetzt durch den Kopf.

Wie in einem Zeitraffer sah sie die vergangenen Jahre am Abteilfenster vorbeirauschen: ihre Kindheit und Schulzeit in Leipzig, der Umzug mit den Eltern nach Brandis, das Studium in Freiburg, es war ihr damals so weit weg erschienen, der Schwarzwald, die Ausflüge in die nahe Schweiz und nach Frankreich. Es war eine andere Welt, ohne zerfallende Fabrikgebäude und Plattenbau-Viertel. Ihren Eltern hatte es gefallen, sie waren zwei, dreimal auf Besuch gekommen. Freiburg war eine Idylle gewesen, an die Wohngemeinschaft in der Reiterstraße mit Leonore und Kai dachte sie gern zurück. Von ihrem Zimmer aus hatte Katja auf kleine Häuser und riesige Fichten geblickt, es war fast schon so, als ob man am Waldrand wohnen würde. Ihr Leben hatte sich dort zwischen WG, Universität und dem Studentencafé abgespielt, in dem sie als Aushilfe an der Bar gearbeitet hatte, um sich Taschengeld zu verdienen, wenn das Bafög nicht gereicht hatte. Schon damals hatte sie überlegt, nach dem Studium nach Leipzig zurückzugehen. Aber es wäre ihr wie eine Niederlage erschienen. Sie hätte wieder bei ihren Eltern gewohnt. Vorerst jedenfalls. Und es hatte keine Stelle an der Universität für sie gegeben. Nein, sie hatte gespürt, dass sie die Welt erobern musste. Freiburg aber war noch nicht die Welt. Freiburg war eher ein geschütztes Biotop.

Nach dem Studium in Freiburg und den Jahren am *Centre de Recherche en Ethnologie européenne* in Brüssel hatte sie jetzt eine Entscheidung getroffen. Vielleicht hatte sie den geheimen Wunsch schon viel länger verspürt, und als die Gelegenheit gekommen war, hatte sie nicht lange nachdenken müssen. Auf die Ausschreibung des Grassimuseums für Völkerkunde hatte sie sich noch am selben Tag beworben. Dann hatte sie Bernhard und Simone in einer E-Mail geschrieben, dass sie kommen würde. Mit Gerald hatte sie erst einige Tage später gesprochen. Da war eigentlich schon alles entschieden. Es war, als hätte sie zuerst die Brücken hinter sich abbrechen wollen, damit er sie nicht mehr umstimmen konnte.

Gerald. Sie musste sich zusammenreißen, um nicht in Tränen auszubrechen. An welchem Punkt war es schiefgegangen? Gab es überhaupt einen bestimmten Punkt, oder war es nicht eher ein schleichender Prozess gewesen? Sie wusste es nicht. Irgendwann hatte sie mit Erschrecken festgestellt, dass ihr die Leidenschaft abhandengekommen war. Vieles war zur Routine geworden. Manchmal war das sogar angenehm, die Dinge mussten nicht ständig neu bestimmt werden, aber das Leben und die Liebe wurden damit auch vorhersehbar. Dass war die Zeit, in der sie angefangen hatte, Gerald zu beobachten. Sie hatte sich gefragt, ob auch ihm die Leidenschaft abhandengekommen war, ob er ihr nur noch etwas vormachte, weil er das Gewohnte nicht aufgeben mochte.

Als sich die Schienenstränge immer weiter verzweigten und endlich die gewölbten Hallen des Hauptbahnhofs und links dahinter die beiden Hochhäuser auftauchten, begann Katjas Herz schneller zu schlagen. Sie war wieder in Leipzig, war endlich wieder da. Nicht für ein Wochenende auf Besuch, nicht für einige Tage auf Zwischenstation. Nein, sie hatte sich entschieden, sie war dieses Mal zurückgekommen, um zu bleiben.

»Ausstieg in Fahrtrichtung rechts!« Die Durchsage riss Katja endgültig aus ihren Gedanken. Sie wartete bis die anderen Fahrgäste ausgestiegen waren, als Letzte stand sie auf, nahm ihre Tasche und ging zur Tür. Sie konnte sich alle Zeit der Welt nehmen, es wartete niemand. Ihre Eltern wussten nicht, dass sie gekommen war, und sie hatte auch Bernhard und Simone nicht geschrieben, mit welchem Zug sie ankommen würde, denn diesen Moment und dieses Gefühl hatte sie für sich allein haben wollen. Das Gefühl, wieder zu Hause zu sein.

2

Die Angst kam aus den Winkeln des Raumes gekrochen. Schlich sich unmerklich heran. War zuerst nur in ihren Gedanken, flutete dann in stärker werdenden Wellen durch ihren Körper. Zuerst kaum spürbar, eine Ahnung nur, ein leichtes Unbehagen. *Was ist denn los?* Provozierte dann Unsicherheit und Blicke, hastig über die Schulter. *Da ist doch nichts, Beata! Mach dich nicht lächerlich.* Rückte aber unaufhaltsam weiter heran, diese Angst. Machte sich breit und schwer. Es nützte auch nichts, in den Garten hinauszugehen. Draußen war es nämlich auch nicht besser. Nicht nur im Haus, auch hier gab es viele Verstecke für die Angst. Die leeren Fensterhöhlen des Nachbarbungalows, die Ligusterhecke, die düsteren Blautannen vorn an der Einfahrt. Beata hätte sich eine lärmende Großfamilie gewünscht, die im nächsten Garten eine Grillparty veranstaltete. Aber es war kein Mensch zu sehen, obwohl in Sichtweite zwei, drei Wagen standen. Es war still in der Siedlung. Normalerweise lief doch meist irgendwo ein elektrisches Gartengerät, eine Säge oder ein Rasenmäher oder weiß der Teufel was auch immer. Aber heute war es vollkommen still und der

Himmel hing voller grauer Wolken, sicher würde es bald anfangen zu regnen. Beata war fast schon dankbar als irgendwo in der Nähe ein Hund zu bellen begann. Sie zündete sich eine Zigarette an. Vielleicht müsste ich etwas tun, um mich abzulenken, dachte sie. Den Rasen mähen oder die Hecke verschneiden. Aber der Rasen war kurz, und die Hecke sah auch nicht so aus, als ob sie geschnitten werden müsste. »Niemand weiß, dass du hier bist«, murmelte sie. »Mach dich locker, Beata.« Sie schnippte die Zigarettenkippe fort, ging ihr nach und trat energisch die Glut aus.

Im Haus durchstöberte sie die Küchenschränke und atmete auf, als sich eine Flasche Eierlikör fand. Sie machte sich eigentlich nichts aus Likör, aber im Moment hätte sie so ziemlich alles getrunken. Am liebsten einen großen Wodka. Sie schenkte sich ein und schüttete die klebrige Flüssigkeit in einem Zug hinunter. Der Eierlikör war weniger schlimm als befürchtet. Wahrscheinlich selbstgemacht, mutmaßte sie. Silke machte alles Mögliche selbst. Cassis aus den Johannisbeeren und Limonade aus Holunderblüten. Sie hatte ein Händchen für solche Sachen, Marmeladen, eingelegte Gurken und leckere Kuchen. Silke war die perfekte Hausfrau, dachte Beata, nicht ohne einen Funken Neid zu verspüren. Sie selbst war schon froh, wenn sie es einmal schaffte, am Wochenende zu kochen. Sie schenkte sich nach. Der Likör wärmte, schmeckte süß und ein bisschen nach Kognak. Die Angst kroch wieder zurück in dunkle Winkel, unters Bett, hinter den Schrank. Machte sich klein und unsichtbar. Beata ließ sich auf die Couch fallen, hüllte sich in eine Decke, zog die Beine nach oben. Dann griff sie nach ihrem Telefon. Sie musste jetzt mit jemandem sprechen, die Stille war unerträglich.

3

Der Mann, der in einem schwarzen Geländewagen vor dem Haus Windscheidstraße 49 wartete, war schlechtgelaunt. Es war einfacher gewesen, die Frau zu überwachen. Die hatte regelmäßige Zeiten gehabt. Bis sie verschwunden war jedenfalls. Der Typ im Haus aber war den ganzen Tag noch nicht rausgegangen. Unklar, was er die ganze Zeit machte. Hatte vielleicht keinen Job. Musste nirgendwo hin. Einkaufen aber doch. Oder er hatte etwas gemerkt und war längst durch die Hintertür verschwunden. Das wäre schlecht, ganz schlecht.

Die Straße vor dem Haus war wie leer gefegt, er konnte nicht einfach aus dem Wagen aussteigen, zur nächsten Ecke gehen und dann wieder zurück. Jemand, der aus dem Fenster schaute, könnte ihn später erkennen. Wäre absolut unprofessionell. Er blickte genervt auf die Uhr. Wie lange sollte das noch so weitergehen? Warten war nicht seine Spezialität. Außerdem hatte er Hunger. Mittag war lange vorbei. Die Haustür öffnete sich. Er rutschte tiefer in den Sitz, griff nach dem Telefon. Eine junge Frau kam aus dem Haus, umständlich bugsierte sie ein Fahrrad nach draußen. Der Mann im Auto fluchte leise. Wieder nichts. Wenn es nach mir gehen würde, dachte er wütend, würde ich einfach reingehen und mit dem Typ ein paar Worte reden. Er lächelte bösartig. Vielleicht war die Frau bei ihm. Dann wäre das ein Aufwasch. Ganz sicher, dass sich die Angelegenheit in wenigen Minuten erledigen ließ. Aber genau das hatte ihm Frank ausdrücklich verboten. Keine Ahnung, warum. Vielleicht gab es da Dinge, die man ihm nicht gesagt hatte. Frank sagte ihm ja sowieso nie alles. Der hielt sich ja immer für superschlau. Aber den Schlamassel, den sie jetzt am Hals hatten, den hatte auch Frank nicht vorausgesehen. Im Rückspiegel sah er einen Polizeiwagen langsam herankommen. Mit misstrauischen Blicken verfolgte er den Wagen, der in eine

Nebenstraße abbog. Frank hatte ihn beschimpft, weil er die Frau verloren hatte. Dabei war es nicht seine Schuld. Er hatte die ganze Wohnung auf den Kopf gestellt, danach den Rechner zu Frank gebracht. In der Zwischenzeit musste sie nach Hause gekommen sein. Als sie gesehen hatte, was los war, hatte sie sich aus dem Staub gemacht. Mike grinste. Wahrscheinlich ging ihr der Arsch auf Grundeis. Hatte vielleicht nicht mal eine Anzeige gemacht. Und falls doch, dann war es auch egal. Die Bullen würden es als ganz normalen Wohnungseinbruch abhacken. Passierte schließlich jeden Tag irgendwo in der Stadt. Frank sollte sich wieder einkriegen. Die Puppe würde schon zurückkommen. Und falls sie sich bei ihrem Typ verkrochen hatte, würde er sie eben hier schnappen.

4

Bernhard dachte an Katja und freute sich. Er spielte schon seit geraumer Weile mit dem Gedanken, sie doch noch anzurufen. Katja hatte gesagt, sie würde sich bei ihm melden. Und wie immer hatte er brav zugestimmt und wartete jetzt. Aber warum eigentlich? Er hatte sie jahrelang nicht gesehen, hatte schon fest damit gerechnet, dass sie in Brüssel bleiben und diesen Gerald heiraten würde. Aber in ihren letzten E-Mails hatte das plötzlich gar nicht mehr so geklungen. Sie war nicht konkret geworden, aber er hatte ihre Unzufriedenheit herauslesen können. Bernhard wollte sich trotzdem keine Hoffnungen machen. Katja mochte ihn, sie waren früher gute Freunde gewesen und diese Freundschaft hatte auf wundersame Weise die Jahre überdauert, aber mehr auch nicht. Sie hatte gewollt, dass es so blieb, das hatte sie ihm schon vor langer Zeit einmal deutlich klargemacht, und es gab leider keinen Grund zu der Annahme, dass sich daran etwas geändert hätte. Manche Dinge änderten sich nicht, das musste man hinnehmen. Leider.

Aber Bernhard hatte auch das unbestimmte Gefühl, dass er schon zu lange viel zu viel hingenommen hatte. Für die meisten seiner Bekannten und Freunde war er der gutmütige, leicht verschrobene Bernhard. Ein freundlicher, harmloser Zeitgenosse, der sich nur für seine berufliche Welt interessierte. Für die Fakultät, eine neue Publikation, eine kontroverse Fachdebatte. Auch unter seinen Studenten galt er als farblos. Ja, das war vielleicht sogar das Schlimmste, weil es ihn traf: der dumme und oberflächliche Vorwurf, farblos zu sein. Ein harmloser Trottel, wenn man es etwas brutaler ausdrücken wollte. Aber das war er ganz bestimmt nicht. Mancher würde sich noch wundern. Dieses Mal war er am Drücker. Er hatte sich alles gut überlegt. Beata würde nichts erfahren. Sie hatte ihn nicht mit hineinziehen wollen, aber jetzt müsste er sie beschützen. Diese Leute würden sich auf ihn konzentrieren. Es war ein riskantes Spiel, aber er hatte sich abgesichert. Bei der Übergabe würde er ihnen klarmachen, dass es für beide Seiten von Vorteil war, wenn sie mit offenen Karten spielten. Sie würden ihm Geld geben müssen. Viel Geld. Denn für diese Leute stand viel auf dem Spiel. Er hatte die Dokumente gelesen, eins und eins zusammengezählt. Dann hatte er recherchiert. Wenn er nicht ganz falschlag, würden sie sich sein Schweigen einiges kosten lassen.

Aber er würde nur ein einziges Mal Geld verlangen. Geld, das nicht auf irgendein Konto gehen sollte, denn dort wäre es nicht sicher, das ließ sich heute alles nachvollziehen und die Steuer könnte sogar noch Jahre später dahinterkommen. Nein, er würde es nirgendwo einzahlen. An einem sicheren Ort würde er es verwahren und nach und nach ausgeben. Weiterleben wie bisher, aber mit einem monatlichen Einkommen. Er lachte nervös in sich hinein. Er wollte in Ruhe sein Manuskript beenden. Keine unbezahlten Rechnungen mehr. Anständiges Essen, guter Wein. In der Küche schenkte er sich aus einer angebrochenen Flasche Château Potensac ein halbes Glas von dem edlen Bordeaux ein. Nicht zu viel, ermahnte er sich. Nicht zu viel trinken jetzt.

Katja wollte sich bei ihm melden, sobald sie in Leipzig angekommen war. Angeblich hatte sie noch nicht genau sagen können, mit welchem Zug sie aus Berlin kommen würde. Aber er hatte den Verdacht, dass sie bloß nicht am Bahnhof von einem Empfangskomitee abgeholt werden wollte. Er lächelte. So gut kannte er Katja nach all den Jahren, um zu wissen, dass sie solche Szenen gern vermied. Bernhard hatte ihr angeboten, bei ihm zu wohnen, falls sie nicht zu ihren Eltern wollte, aber sie hatte gesagt, sie habe sich schon bei einer Freundin einquartiert.

Mit dem Weinglas in der Hand ging er wieder hinüber in sein Arbeitszimmer.

Bernhard sah zum wiederholten Mal auf seine Armbanduhr. Er musste sich eingestehen, dass er nervös war. Die Übergabe sollte morgen Vormittag stattfinden. Bei Karstadt. Er hatte es genau geplant. Das Wasserbecken mit der großen Fontäne im Erdgeschoss war ideal. Er war mehrfach dort gewesen, um sich alles genau anzuschauen. Sogar wo die Überwachungskameras hingen, wusste er. Die Kopien würde er zuvor noch in einem Bankschließfach deponieren. Für diese Leute war es das Einfachste zu zahlen. Die Summe war realistisch. Dennoch. Es gab natürlich ein Risiko. Das Risiko, dass sie ihn loswerden wollten. Aber ohne Risiko ging es eben nicht.

Er hatte die Zugverbindungen im Kopf. Den ICE, der Leipzig gegen vierzehn Uhr erreichte, hatte sie offenbar nicht genommen. Der nächste Zug würde erst in eineinhalb Stunden ankommen. Es war noch Zeit. Mehr als genug Zeit. Wieder sah er auf seine Armbanduhr. Er mochte seine Uhr. Junkers Bauhaus. War nicht ganz billig gewesen. Automatik, sechsundzwanzig Steine, Glasboden. Das Fabrikat erinnerte an Hugo Junkers. Industrieller mit Geschichte. Die meisten Leute verbanden damit nur Kriegsproduktion. Ju 52. Dass Hugo Junker sich dagegen gewehrt hatte, von den Nazis schon 1933 enteignet wurde, dass er ein genialer Unternehmer gewesen war, das interessierte alles nicht. Industriegeschichte. Mitteldeutschland. Untergegangen im Treibsand der Geschichte wie so vieles. Am liebsten hätte sich Bernhard sofort wieder seiner Arbeit zugewandt. Auf dem Schreibtisch lagen Fotos vom Leipziger Hauptbahnhof, vom Völkerschlachtdenkmal und einigen anderen Gebäuden, darunter auch Wohnhäuser. Allesamt waren sie von dem Architekten Clemens Thieme gebaut worden. Thieme war es auch gewesen, der die Initiative zum Bau eines Völkerschlachtdenkmals ergriffen hatte. Ohne ihn, dachte Bernhard, wäre es vielleicht nicht dazu gekommen. Aber warum hatte sich Thieme so vehement für den Bau eingesetzt? Interessant war die Tatsache, dass der ursprüngliche Entwurf zum Denkmalbau von einem anderen Architekten stammte, von dem Berliner Bruno Schmitz. War es Zufall, dass sie beide dem Bund der Freimaurer angehörten, wie man heute wusste? Bernhard hielt die Theorie, dass es sich bei dem Denkmalbau nicht nur um ein Denkmal, sondern auch um einen gigantischen Tempel der Bruderschaft handele, für übertrieben. Allerdings – die Symbolik war nachweislich vorhanden, war gar nicht zu übersehen. Es gab fast schon zu viele eindeutige Bezüge. War das noch etwas, was man der Geschichte der Ornamentik zuordnen konnte? Der geometrische Stil sprach dafür, andererseits war nicht auszuschließen, dass es sich vor allem um die ideologische Botschaft handelte, die man im und durch das Bauwerk »lesen« konnte. Bernhard hätte sich gern mit einem der heutigen Logenmitglieder darüber ausgetauscht, aber würde man dort überhaupt mit ihm sprechen? Waren diese Leute nicht für ihre Geheimniskrämerei bekannt?

Das Klingeln des Telefons riss ihn aus seinen Gedanken. Hastig stellte er das Weinglas ab und eilte in den Flur.

»Hallo Bernhard!« Katjas lebhafte Stimme ließ sein Herz schneller schlagen. Katja! Endlich meldete sie sich.

»Bist du schon in Leipzig?«

»Gerade angekommen, und du bist der Erste, den ich anrufe, Bernhard.«

»Wo treffen wir uns, ich könnte mit der Bahn …«

»Bernhard«, Katja zögerte kurz, aber dann sprach sie schnell weiter, »sei mir nicht böse, aber ich würde unser Treffen gern auf morgen vertagen. Ich bin ziemlich erledigt, der ganze Reisestress. Und dann – ich will erst mal richtig ankommen.«

Bernhard war enttäuscht, versuchte es sich aber nicht anmerken zu lassen. Er wollte sie doch nur begrüßen, kurz sehen, vielleicht einen Kaffee mit ihr trinken. Es war ihm schon komisch vorgekommen, dass er sie nicht am Bahnhof abholen durfte. Hatte sie etwa schon wieder einen neuen Freund, nachdem sie mit Gerald Schluss gemacht hatte?

»Wie sieht es morgen bei dir aus, bist du im Institut?«

»Morgen Vormittag habe ich schon etwas vor«, hörte er sich zögerlich antworten.

»Ich kann dich von der Uni abholen und wir gehen zusammen Mittagessen, was hältst du davon?«, sagte Katja.

»Nein«, sagte Bernhard schnell, »das geht nicht, nicht von der Uni. »Ich bin morgen unterwegs. Muss etwas recherchieren. Besser wir treffen uns erst am Nachmittag.«

»Okay, Nachmittag ist auch gut. Hast du einen Vorschlag? Gibt es ein neues tolles Café in der Stadt?«

»Da fragst du den Richtigen«, Bernhard lachte. »Du weißt doch, dass ich nicht so oft ausgehe.«

Auch Katja lachte. »Ich glaube, es wird Zeit, dass wir das ändern, mein Lieber. Wie wäre es mit dem *Café Schiller*?«

»Einverstanden.«

»Also dann im *Schiller*, sagen wir fünfzehn Uhr, ich freue mich.«

Bernhard hatte den Hörer noch in der Hand, obwohl die Verbindung schon eine Weile unterbrochen war. Es war wie früher. Nichts würde sich ändern zwischen Katja und ihm. Er wusste es, er hatte es ihrer Stimme angehört. Er würde auf ewig der beste

Freund bleiben. Nicht mehr und nicht weniger. Wieso habe ich mir überhaupt Illusionen gemacht, fragte er sich. In einem gewissen Alter ändern sich die grundlegenden Dinge nicht mehr. Solltest du eigentlich wissen. Bernhard ging langsam ins Wohnzimmer hinüber und trank den Rest Wein. Eine Weile stand er am Fenster und starrte gedankenverloren hinaus. Auf der anderen Straßenseite stand ein schwarzer Geländewagen, der stand da schon seit Stunden. Ein Mann hockte zusammengesunken hinter dem Steuer. War vielleicht eingeschlafen.

5

Leo hatte sich das grüne Sporthemd übergestreift, die Turnschuhe zugeschnürt und das Basecap tief in die Stirn gezogen. Er war immer noch stolz auf seinen Einfall, sich als Jogger zu verkleiden. Es war simpel, aber gerade deshalb die perfekte Tarnung. Er hatte noch eine zweite Ausrüstung, einen schwarzen Adidas-Anzug. Hose und Jacke. Für besondere Anlässe, dachte Leo und grinste in sich hinein. Heute Abend würde es einen besonderen Anlass geben. Einen außerordentlichen Anlass. Aber bis dahin waren noch einige Stunden Zeit, in denen letzte Vorbereitungen zu treffen waren. Er durfte nichts dem Zufall überlassen. Nichts durfte schiefgehen im letzten Moment. Er musste sich konzentrieren und wachsam bleiben. Mit dem grünen Sportdress und dem Basecap war er einfach nur der Jogger, der hier wie schon seit Wochen seine täglichen Runden lief. Niemand hätte ihn in diesem Aufzug erkannt. Das war wichtig. Er machte sich locker, schüttelte die Arme aus, lief los, seine Augen blickten rasch in die Runde. Heute war nicht viel los. Eine verspätete Touristengruppe, die sich vom Parkplatz her auf den Turm zubewegte, die waren sicher mit einem Bus gekommen, weiter oben an den Treppen ein Pärchen,

Studenten vielleicht, die den Sonnenuntergang genießen wollten. Niemand, der für ihn von Bedeutung war. Leo hatte sich inzwischen einen Blick für die Leute antrainiert. Er wusste meistens sofort, ob es Touristen waren, auch wenn sie ausnahmsweise einmal nicht fotografierten. Es war die Art, wie sie sich bewegten, sie strahlten Unsicherheit und Vorsicht aus. Ihre Blicke, die das unbekannte Territorium scannten. Die Letzten verschwanden spätestens, wenn es dunkel wurde. Problematischer waren die Fotografen. Manche blieben auch noch nach Einbruch der Dunkelheit, um ein nächtliches Foto vom angestrahlten Turm zu schießen.

Leo hatte beschlossen, wachsam zu sein. *Den Gegner nie unterschätzen.* Aber wer war der Gegner eigentlich? Sie hatten sich bisher nie zu erkennen gegeben. Aber Leo gab sich keinen Illusionen hin. Sie waren da, auch wenn sie unsichtbar blieben. Jederzeit konnten sie überraschend zuschlagen, konnten sie aus dem Nichts auftauchen, um ihn zu vernichten. Man durfte diesen Gegner auf keinen Fall unterschätzen. Vielleicht hatten sie Leo schon lange erkannt. Vielleicht wurde er selbst beobachtet, war er vom Beobachter zum Gejagten geworden. Aber auch das hatte er einkalkuliert, er war vorbereitet.

Leo lief meistens zwei, drei Runden. Blieb danach am oberen Ende der Lindenallee stehen, um Streck- und Dehnübungen zu machen. Von dort aus hatte er fast das gesamte Areal des Denkmalkomplexes im Blick und konnte selbst blitzschnell verschwinden. Wenn er weiterlief, musste ein Beobachter annehmen, dass er zu einer weiteren Runde gestartet war und nach kurzer Zeit auf der nordöstlichen Seite des Turms wieder zum Vorschein kommen würde. Aber das war falsch gedacht. Während der Beobachter sein Erscheinen dort erwartete, wäre er längst wieder über den niedrigen Metallzaun geklettert und zwischen den Bäumen und Büschen des Südfriedhofs verschwunden.

6

Als Katja aus der Westhalle des Bahnhofs trat, trafen sie Licht und Lärm der Stadt mit solcher Intensität, dass sie einen Augenblick wie gelähmt verharrte. Auf dem Ring raste eine Ambulanz mit Blaulicht und Martinshorn vorbei, vom Fußgängerüberweg kam ihr ein Schwall Menschen entgegen, der zum Eingang drängte, jemand rempelte sie an und entschuldigte sich flüchtig. Sie war genau vor der Schwingtür stehengeblieben und stand im Weg. Aber es war ihr egal. Wie lange hatte sie dieses vertraute Bild nicht mehr gesehen? Vor ihr der Stadtring auf dem Autos vorbeirasten, dahinter an- und abfahrende Straßenbahnen, hastende Menschen, überall der vertraute sächsische Dialekt, über den sie jetzt unwillkürlich schmunzeln musste. Die Fassaden der Gebäude am Brühl, links der Schwanenteich, dahinter ragte schon die Oper auf und das Hochhaus mit dem doppelten »Messe-M« auf dem Dach, das sich immer noch drehte, als ob nichts geschehen wäre, sich überhaupt nichts verändert hätte in den letzten Jahren.

Aber dieser Eindruck täuschte, bei jedem ihrer kurzen Besuche in den letzten Jahren hatte sie Neues entdeckt. Baugruben, wo seit Jahrzehnten Brachflächen gelegen hatten, neue Häuser und Einkaufszentren, wo gerade noch lärmender Baustellenbetrieb geherrscht hatte. Spontan beschloss Katja durch die Innenstadt zu laufen, vielleicht im Eiscafé am Markt einen Kaffee zu trinken, das gab es schon so lange, wie sie zurückdenken konnte, das hatte es schon gegeben, als ihre Eltern noch jung gewesen waren. Und das war es, was sie an Leipzig so liebte: Die Stadt veränderte sich ständig, aber trotzdem gab es Dinge, die blieben. Ihr Telefon meldete sich schon seit einer Weile. Sie war so in ihre Gedanken versunken gewesen, dass sie es nicht bemerkt hatte. Bernhard, dachte sie sofort. Du musst Bernhard anrufen! Aber auf dem Display erschien Geralds Nummer. Katja starrte auf das Telefon in ihrer Hand, bis die Mailbox anging. Nein, sie wollte jetzt nicht mit Gerald sprechen. Nicht jetzt. Dann gab sie Bernhards Nummer ein, um sich endlich bei ihm zu melden.

Über Nikolaistraße und Brühl war Katja zum neuen Bildermuseum gegangen, dann weiter über den Marktplatz und hinüber zum Thomaskirchhof. Eigentlich hatte sie die Peterstraße entlang bummeln wollen, aber der Trubel der Stadt war ihr plötzlich zu viel und der kleine Koffer, den sie hinter sich her zog, zu schwer geworden, und sie hatte einen ruhigen Ort gesucht. Die kleinen Cafés am Kirchhof erschienen ihr jetzt wie eine rettende Insel in all der Bewegung und dem Stimmengewirr. Sie setzte sich an einen der kleinen runden Tische vor dem *Bachstübl* und bestellte sich einen Cappuccino. Zwei junge Musiker packten gerade ihre Instrumente zu Füßen des Bach-Denkmals aus, eine Gruppe japanischer Touristen blieb erwartungsvoll stehen, und Katja hatte nun endgültig das Gefühl, wieder zu Hause angekommen zu sein. Zurückgelehnt, lauschte sie der Musik.

Katja hatte beschlossen, sich ein Hotelzimmer zu nehmen, zumindest für die erste Nacht. Sie wollte noch ein wenig allein sein. Allein mit ihrer Stadt, die sie sich jetzt zurückerobern würde. Morgen schon hatte sie den Termin im Museum, danach würde sie Bernhard treffen. Und spätestens morgen würde sie sich auch bei ihren Eltern melden müssen. Falls Gerald auf die Idee kommen sollte, dort anzurufen, würden sie sich unnötige Sorgen machen. Alles war plötzlich ganz klar: Sie wusste, dass sie nicht mehr nach Brüssel zurückgehen, nicht mehr zu Gerald zurückkehren würde. Gerald, der sie immer auf Abstand gehalten hatte, gerade so viel Nähe zugelassen hatte, dass sie die Hoffnung nicht verloren hatte. Aber immer, wenn sie mehr von ihm gewollt hatte, mehr Verbindlichkeit und Nähe, auf Distanz gegangen war. Zuerst hatte sie gedacht, dass sich ihre Beziehung verändern würde, wenn sie ihn nicht bedrängte. Wenn sie Geduld haben würde, damit er die

Trennung von seiner Frau verarbeiten konnte. Aber es hatte sich nichts verändert, es war alles so geblieben wie am Anfang. Gerald hatte nichts verarbeitet, nur verdrängt. Er wollte eine freundliche, kluge Geliebte, mit der er sich zeigen konnte, aber eine Partnerschaft mit allen Höhen und Tiefen – das nicht. Warum, dachte Katja heftig, warum habe ich das nicht früher gesehen? Die letzten beiden Jahre schienen ihr für einen Moment verloren, vergeudete Lebenszeit, aber auch das war natürlich Unsinn.

Sie hatten sich am Centre de Recherche en Ethnologie européenne kennengelernt. Gerald war Flame, er hatte eine Dozentenstelle an der Brüsseler Universität. Nach ihrem Studium in Freiburg war ihr Brüssel als die große Welt erschienen. Freiburg war klein und freundlich. Kleiner und freundlicher noch als Leipzig und auf Dauer auch langweiliger. Brüssel hatte sie zuerst verwirrt, es war schmutzig erschienen und chaotisch, die Architektur hässlich, später hatte sie es lieben gelernt, der riesige Flohmarkt auf dem Place du Jeu de Balle im Marollenviertel, wo von Geschirr und Stoffen bis zu antiken Möbeln und afrikanischen Schnitzereien alles zu finden war, der Leopold Park mit seinen kleinen Schlössern und Palästen, die Kneipen und Cafés im Quartier Boondael, dem Studentenviertel – das alles war faszinierend und aufregend gewesen. Katja hatte sich in diese fremde Stadt geradezu hineingestürzt. Und Gerald war ihr Mentor geworden, er hatte ihr die Stadt gezeigt, den versteckten Park d'Ègmont, den sie allein niemals gefunden hätte, ein idyllisches Refugium, in das sie sich später immer wieder für ganze Nachmittage zurückgezogen hatte, wann immer ihr die Stadt zu laut und zu hektisch geworden war. Gerald war mit ihr in dem monströsen Justizpalast gewesen, er hatte ihr die Situation zwischen Flamen und Walisern erklärt, er war mit ihr nach Brügge gefahren und ans Meer. Eigentlich, dachte Katja, war Brüssel für sie untrennbar mit Gerald verschmolzen. Wenn sie sich an Brüssel erinnerte, war es immer auch eine Erinnerung an Gerald.

Eine Zeitlang hatte sie gedacht, dass Gerald der Richtige sei. Der, mit dem sie zusammenbleiben und Kinder bekommen wolle. Aber vor einem Jahr waren ihr die ersten Zweifel gekommen. Geralds Interesse für sie hatte nachgelassen, er entschuldigte sich oft mit Arbeit. Irgendwelche Projekte, die ihm offensichtlich wichtiger waren, als mit Katja zusammen zu sein. Und immer wenn eines dieser Projekte abgeschlossen war, tauchte ein neues auf. Das einzige Projekt, mit dem es nicht voranging, war eine gemeinsame Wohnung und eine gemeinsame Zukunft. Irgendwann hatte Katja es aufgeben, davon überhaupt noch zu sprechen. Und Gerald schien es nicht zu stören. Sie hatte eher den Eindruck, dass er froh darüber war. Wenn es nach ihm ging, konnte offenbar alles so bleiben, wie es war. Jede Woche zwei, drei Abende, die man zusammen verbrachte und gelegentliche Ausflüge oder Kurzreisen ans Meer. Aber das reichte ihr nicht. Zuletzt hatte Brüssel nur noch Wiederholung und – schlimmer noch – Stillstand bedeutet. Und sie hatte angefangen sich zu fragen, ob Gerald noch immer der richtige Partner für sie war.

Der Gedanke, nach Leipzig zurückzugehen, war Katja spontan gekommen. Aber als sie angefangen hatte, darüber nachzudenken, war ihr klargeworden, dass er schon seit längerer Zeit in ihr gewachsen sein musste. Sie konnte in Brüssel leben, das hatte sie in den zurückliegenden Jahren bewiesen, sie konnte sich in einem anderen Land zurecht finden, hatte die Sprache gelernt und Freunde gefunden. Wenn ihre Kinder in Belgien aufwachsen würden, dann wären sie hier zu Hause und Leipzig wäre nur noch die Stadt im Osten Deutschlands, in der ihre Mutter aufgewachsen ist. Was für eine Vorstellung! Katja schüttelte über sich selbst den Kopf. Kinder. Bis jetzt war noch nicht daran zu denken. Sie war gerade Anfang dreißig, es war noch genügend Zeit. Andererseits. Die letzten beiden Jahre waren sehr schnell vergangen. Wie würde es weitergehen? Mit Gerald konnte sie über diese Dinge nicht gut sprechen. Am Anfang hatte er noch großartige Vorstellungen mit ihr entwickelt. Drei Kinder, ein Haus, vielleicht am Meer. Er würde sich einen Hund anschaffen, und sie würden jeden Abend in den Dünen spazieren gehen. Aber das waren nur Träumereien. Als er begriff, dass es Katja Ernst war, mochte er nicht mehr über ihre Zukunft sprechen. Und weil er einsilbig wurde, sobald sie das Thema anschnitt, hatte sie irgendwann ganz damit aufgehört. Bis zu dem entscheidenden Abend jedenfalls. Sie hatten in einer Brasserie gegessen und waren dann noch zu Freunden von Gerald gefahren. Katja hatte sich den Abend anders vorgestellt, sie hatte sich vorgenommen, sich endlich mit ihm auszusprechen. Auf dem Heimweg hatte sie gefragt, wie er sich ihre Zukunft vorstelle. Vielleicht war es ein Fehler gewesen. Sie hatten bei Geralds Freunden einiges getrunken. Es war sicher nicht der beste Zeitpunkt gewesen, aber sie hatte einfach nicht länger warten können. Gerald hatte genervt reagiert. Er wolle jetzt leben, nicht in der Zukunft, hatte er gesagt. Und gefragt, warum sie den entspannten Abend unbedingt kaputtmachen müsse.

Katja war innerlich erstarrt. Mit einem Schlag hatte sie begriffen, dass es nichts werden würde mit ihnen. Dass die Jahre vorbeizogen, immer schneller, und sich nichts ändern würde. Nicht mit Gerald jedenfalls. Und sie hatte begriffen, dass sie sich eine Frage beantworten musste: Wollte sie mit fünfunddreißig noch immer in einer Brüsseler Studentenbude leben, mit einer Wochenendbeziehung? Oder wollte sie einen festen Lebensmittelpunkt, Familie, eine klare Zukunftsperspektive?

Einige Tage später hatte sie die Stellenbeschreibung gefunden. Sie wusste nicht mehr, ob sie gezielt gesucht hatte oder aus einer diffusen Sehnsucht heraus im Internet nach Neuigkeiten aus Leipzig gesucht hatte. Das Völkerkundemuseum – es war so etwas wie eine Initiation für sie gewesen. Sie erinnerte sich nicht mehr genau, wie alt sie gewesen war, als ihre Eltern zum ersten Mal mit ihr dort gewesen waren. Aber ihr späteres Interesse für Ethnologie musste hier ihren Anfang genommen haben. Sie hatte damals wie verzaubert vor den Vitrinen gestanden und sich versucht vorzustellen, wie es wohl wäre, in einer fremden Kultur zu leben.

7

»Das Problem weitet sich aus.« Bormann räusperte sich. Sein Mund war trocken. Er hätte jetzt gern etwas getrunken. Einige Sekunden lang wusste er nicht, ob am anderen Ende überhaupt jemand mithörte. Aber dann kam aus der tiefen Stille doch noch eine Antwort.

»Ich höre«, sagte die Stimme.

»Ich habe einen Anruf bekommen«, erklärte Bormann mit seiner kratzigen Stimme. »Anonym. Der Anrufer behauptete, er habe Unterlagen, die uns einiges wert sein dürften.«

»Ein Scherz?«

»Eher nicht. Er hat Details genannt. Unter anderem auch …«

»Nicht am Telefon!«, zischte die Stimme.

»Sehr unangenehm jedenfalls, diese Details«, fuhr Bormann ungerührt fort. »Ich denke, das kann nur von unserer Freundin kommen.«

»Keine Ahnung, aber möglich. Das sollten Sie herausfinden. Was will der Mensch, Geld?«

Was sonst, dachte Bormann wütend. »Eine Einmalzahlung«, sagte er dann. »Wir würden danach nie wieder von ihm hören.«

»Natürlich«, höhnte die Stimme. »Wurde schon etwas unternommen?«

Bormann wartete einen Moment, bevor er antwortete. *Wurde schon etwas unternommen!* Er hatte jetzt wirklich das Bedürfnis, etwas zu trinken. Er hätte damit rechnen müssen, dass sie ihn mit dem Problem allein lassen würden. Es gefiel ihm nicht. Überhaupt nicht. Aber er musste jetzt behutsam vorgehen. Zuerst das Terrain erkunden. Mal eine Einschätzung vornehmen, was passieren kann, wenn sich die Sache nicht mehr deckeln ließe.

»Was wollen Sie in der Sache unternehmen?«, wiederholte die Stimme mit einer deutlichen Spur von Gereiztheit und Ungeduld.

»Weiß ich noch nicht«, antwortete Bormann wahrheitsgetreu. »Ich werde versuchen die Summe runterzuhandeln. Ich hoffe, dass sich das regeln lässt.« Aber ich werde Mike mitnehmen, für alle Fälle, setzte er in Gedanken hinzu. Erpresser waren immer ein unkalkulierbares Risiko. Irgendwann tauchten Kopien von Kopien auf, und man hatte umsonst gezahlt. Nein, das funktionierte nicht. Aber zuerst mussten sie wissen, worum es sich handelte. Vielleicht löste sich die Angelegenheit dann von allein auf.

»Wenn es um Geld geht, können wir ein Arrangement treffen«, hörte er die Stimme wieder. Er fragte sich, wozu er überhaupt angerufen hatte.

»Sicher«, antwortete Bormann, nun seinerseits gereizt. »Kommt nur darauf an, wie viel und wessen Geld. Er will schon am Montag eine Übergabe.«

»Wie viel?«

»Zu viel.«

»Zerschlagen Sie nicht unnötig Porzellan!«, knarrte die Stimme. »Und was ist mit unserer Freundin, noch immer keine Spur?«

»Bis jetzt nicht, aber wir sind dran, sobald sie wieder in ihrer Wohnung auftaucht …«

»Das Ganze sollte möglichst geräuschlos geregelt werden. Es ist schon mehr als genug Staub aufgewirbelt worden.«

»Aktenstaub«, höhnte Bormann.

»An dem kann man auch ersticken«, antwortete die Stimme knapp und unterbrach die Verbindung.

Bormann fluchte. Natürlich würde es wieder bei ihm hängenbleiben, genau so wie damals die Sache mit dem Alteigentümer aus Köln. Der war begriffsstutzig gewesen. Dem hatte er klarmachen müssen, dass er hier auf keinen grünen Zweig kommen würde. Dass es besser wäre, wenn er den Vertrag einfach unterschreiben würde, den man ihm angeboten hatte. Und zwar sofort. Weil es kein besseres, weil es überhaupt kein zweites Angebot geben würde. Weil er es bereuen müsste, auch nur einen Fuß in diese Stadt gesetzt zu haben, wenn er Sperenzchen machte Der Kölner hatte großes Kino veranstaltet. Die Polizei angerufen, sich auf die Gesetzeslage berufen, das volle Programm. Bormann lächelte verächtlich. Sie hatten ihn eine Weile in Ruhe gelassen. Und dann hatte er Mike in Bewegung gesetzt, der wiederum hatte einem Junkie einen Fuffi in die Hand gedrückt. Am nächsten Morgen war der Mercedes des Kölners ein Wrack gewesen. Bormann lächelte zufrieden. Am übernächsten Tag hatte ihm irgendjemand eine tote Katze vor die Türklinke gehängt. Kleinigkeiten. Zermürbungstaktik. Das war dann ein Selbstläufer gewesen. Dem Westarsch hatten sie damals Beine gemacht. Der war zurückgeflogen in sein Kaff am Rhein. Das Grundstück war unverzichtbar gewesen, ohne diese lächerlichen fünfhundert Quadratmeter mit der Ruine drauf wäre der ganze Deal geplatzt und heute würde dort kein Supermarkt stehen. Aber jetzt ging es um eine ganz andere Hausnummer.

Er stapfte in die Küche und holte die Wodkaflasche aus dem Kühlschrank. Er musste jetzt etwas trinken. Bormann genehmigte sich Sto Gramm. Er war längst nicht so unbesorgt, wie er es am Telefon vorgetäuscht hatte. Schon vor einiger Zeit hatte er den Hinweis bekommen, dass Ermittlungen liefen. Irgendein übereifriger Kommissar hatte wohl eins und eins zusammengezählt und versuchte jetzt Material in die Hände zu bekommen. Er solle sich ruhig verhalten, hatte man Bormann gesagt. Vorerst keine weiteren Deals. Die Bälle flachhalten. An und für sich war das schon unangenehm genug. Dann aber war noch die Sache mit der Frau dazugekommen. Schönherr selbst hatte ihn angerufen. Das war zuvor noch nie vorgekommen. Musste einen Grund haben. Schnell hatte es gehen sollen, sehr schnell. Die hatten Mist gebaut. Und er sollte es wieder in Ordnung bringen. War schon machbar. Bormann zuckte mit den Schultern. Würde aber seinen Preis haben. Wenn er das Material der Frau in die Hände bekäme, müssten sie alle nach seiner Pfeife tanzen. Aber zuerst musste er sie erst einmal finden. Die Frau war spurlos verschwunden. Der unbedachte Einbruch hatte sie derart verstört, dass sie einfach abgehauen war. Und jetzt war der unbekannte Anrufer auf der Bühne erschienen. Woher hatte der seine Informationen? Sie konnten eigentlich nur von ihr kommen. Wenn es ihr Freund war, dann konnten sie die Angelegenheit noch in den Griff bekommen.

Die Übergabe sollte am Montag stattfinden. Mitten in der Stadt, da konnte man nichts machen. Bei Karstadt an der Fontäne, dieser dämliche Amateur kam sich ziemlich schlau vor. In dem riesigen Kaufhaus waren sie von Hunderten Menschen umgeben, und es gab jede Menge Möglichkeiten, um ungesehen zu verschwinden. Dort würde man aber auch nichts hören, wegen dem Wassergeräusch des Springbrunnens. Das hieß im Umkehrschluss, dass er offenbar nicht von den Bullen kam, nicht verkabelt war, sonst hätten die einen ruhigeren Ort ausgesucht. Das hatte der Amateur also nicht zu Ende gedacht.

Wie würde ich es machen, überlegte Bormann. Vielleicht mit einem Fahrrad abhauen, durch die Fußgängerzone zum Bahnhof? Weiter mit Zug oder S-Bahn? Oder gleich in den Wagen umsteigen? Kleintransporter, Fahrrad hinten rein und weg? Aller Wahrscheinlichkeit nach war der Erpresser allein. Man würde ihm am besten vorher einen Besuch abstatten. Damit würde er nicht rechnen. Viel Zeit blieb allerdings nicht. Das musste heute Nacht noch über die Bühne gehen. Der Typ ging ihm jetzt schon auf die Nerven. Entweder das ganze war ein Bluff, dann konnte man ihm eine Lektion erteilen und laufen lassen. Wenn er aber mehr wissen sollte, als vertretbar war, dann gab es nur zwei Möglichkeiten. Zwei Möglichkeiten gab es immer. Man konnte ihm Geld anbieten, nicht zu viel. Sollte das nicht ziehen, musste man sehen. Bormann wollte den Gedanken jetzt nicht zu Ende bringen. Zuerst musste er sich Klarheit verschaffen. Vielleicht war es nur ein Bluff. Adresse, Arbeit, Freunde. Woher konnte er seine Informationen haben? Gab es weitere Verbindungen, außer zu der Frau? Er trank den Rest des Wodkas und tippte Mikes Nummer ein.

Mike ging erst beim zweiten Versuch ran. »Was ist los, warum gehst du nicht ans Telefon?«, schnauzte Bormann. »Wo bist du?«

»Vor dem Haus.«

»Und?«

»Nichts. Ist noch nicht rausgekommen.«

»Hast du ein Foto von dem Typ?«

»Wieso? Ich weiß doch, wie der aussieht …«

»Schau nach, ob du eins hast.«

»Moment.«

Bormann schnaufte unwillig. Er hörte, wie Mike mit seinem Fotoapparat hantierte und sich offenbar durch die Aufnahmen klickte.

Was ist jetzt?«, brüllte er.

»Wie sie zusammen raus sind, hab ich.«

»Okay«, Bormann atmete erleichtert aus. »Schick mir das Foto und ruf mich sofort an, wenn sich etwas tut.«

Er ging leise fluchend ins Wohnzimmer. Mike war zuverlässig und absolut loyal, aber eigenständiges Denken war seine Sache nicht. Man musste ihm alles, was er tun oder lassen sollte, ganz genau sagen. Wie eine Maschine, dachte Bormann ärgerlich. Wie eine verdammte Maschine. Er warf das Telefon nachlässig auf den Couchtisch, auf dem ein Laptop stand. Dann klappte er den Rechner auf, fuhr ihn hoch und tippte die Adresse und den Namen, die ihm Mike genannt hatte, in die Suchleiste ein.

Bormann hatte der Stimme nicht alles gesagt. Die Bedrohung war wesentlich konkreter. Der Anrufer hatte ihm Details genannt, Namen und Daten. Und er hatte eine Zahl genannt. Eine Zahl, die zu hoch war. Viel zu hoch. Bormann scheute sich noch immer den logischen Schluss zu denken, aber dieses Problem musste ausgeräumt werden. Er musste sich mit dem Anrufer verständigen, musste sehen, wie der tickte, ob es noch jemanden im Hintergrund gab, der Bescheid wusste. Und dann – sollte es keine Verständigung geben, sollte die Bedrohung nicht im Guten ausgeschaltet werden können –, dann musste man eben die nötigen Konsequenzen ziehen.

Nach einer halben Stunde klappte Bormann den Rechner zu und genehmigte sich ein zweites Glas Wodka. Okay, dachte er. Aber es war nichts okay. Wenn die Frau ihren Freund ins Vertrauen gezogen hatte, warum sollte der nicht auch noch weitere Personen ins Boot holen? Sie hatten ihn schnell gefunden, das war das einzig Gute an der Angelegenheit. Aber der Erpresser hatte offenbar auch keine Zeit zu verlieren. Auf Bormanns Einwand, das Geld sei bis Montag nicht zu beschaffen, war er überhaupt nicht eingegangen. Hatte auf Montag beharrt. Zähneknirschend hatte Bormann allen Forderungen erst einmal zugestimmt. Sie mussten Zeit gewinnen. Und diesen Typ mussten sie loswerden, alles andere war zu unsicher.

8

Es war bereits gegen neunzehn Uhr als Katja im *Ambiente Hotel* in der Nikolaistraße eincheckte. Sie hatte es bei ihrem Stadtbummel eher zufällig entdeckt, es musste neu sein, sie kannte es jedenfalls nicht. Es sah hell und freundlich aus, und der Preis war erstaunlich gering verglichen mit denen, die sie aus anderen Städten kannte. Es war eine spontane Entscheidung, eigentlich hatte sie bei einer Freundin übernachten wollen, aber es war kein Problem, abzusagen. Das Hotel fühlte sich richtig an.

Die Rezeptionistin war mit einer Großfamilie beschäftigt, die den Tresen mit Koffern und Reisetaschen belagerte. Katja setzte sich auf einen der blauen Sessel in der Lobby. Durch die Glasscheiben sah sie draußen die bunte Menge, die über den Nikolaiplatz schlenderte, Leipziger mit Einkaufstüten, die vom Brühl heraufkamen, Touristengruppen, die in die Kirche wollten und zuvor auf dem Kirchhof den Erklärungen ihrer Stadtführer lauschten und sich über die weiße Säule wunderten, die dort stand. Sicher ging es um die Friedliche Revolution von 1989, die hier ihren Ausgang genommen hatte.

Katja überlegte kurz noch einmal hinauszugehen, sie fühlte sich noch unternehmungslustig. Vielleicht gab es in der Kirche ein Orgelkonzert, ihr fiel ein, wie lange sie nicht mehr bei einem Orgelkonzert gewesen war. Es musste Jahre her sein. Die Nikolaikirche, das war etwas, was für sie untrennbar mit Leipzig zusammengehörte. Die Erinnerung an das, was hier geschehen war, damit war sie aufgewachsen, die Nikolaikirche hatten ihr schon ihre Eltern gezeigt, hatten ihr von den Montagsgebeten und den Demonstrationen erzählt. Hier hatte damals eine neue Zeit begonnen, und jetzt war sie selbst hierher zurückgekommen. Es schien Katja plötzlich kein Zufall, dass sie ausgerechnet dieses Hotel ausgewählt hatte. Es war ein symbolischer Ort, fand sie. Von hier aus würde sie jetzt auch ihrem Leben eine neue Richtung geben.

In ihrem Zimmer ließ sich Katja aufs Bett fallen. Sie dachte an ihre Eltern. Sie müsste sie eigentlich anrufen. Katja spürte ein schlechtes Gewissen erwachen. Aber den Gedanken an die unvermeidlichen Fragen, die dann kommen würden, schreckten sie ab. Sie wollte sich den Eltern erst erklären, wenn sie alles entschieden hatte. Wenn der neue Weg klar vor ihr lag. Sie wollte sich nicht mehr in ihr Leben hineinreden lassen. Weder von ihren Eltern noch von Gerald oder sonst irgendwem. Die Vorstellung, den bohrenden Fragen ihrer Eltern Auskunft geben zu müssen, war ernüchternd. *Worüber habt ihr denn gestritten? Muss man sich deswegen gleich trennen? In jeder Beziehung gibt es gute und schlechte Zeiten.* Ihre Eltern mochten Gerald. Für sie würde es ein Davonlaufen sein. Sie würden ihre Tochter ermuntern wollen, sich den Problemen ihres Lebens zu stellen. *Da musst du jetzt durch*, hörte sie ihre Mutter sagen. *Weglaufen ist keine Lösung.*

Katja war noch in die Schule gegangen, als ihre Eltern beschlossen hatten nach Böhlitz-Ehrenberg zu ziehen. Ein Einfamilienhaus stand zum Verkauf, es war ein günstiges Angebot, und sie hatten sich schon lange ein eigenes Häuschen mit Garten gewünscht.

Ein paar Monate später hatten sie die Stadtwohnung in einem Plattenbauviertel aufgegeben und das Einfamilienhaus in Brandis bezogen. Katja hatte damals vergeblich protestiert. Auch die Aussicht auf ein größeres Zimmer im neuen Haus hatte sie nicht versöhnen können. Es war einfach viel zu weit draußen, weit weg von der Innenstadt, vom Clara-Zetkin-Park, wo sich ihre Freunde im Sommer trafen, von den Clubs und Discotheken, den Kinos, Läden und Cafés.

Katja musste lächeln. Sie hatte sich damals gefühlt, als ob sie in die Verbannung müsste. Dabei waren es doch nur ein paar Kilometer gewesen. Aber in Brandis war sie nie wirklich heimisch geworden, obwohl das Haus schön war. Es hatte einen kleinen Garten, an den Wochenenden hatten sie manchmal unter dem Nussbaum gefrühstückt. Heute verstand sie, dass ihre Eltern die Ruhe des Vorortes der lärmenden Stadt vorgezogen hatten.

Du musst sie anrufen, ermahnte sich Katja. Aber wie erkläre ich ihnen, dass ich in Leipzig in einem Hotel übernachte, anstatt zu ihnen zu kommen?

Ganz sicher würden sie vorschlagen, dass sie zu ihnen nach Brandis ziehen sollte. *Nur vorübergehend, Katja, Bis du etwas gefunden hast. Wir haben doch genug Platz hier.*

Aber das wollte sie nicht. Es wäre ihr unangenehm gewesen. Wie ein Rückschritt wäre es ihr vorgekommen. Als ob sie es nicht geschafft hätte, ihren Platz in der Welt zu finden und sich jetzt bei ihren Eltern verkriechen müsste. Aber so war es nicht. Sie hätte in Brüssel bleiben können. Es war ihr eigener Entschluss, zurück nach Leipzig zu kommen, und nicht irgendetwas, was auch nur im Entferntesten mit einer Niederlage zu tun hatte. Nein, sie würde nicht nach Brandis, nicht in ihr altes Zimmer unterm Dach zurückgehen. Nicht einmal für eine Woche. Die neugierigen und mitleidigen Blicke der Nachbarn konnte sie sich nur zu gut ausmalen. Nein, Bernhard oder Simone würden sie fürs Erste aufnehmen. Eine Wohnung zu finden, war in Leipzig nicht das Problem, und seit Brüssel hatte sie ihre Ansprüche in der Hinsicht sowieso ziemlich heruntergeschraubt.

Katja wurde plötzlich klar, dass eine Menge Arbeit vor ihr lag. Sie war nur mit dem kleinen Koffer und einer Tasche gekommen. Ihre restlichen Sachen waren noch alle in Brüssel, in ihrem Zimmer in der Rue de Chambéry. Sie musste sich in Leipzig eine Bleibe suchen, den Umzug organisieren, ihren Eltern alles erklären und mit Gerald sprechen. Das würde das Schwerste werden. Mit Gerald sprechen, der nicht glauben würde, dass sie ihre Entscheidung bereits endgültig getroffen hatte. Alles Mögliche würde er ihr versprechen, und falls sie darauf einginge – ja, vielleicht würde es wirklich eine Zeitlang gut gehen, aber früher oder später wäre es wieder genauso wie zuvor. Sie machte sich keine Illusionen mehr. Gerald. Es fiel ihr trotzdem schwer, sich vorzustellen, dass es vorbei sein sollte. Als ob es nur auf dieses Stichwort gewartet hätte, meldete sich ihr Telefon wieder. Katja musste nicht erst auf das Display sehen, um zu wissen, wer anrief.

9

Über dem Wäldchen ballte sich eine dunkle Wolke. Es sah jetzt eindeutig nach Regen aus, und bald würde die Dämmerung heraufziehen. Als ein Windstoß die Balkontür zuschlug, zuckte Beata Zimmer erschrocken zusammen. Hastig stand sie auf, ging zur Tür, schloss den Riegel und zog den Vorhang zu. Dann blieb sie einen Moment mitten im Zimmer stehen und lauschte mit halbgeöffnetem Mund. Es war still im Haus. Das Knarren kam von draußen. Einer der Äste der großen Birke rieb sich bei Wind am Stamm. In ihrer ersten Nacht in der Datsche hatte sie noch nicht gewusst, woher das Geräusch kommt und hatte lange nicht einschlafen können. Ein Vogel schrie. Vielleicht ein Eichelhäher. Sonst war nichts zu hören. Erleichtert atmete Beata aus. »Nicht verrückt machen lassen«, flüsterte sie. »Alles in Ordnung. Du bist hier sicher.«

Aber schon die ganze Zeit, seit sie aus ihrer verwüsteten Wohnung in der Blumenstraße weggefahren war, fragte sie sich, ob es nicht ein Fehler gewesen war, einfach zu verschwinden. Statt panisch zu fliehen, hätte sie zur Polizei gehen können oder zu Bernhard.

Aber was hätte man ihr bei der Polizei schon anderes gesagt, als bei ihrem ersten Anruf? Beruhigt hätte man sie mit ein paar Floskeln. Vielleicht hätte man ihr sogar vorgeschlagen übers Wochenende wegzufahren. *Haben Sie keine Freunde oder Verwandte, zu denen Sie fahren können? Es tut uns leid, aber auf vage Verdachtsmomente hin können wir keinen Personenschutz stellen.*

Etwas in dieser Art. Und Bernhard wollte sie nicht mit hineinziehen. Nicht noch weiter. Bernhard interessierte sich doch nur für seine alten Gemäuer. Sie musste lächeln. Ein wenig verschroben war der schon, aber er brachte sie zum Lachen. Und er konnte unglaublich einfühlsam und zärtlich sein. Er war überhaupt das

Beste, was ihr seit Jahren passiert war. *Wenn ich ehrlich sein soll,* hatte ihre Freundin Silke gesagt, *ihr passt eigentlich nicht so richtig zusammen.* Beata hatte es ihr nicht übel genommen, sie wusste das doch selbst. Sie passten auf keinen Fall zusammen, sie und Bernhard. Wenn ihr jemand einen Typ wie Bernhard beschrieben hätte – sie schüttelte den Kopf. Sie hätte es nicht einmal versucht, nicht einmal auf ein erstes Date ankommen lassen. Obwohl er ja nicht schlecht aussah. Jungenhaft, frische blaue Augen. Silke war natürlich neidisch. Die war jetzt schon seit Jahren allein, weil ihr keiner gut genug war.

Schon wie sie Bernhard kennengelernt hatte, war verrückt gewesen. Wie im Film, aber nicht schön, eher schrecklich. Beata war mit der Sechzehn aus Gohlis gekommen. Die Straßenbahn hatte sie nur genommen, weil der Peugeot bei der Inspektion war. Das Klingeln, der heftige Ruck, der sie nach vorn geschleudert hatte, und das Splittern fielen in ihrer Erinnerung zusammen. Schreie, Schimpfen. Die Türen gingen auf. Eine Frau telefonierte hektisch, andere drängten hinaus. Vor der Bahn lag ein Mann, seine Beine waren unnatürlich verdreht. Die Frontscheibe der Bahn war zersplittert. Die Fahrerin zitterte, konnte kaum stehen. Ein Mann schob mit rudernden Armbewegungen die Menge auseinander, zwängte sich mit den Worten, »Machen Sie doch Platz, ich bin Arzt!«, hindurch. Neben ihr hatte eine junge Frau ihr Handy gezückt und machte Fotos. Plötzlich war das Bild unscharf geworden, die Welt hatte begonnen sich ganz schnell zu drehen, als ob sie in einem Karussell gesessen hätte. Als sie wieder zu sich gekommen war, hatte sie in Bernhards Augen geschaut. In dieses ruhige Blau. Sie hatte sich unglaublich sicher gefühlt, beschützt. Alles war gut gewesen in diesem Moment.

Sie hatte ein Schleudertrauma gehabt. Der Aufprall beim abrupten Bremsvorgang der Straßenbahn war stark gewesen. Bernhard hatte hinter ihr gestanden, als sie zusammengerutscht war, hatte sie aufgefangen, von der Straße getragen, gewartet, bis sie ein Krankenwagen mitgenommen hatte. Ein paar Stunden später hatte er mit Blumen neben ihrem Bett gestanden.

Der Wind musste stärker geworden sein. Irgendetwas im Haus knarrte. Regentropfen prallten gegen die Fensterscheibe. Beata fragte sich, ob es eine gute Idee gewesen war, hierherzufahren. Angenommen, es wäre ihr jemand gefolgt ... Sie war hier allein, Aber im nächsten Augenblick ärgerte sie sich über diesen Gedanken. Wer sollte ihr gefolgt sein? Willst du dich jetzt selbst verrückt machen?

Wieder durchlebte sie den Moment, als sie die angelehnte Wohnungstür aufgestoßen hatte. Wie die Stille gedröhnt, wie sie ihren durchwühlten Schreibtisch angestarrt hatte. Die Erkenntnis, dass jemand in ihrer Wohnung gewesen war. Etwas gesucht hatte. Vielleicht sogar noch da war? Sie hatte sich nicht rühren können, es war wie in einem Alptraum gewesen. Schockstarre nannte man das wohl. Sie hatte sich darunter nie etwas vorstellen können, aber jetzt wusste sie wie es sich anfühlte. Vielleicht waren es nur Sekunden gewesen, doch es kam ihr ewig vor. Als sie sich vorsichtig rückwärts zur Tür bewegt hatte, zitterten ihre Beine so stark, dass sie fast gestürzt wäre.

Die Streifenbeamten waren erst nach einer dreiviertel Stunde gekommen. Sie hatten das Türschloss untersucht, die Wohnung in Augenschein genommen, alles notiert. Wohnungseinbrüche haben wir leider täglich, hatte der Ältere der beiden gesagt. Wahrscheinlich Drogensüchtige. Die gehen sogar für zwanzig Euro jedes Risiko ein.

Beata schüttelte langsam den Kopf. Sie glaubte nicht an den Drogensüchtigen. Sie wusste, was der Eindringling gewollt hatte. Es fehlte nichts, es gab nur eine andere Erklärung. Sie hatten die Unterlagen gesucht. Und vielleicht – aber daran wollte Beata nicht denken –, vielleicht hatten sie auch nach ihr, nach Beata, gesucht. Aber wie hätte sie das den Streifenbeamten klarmachen können? Als sie angefangen hatte, dass sie eine Vermutung habe, dass es um wichtiges Belastungsmaterial gehen könnte, da hatten sich die beiden Polizisten einen vielsagenden Blick zugeworfen. Sie hatte genau gewusst, was die beiden in diesem Moment gedacht hatten. Ganz genau. Aber sie war nicht hysterisch, war nicht verrückt! Die beiden hatten ihr dann vorgeschlagen, eine Anzeige gegen unbekannt zu stellen. Was sie auch getan hatte, obwohl Beata sich darüber im Klaren war, dass es reine Routine war, nichts bringen würde. Ein Wohnungseinbruch unter Dutzenden. Kein nennenswerter Schaden, keine größere Summe oder Wertsachen, die gestohlen worden waren. Und die Versicherung würde trotzdem Scherereien machen, Papierkrieg würde es geben. Von der Polizei würde sie dann erst wieder in ein paar Monaten hören. Eine lapidare Mitteilung, dass die Ermittlungen eingestellt worden seien. Keine Aussicht auf Erfolg. Das alles kannte sie.

Als die Beamten wieder gegangen waren, hatte sie es nicht allein in der Wohnung aushalten können. Die Vorstellung, dass ein Fremder hier gewesen war, Schubladen aufgezogen, ihre privaten Sachen betrachtet, durchwühlt hatte, war widerlich und beängstigend. Sie hatte die Dokumente zu Bernhard gebracht. Er wusste nicht, worum es sich handelte. Es war besser so. Bei ihm waren sie in Sicherheit. Er hatte ihr versprochen, aufzupassen und keine Fragen zu stellen.

Dann war sie zu Silke gefahren und hatte sich den Schlüssel für die Datsche am See geholt.

Der Vogel schrie wieder. Vielleicht war es doch kein Eichelhäher. Beata kannte sich da nicht aus. Sie war ein Stadtmensch. In Leipzig gab es nur Krähen. Beängstigend große Schwärme schwarzer Vögel, die in der Dämmerung über ihren Schlafbäumen im Clara-Zetkin-Park kreisten.

Ja, vielleicht war es ein Fehler, sich in der Datschensiedlung zu verstecken.

Aber sie war weit genug weg von Leipzig. Niemand würde sie hier vermuten. Nur einmal hatte Silke sie mitgenommen, und das war auch schon vor längerer Zeit gewesen. Kurz nachdem sie es gekauft hatte. Das Haus stand am Rand der Datschensiedlung, ein Stück vom Seeufer entfernt. Es gab viele Leipziger, die hier ihr Häuschen im Grünen hatten. Aber die meisten kamen nur an den Wochenenden hierher. Der See war nebelverhangen. Als Beata angekommen war, hatte sie einen Spaziergang unternommen. Am hinteren Ende des Sees gab es einen großen Haufen aus übereinandergeschichteten Ästen und Zweigen. Silke meinte, es wäre eine Biberburg. Beata hatte es dort nicht gefallen und sie war zurückgegangen. Sie war keinem Menschen begegnet. Irgendwo im Wald war ein Geräusch zu hören gewesen. Knackende Äste. Vielleicht ein aufgescheuchtes Reh, das vor ihr flüchtete, vielleicht ein morscher Ast, den ein Windstoß abgebrochen hatte. Aber Beata war zusammengezuckt, sie war schnell weitergelaufen, die Angst war schlagartig wieder da gewesen und hatte sie unsicher werden lassen.

Ein Gedanke schoss ihr durch den Kopf: Vielleicht hatte man genau das mit dem Einbruch bezweckt. Ihr Angst zu machen, sie zu ducken. Wenn es so war, dann hatten sie ihr Ziel jedenfalls erreicht.

10

In den letzten Tagen und Nächten hatte Leo nur wenige Stunden geschlafen und er war auch nur für kurze Zeit weggegangen, um sich etwas zu trinken und zu essen an einer der Tankstellen in der Nähe zu holen. Er wäre gern in die Wohnung gegangen, um den Laptop aufzuladen und zu duschen, aber er hatte es immer wieder verschoben. Seit er wusste, was zu tun war und seinen Plan verfolgte, hatte er fieberhaft gearbeitet. Keine Schwierigkeit hatte ihn aufhalten können. Gern hätte er seinen Plan mit Taxil besprochen, aber es war zu gefährlich, im Internet darüber zu schreiben. Und Taxil war nie darauf eingegangen, wenn er vorgeschlagen hatte, sich mit ihm zu treffen. Leo musste allein bleiben mit seinem Plan. Aber in den Nächten, in denen er mit der Substanz experimentierte, hatte er das Gefühl gehabt, dass ihm der Vater dabei zusah. Es war ihm, als würden die Augen des Vaters seinen Bewegungen folgen und sein Vorhaben begrüßen. Es hatte ihn angespornt und er war noch rechtzeitig vor dem vierundzwanzigsten Juni, vor der entscheidenden Nacht fertig geworden.

Die Anleitung zur Herstellung von Plastiksprengstoff hatte Leo mühelos im Internet gefunden. Das Aceton hatte er in verschiedenen Drogerien der Stadt gekauft. Nagelackentferner. Unverdächtig. Dann Wasserstoffperoxid und eine Säure als Katalysator. Das war komplizierter. Zuerst hatte man ihm in einer Apotheke nur eine dreiprozentige Wasserstoffperoxidlösung verkauft. Damit hatte er nicht viel anfangen können. Die Lösung musste hochprozentig sein. Aber er hatte am Ende bekommen, was er brauchte. Er hatte zuerst mit einer kleinen Menge experimentiert. Die Mischung in den leergeräumten Kühlschrank gestellt. Nach vierundzwanzig Stunden hatten sich am Boden der Glaskanne erste weiße Kristalle abgesetzt, die er herausgefiltert hatte.

Es war mühsam den Sprengstoff in diesen kleinen Portionen herzustellen, aber es war noch riskanter eine große Menge auf einmal herzustellen. Tagelang hatte er den Prozess wiederholt, bis ihm die Menge groß genug erschien. Er hatte gelesen, dass die Druckenergie wesentlich größer sein sollte als bei anderen Sprengstoffen. Die weißen Kristalle würden im Bruchteil einer Sekunde ihren Aggregatzustand wechseln, würden sich in Gasform auf ihre vierfache Masse ausdehnen. Sie würden den Eingang sprengen, sie würden den ganzen verfluchten Tempel zum Einsturz bringen.

Am Anfang war Leo davon ausgegangen, dass sie in der Nacht kommen würden. Er hatte mit dem Gedanken gespielt, sich im Turm einschließen zu lassen, sich in einer Nische des düsteren Tempels zu verstecken, abzuwarten, bis alle Besucher gegangen waren. Vielleicht hatten sie es so gemacht. Vielleicht, hatte er gedacht, gab es einen verborgenen Zugang zu den Räumen im Fundament. Aber so oft er auch im Netz gesucht hatte, niemand schien etwas Genaues zu wissen. Und auch Taxil hatte nichts davon gewusst. Er war der Einzige, mit dem Leo sich über seine Entdeckung austauschen konnte. Aber auch Taxil war letztlich nicht mehr als der Nickname eines Users. Und es konnte ebenso gut eine Falle sein. Er war vielleicht zu vertrauensvoll gewesen. Es war ein Fehler gewesen, überhaupt im Netz darüber zu sprechen. Ein Fehler, den er nicht wiederholen durfte. Obwohl Leo gern einen Gefährten gehabt hätte, jemanden, der ihm helfen würde, die geheimen Pläne der Freimaurer aufzudecken, jemanden, mit dem er sprechen konnte, der ihn verstand. aber er war allein. Und er musste allein bleiben. Wenn der große Plan aufging, dann würden sie ihn jagen. Sie würden versuchen ihn zu finden und sich zu rächen. Sie waren mächtig. Er würde unsichtbar bleiben müssen, noch unsichtbarerer als bisher. Es war gefährlich, aber es war auch eine gewaltige Aufgabe, die Mut erforderte. Klugheit und Mut. Und er, Leo, würde sich dieser Aufgabe stellen. Solange er sich zurückerinnern konnte, hatte er gewusst, dass eine große Aufgabe auf ihn wartete. Ein einziges Mal hatte er versucht, einem realen Menschen davon zu erzählen. Die Erinnerung daran wie ihn das Mädchen zuerst ungläubig angesehen und dann ausgelacht hatte, ließ ihn auch heute noch rot werden.

Wie viele Tage waren vergangen seit die verschlossene Pforte geöffnet worden war? Leo wusste es nicht mehr. Sechs Wochen mochten es sein oder mehr. Und noch immer war nichts geschehen. Aber er war sich ganz sicher, es war das entscheidende Zeichen. Der Weg war jetzt offen. Statt der drei rohen Steinblöcke, die das Maul des Panthers seit der Errichtung des Turmes versperrt hatten, war nun zu Füßen des Erzengels eine Tür zu sehen. Dahinter lag ein neuer Eingangsbereich, von dem man direkt zur Pfeilerhalle des Fundaments gelangte. Eine derart einschneidende bauliche Veränderung konnte kein Zufall sein. Warum hätte man das entscheidende Detail verändern sollen, wenn nicht aus einem bestimmten Grund? Tagelang hatte er darüber nachgedacht, bis es ihm plötzlich klargeworden war: Alles lag offenbar. Sie versteckten nichts mehr, die Öffnung war genauso symbolisch zu lesen wie der frühere verschlossene Eingang. Alles lag offenbar, wer nach versteckten Geheimnissen suchte, würde nichts finden. Indem sie alles öffentlich machten, waren sie unangreifbar.

Als er sich dann eine Eintrittskarte gekauft hatte und hineingegangen war, hatte er die Bestätigung gefunden. Im Eingangsbereich hatte man eine gläserne Vitrine mit Insignien der Freimaurer aufgestellt. Alles war da und offenbar! Man musste nur sehen können! Sie mussten jetzt so mächtig sein, dass sie sich nicht mehr zu verstecken brauchten. Ganz nah an der Verwirklichung ihrer Pläne mussten sie sein. Und vielleicht hatten sie die Macht schon im ganzen Land übernommen. Saßen in den Schaltzentralen von Politik und Justiz, Militär und Medien.

Man musste die Zeichen lesen können. Das große »M« war überall in der Stadt zu finden. Warum hatte er das nicht früher begriffen? Es gab keine Geheimgänge, keine nächtlichen Zeremonien, kein verborgenes Wissen, alles lag offenbar, alles geschah vor den Augen aller. Aber niemand schien es zu begreifen. Leo war erregt und müde zugleich. In den letzten Tagen hatte er wenig geschlafen. Seit der Öffnung der symbolischen Pforte hatte er gewusst, dass etwas geschehen musste, aber er hatte nicht gewusst, was. Die entscheidende Idee war ihm erst nach einiger Zeit gekommen. Er selbst war es, der handeln musste. Er, Leo, würde ein Zeichen setzen. Sie sollten sich nicht zu sicher fühlen. Und dieses

Signal würde die Aufmerksamkeit der Öffentlichkeit auf ihre Pläne lenken. Leo wollte sich keinen Illusionen hingeben, er wusste, dass seine Gegner mächtig waren. Er allein würde sie nicht aufhalten können. Aber er würde nicht aufgeben, denn irgendjemand musste die Welt warnen.

Der neugeschaffene Eingang war ein Zeichen. Jeder der Touristen, die aus der ganzen Welt hierherkamen, um das Völkerschlachtdenkmal zu besichtigen, konnte es sehen. Aber nur diejenigen, die der Weltbruderkette der Freimaurer angehörten, würden verstehen, was es bedeutete.

Leo hatte sofort Taxil geschrieben, hatte ihm auch seine Erkenntnis mitgeteilt.

Wenn es nach mir gehen würde, hatte Taxil gepostet, *würde der ganze verfluchte Freimaurertempel sofort abgerissen werden. Tür oder Stein – das ist total egal. Ich brauche Beweise, verstehst du, Leo? Beweise, dass die dort ihren faulen Zauber veranstalten. Fotos, Tonaufnahmen, was auch immer, sei wachsam, streng dich an.*

Leo war wie elektrisiert: *Den ganzen verfluchten Tempel abreißen!*

Er war durch Zufall auf diese Seite gestoßen. Der Blogger, der sich Taxil nannte, musste jemand sein, der sich sehr lange mit dem Turm und den Freimaurern beschäftigt hatte. Und es musste jemand sein, der sich hier gut auskannte, hier in Leipzig. Leo war damals noch am selben Abend hinaus zum Völkerschlachtdenkmal gefahren, es war ihm wie Schuppen von den Augen gefallen: Alles, was Taxil beschrieben hatte, war da: die symbolische Pforte, der Erzengel, die Kette der zwölf Wächter. Und überall in der gesamten Anlage war die Zahl drei zu finden. Drei Fenster, drei Sockelstufen, drei Ebenen im Inneren. Es war unfassbar, dass offenbar niemand davon Notiz nahm. Hier stand seit einhundert Jahren der größte europäische Freimaurertempel und es wurde nirgends erwähnt. Der düstere Turm erinnerte offiziell an die Völkerschlacht von 1813. Aber das war nur ein Vorwand.

Leo dachte an all die Bücher, die er gelesen, und Filme, die er gesehen hatte. An die Romane von Dan Brown, der davon schrieb, dass die dunklen Mächte, die geheimen Verschwörer noch immer in der Welt waren. Das sie ihre Pläne, die Menschen zu beherrschen, nie aufgegeben hatten. Das konnte nicht alles erfunden sein, davon war Leo überzeugt. Vielleicht stimmten Details nicht, aber es gab immer einen wahren Kern, selbst in den verrücktesten Geschichten steckte einer. Die Dinge, die auf der Welt geschahen, ergaben, isoliert betrachtet, keinen Sinn, es war ein einziges großes Chaos. Aber wenn man einmal annahm, dass ein Plan dahinter steckte, eine Idee, wurden die Dinge klarer.

Leo spürte, dass er endlich alles zu verstehen begann. Er saß die ganze Nacht hindurch vor dem Rechner. Endlich begann sich der Nebel zu lichten.

Taxil hatte ihm erklärt, wer die Feinde waren. Taxil hatte ihm die Welt erklärt. Vielleicht wäre manches anders gekommen, wenn Leo nicht Taxil gefunden hätte. Aber das war ein Punkt, an dem es schwierig wurde, weiterzudenken. Zu denken, wie es sein könnte, wenn er Taxil nicht gefunden hätte. Denn vielleicht wäre Leo dann noch immer in dem leeren Raum. Ohne Richtung, ohne Idee, ohne zu wissen, was gut und was böse war. Die unendlichen Möglichkeiten, der Raum mit den vielen Türen, von denen jede wieder nur in einen Raum mit vielen Türen führte. Taxil hatte ihm eine Richtung aufgezeigt, hatte ihm die Augen geöffnet. Alles, was zuvor unbegreiflich gewesen war, wurde jetzt klar und verständlich, weil man einen eindeutigen Standpunkt einnahm.

Es sind nicht mehr als acht oder neun Personen, die kontrollieren das gesamte politische Geschehen der Welt, hatte Taxil geschrieben. Jeder andere, der so etwas behauptet hätte, wäre von Leo nicht ernst genommen worden, aber Taxil sagte das nicht nur dahin, nein, er konnte es beweisen. Er musste jahrelang Informationen gesammelt haben. Und einmal, ein einziges Mal, hatte er angedeutet, dass er sich selbst bis in den verbrecherischen Geheimbund hineingewagt hatte. Er hatte sich für Leo geöffnet, und Leo hatte das Gefühl gehabt, dass auch Taxil einsam war. Dass auch er es genoss, mit einem Vertrauten sprechen zu können. Taxil fühlte sich berufen, die Welt zu informieren. Er hasste die Freimaurer. Das Denkmal war für ihn nur ein abstoßender Koloss. Er sprach immer wieder über die freimaurerischen, faschistisch-okkulten Hintergründe, die zu seinem Bau geführt hatten, und vermutete, dass dort geheime Rituale vollzogen wurden. Taxil vermutete ein Geheimnis in den Gewölben des Fundaments. Sie versammelten sich dort. Sogar in aller Öffentlichkeit. Zur Buchmesse waren sie angereist, aus der ganzen Welt. Einhundertneunundneunzig Freimaurer hatten an einer Zeremonie teilgenommen. Man konnte das alles lesen. O ja, sie waren klug. Höllisch klug. Sie machten das selbst öffentlich, sie behaupteten, für das Gute zu wirken, aber in Wirklichkeit strebten sie nach absoluter Herrschaft über die Menschen. Alles war offenbar, alles wirkte harmlos. Aber Taxil und ihn, Leo, konnten sie nicht täuschen. Lange Zeit hatte er den Plan verfolgt, unbemerkt in den Tempel hineinzukommen. Und seit er wusste, welche Bedeutung die Johannisnacht für die Freimaurer hatte, war ihm auch klargewesen, dass es in dieser Nacht geschehen musste. Aber einen geheimen Zugang hatte er trotz intensiver Suche nicht aufspüren können. Der Mai war zu Ende gegangen und man konnte die Tage zählen, die noch verblieben. Leo hatte gefürchtet, zu versagen. Aber dann hatte er begriffen, was der Zweck der Bauarbeiten am Fuße des Turms war. Sie hatten die symbolische Pforte geöffnet. Und er, Leo, würde diesen Zugang wieder verschließen. Für immer.

Am Anfang war er glücklich gewesen, dass Taxil ihn in sein Vertrauen gezogen hatte, ihm wichtige Aufträge gab. Alles, was er über die Verschwörung wusste, hatte ihm Taxil erklärt. Dass die Freimaurer Nazis waren und Satanisten, dass ihnen alles zuzutrauen war. Das Durcheinander der Welt hatte sich plötzlich aufgelöst. Klar und deutlich hatte die Wahrheit vor ihm gelegen und endlich hatte er verstanden, was mit dem Vater geschehen war. Warum der große Plan damals gescheitert war. Warum das Land im Chaos versunken war und die Macht des Geldes gesiegt hatte. Es war kein Märchen, keine Erfindung, es war die Wirklichkeit: Noch immer herrschten die Freimaurer im Verborgenen, versuchten, die Menschen für ihre geheimen Pläne zu benutzen. Er hatte Taxil bewundert, weil der den Mut hatte, gegen diesen mächtigen Gegner zu kämpfen. Nicht versteckt, sondern in aller Öffentlichkeit mit seinem Blog und in den Foren, in denen er sich zu Wort meldete. Taxil hatte ihm gesagt, dass auch er, Leo, damit rechnen müsse, dass sie ihn nun überwachen und bekämpfen würden, aber er hatte keine Furcht verspürt, sondern Stolz.

Leo spürte wie die Erregung wieder über ihn kam. Die Müdigkeit verflüchtigte sich. Er, nur er, hatte bemerkt, was vor sich ging. Er war ihnen auf die Spur gekommen. Er würde nicht aufgeben. Der Vater sollte stolz auf ihn sein. Er sah wieder das graue Gesicht, den verdrehten Körper, wie er ganz leicht geschaukelt hatte. Er spürte wieder die Lähmung, war bei der Rückkehr des Bildes unfähig sich zu bewegen. Unfähig, den Vater zu berühren, der sich unaufhörlich drehte, der Luftzug, die offene Tür, da war das Gesicht des Vaters gewesen, Leo hatte es nicht ertragen, Leo hatte versagt. Er war aus der Tür gelaufen, aus dem Haus. Er war gelaufen, bis er nicht mehr konnte. Bis dieses Bild verschwunden war. Bis die ganze Welt verschwunden war, bis es dunkel und still geworden war. Es war eine unauslöschliche Schuld, nie würde sie getilgt werden können. Der Vater hatte ihm nicht vergeben und er würde Leo auch niemals vergeben. Aber jetzt würde er Leo dennoch loben müssen. Einsehen würde er müssen, dass er, Leo, die Wahrheit ans Licht gebracht hatte und sich seiner Aufgabe stellte. Und vielleicht, ganz am Ende, würde alles noch gut werden, er durfte nur nicht aufgeben. »Niemals aufgeben, Leo«, murmelte er lächelnd.

II

Zuerst war Bernhard enttäuscht gewesen. Aber jetzt dachte er, dass es besser war, wenn er Katja erst morgen treffen würde. Wenn er diese Sache hinter sich gebracht hatte. Er durfte sich jetzt nicht ablenken lassen. Nach Katjas Anruf hatte er noch ein paar Stunden gearbeitet. Zuerst hatte sich Bernhard nur die Fotografien noch einmal ansehen wollen, aber dann war es wie immer gewesen: Wenn er erst einmal am Schreibtisch vor seinen Unterlagen saß, vergaß er die Zeit. Er hatte sich in sein Manuskript vertieft und nicht bemerkt, dass es draußen dunkel geworden war. Er starrte auf die schwarze Fensterscheibe, in der sich die Umrisse seiner Gestalt spiegelte. Bernhard bemerkte plötzlich die Stille in seiner Wohnung. Unwillig schob er die Papiere beiseite und stand auf.

Ihm fiel ein, dass heute der längste Tag des Jahres war, der 24. Juni, Johannistag. Wahrscheinlich saßen überall Leute vor den Cafés und Kneipen, es war eine milde Nacht. Ein Bild tauchte vor ihm auf: Katja, wie sie mit einer roten Decke um die Schultern neben ihm saß, eine Kerze flackerte auf dem Tisch neben ihren Weingläsern. Eine kurze Berührung ihrer Hände auf dem Tisch. Katjas fröhliche Stimme, ihr Lachen.

»Hör auf!«, ermahnte er sich selbst. »Lass sie doch erst einmal ankommen. Mach dir nicht schon wieder falsche Hoffnungen!« Mit sich selbst unzufrieden, ging Bernhard in die Küche, trank ein Glas Leitungswasser. Es war kurz nach zehn. Leider zu spät für die Weinhandlung, dachte Bernhard. Er hätte jetzt gern ein Glas mit Tom, dem Weinhändler, getrunken. Erst jetzt bemerkte Bernhard, wie hungrig er war. Der Blick in den Kühlschrank war eher unerfreulich. Er beschloss, noch einmal rauszugehen. Für morgen war alles vorbereitet. Aber an Schlafen war jetzt sowieso noch nicht zu denken. Bernhard griff nach der Lederjacke und dem Wagenschlüssel. Als er schon an der Tür war, zögerte er und ging noch einmal zurück in sein Arbeitszimmer. Er zog eine Mappe mit Papieren aus der Schreibtischschublade, steckte sie in eine Aktentasche und nahm sie mit. Es war sicherer so.

Der Saab stand ein paar Häuser weiter auf der anderen Straßenseite. Bernhard war in seinen Wagen verliebt. Es war ein Coupé, der 900i Turbo, Baujahr 1986. Zwei Jahre lang hatte Bernhard nach einem scheckheftgepflegtem Modell mit Lederausstattung gesucht. Entweder der oder keiner, das war ihm dann sofort klargewesen, als er die Fotos des Wagens gesehen hatte. Er war noch am selben Tag nach Marburg gefahren und mit dem Wagen zurückgekommen.

Spätestens seit den Neunzigern, dachte Bernhard verächtlich, gab es keine formschönen Autos mehr. Generationen von Designern, die mit Legobausteinen aufgewachsen sind. Klobige Formen, keine Eleganz, hochbeinige Kisten, primitive Kreuzungen aus Pkw und Geländewagen. Lieber würde er nur noch Fahrrad fahren, als sich in so ein Monstrum zu setzen.

Bernhard beschloss, zu seinem Lieblingscafé in die August-Bebel-Straße zu fahren. Es war zwar kurz vor Küchenschluss, aber sein Kalbsschnitzel würde er schon noch bekommen. Er konnte sich nicht erinnern, jemals irgendwo ein besseres gegessen zu haben. Danach konnte er noch am Denkmal vorbeifahren. Er mochte es, in der Dämmerung dort zu sein. Von den Stufen zum Eingang konnte man den Sonnenuntergang im Westen der Stadt bewundern. Die Aussicht war grandios. Dafür war es zwar heute schon zu spät, aber immerhin konnte er noch einen kleinen Nachtspaziergang unternehmen. Als er losfuhr, achtete er nicht auf den schwarzen Geländewagen, der ihm folgte.

12

Leo war in der Dämmerung aufgebrochen. Der Friedhof war um diese Zeit bereits leer und verlassen, aber er war trotzdem vorsichtig, nichts durfte in dieser Nacht dazwischenkommen. Er trug jetzt den schwarzen Adidas-Anzug und lief in leichtem Trab auf dem oberen Weg, der die ovale Anlage des Denkmalareals begrenzte. Als er den Turm umkreiste, prägte er sich die Personen ein, die noch auf dem Gelände waren. Unverdächtig: eine Touristengruppe auf der Freitreppe, sicher würden sie bald wieder gehen. Auf dem oberen Rundweg zwei Frauen, die keuchend ihre Runden liefen. Auch sie würden nicht lange hier sein. Problematischer war schon das Pärchen, das auf den Sonnenuntergang wartete. Sie saßen auf einer Decke, die sie auf dem unteren Sockelabsatz ausgebreitet hatten, und starrten nach Westen, wo die Sonne unterging. Der Mann hatte einen Arm um die Frau geschlungen, neben ihm stand eine Flasche Wein. Das war schon kritischer. Die beiden hatten es sich gemütlich gemacht. Man musste später kontrollieren, ob sie gegangen waren. Falls sie die Nacht hier verbringen wollten, wäre das ein Problem. Aber damit wollte sich Leo jetzt noch nicht beschäftigen. Noch war genug Zeit. Ruhig beugte er den Kopf, konzentrierte sich auf seine Füße, die ihren Rhythmus längst gefunden hatten und sich gleichmäßig voranbewegten. Er war inzwischen auf Höhe der beiden Torbauten, die den Eingang zum Denkmalgelände flankierten. Die Touristengruppe stand jetzt vor dem Erzengel Michael und dem neugeschaffenen Eingang, durch den man schon auf der Fundamentebene in den Turm gelangen konnte. Die Touristen reckten die Arme über ihre Köpfe, sie schossen Fotos vom Wächter mit dem Flammenschwert, der direkt über ihnen aufragte. Alle schossen sie dort ihre Fotos, vollkommen ahnungslos, wo sie sich befanden. Aber Leo wusste es: Sie standen vor dem größten Freimaurertempel der Welt.

Er hatte beschlossen, zwei getrennte Sprengladungen anzubringen. Eine am neuen Eingang auf der Fundamentebene. Es war wichtig, dass gerade dieser Eingang zerstört werden würde. Aber vielleicht war der Sockel dort zu massiv. Er hatte keine Möglichkeit gesehen, den Sprengstoff unbemerkt zu testen. Vielleicht würde diese Ladung nicht ausreichen. Deshalb hatte Leo beschlossen, eine zweite Ladung am oberen Eingang auf der Kryptaebene zu platzieren. Die Druckwelle würde dort den oberen Teil des Turmes besser erreichen. Den Rucksack mit dem Material hatte er nahe beim Zaun hinter einem Grabstein versteckt. Er hatte sich entschieden, die Sprengladungen erst nach dreiundzwanzig Uhr anzubringen. Niemand sollte sie durch einen dummen Zufall zu früh entdecken. Genau um Mitternacht sollte es passieren. In der Johannisnacht. Sie würden die Botschaft verstehen. Sie würden begreifen müssen, dass es jemanden gab, der ihre Pläne durchschaut hatte und Widerstand leistete.

Es war kurz nach dreiundzwanzig Uhr, als Bernhard zum Völkerschlachtdenkmal hinausfuhr. Er hatte zum Essen ein Bier getrunken und fühlte sich jetzt ruhig und beschwingt.

Der weitläufige Parkplatz vor dem Denkmalgelände war um diese Uhrzeit fast leer. Bernhard hatte die Unterlagen mitgenommen. Es schien ihm zu unsicher, sie zu Hause zurückzulassen. Der Einbruch bei Beata war vielleicht nur ein Zufall gewesen. Wohnungseinbrüche waren keine Seltenheit in Leipzig. Und immerhin war ihr Laptop gestohlen worden. Vielleicht war es aber gar kein Zufall gewesen. Dann wäre es eine Warnung gewesen. Unwahrscheinlich, dass so etwas auch bei ihm passieren würde, aber man konnte nie wissen. Er wollte es nicht darauf ankommen lassen.

Bernhard griff nach der Tasche und stieg aus. Die frische Nachtluft war angenehm. Langsam schlenderte er zwischen den beiden Torbauten hindurch auf das Denkmal zu. Der Anblick der angestrahlten Riesenfiguren war immer wieder beeindruckend. Das Denkmal war ganz zweifellos das hässlichste und zugleich interessanteste Bauwerk der Stadt. Bernhard blieb kurz stehen, um sich eine Zigarette anzuzünden. Er hatte in den letzten Monaten viel Zeit mit dem Denkmalbau verbracht. Es war schon faszinierend, was der Architekt, der Freimaurer gewesen war, hier alles untergebracht hatte. Es gab einige sehr direkte Hinweise wie die symbolische Pforte, die von Jugendstilornamenten umrahmt wurde. Bei genauerem Betrachten wurde allerdings deutlich, dass es sich um die beiden Buchstaben »j« und »b« handelte. Und diese Buchstaben standen zweifellos für die Säulen Jachin und Boas. Ein alttestamentarischer Bezug auf den Tempel Salomons, typisch für die Symbolik der Freimaurerei. Wie auch die Inschriften, das Tau-Zeichen und die ausgeprägte Zahlensymbolik. Interessanter fand Bernhard aber die weniger offensichtlichen Verweise. Vor allem die Spiegelung des Turmes auf der Wasseroberfläche des Bassins faszinierte ihn. Sie zeigte zwei Dreiecke. Zwei Dreiecke, die für die wichtigsten Insignien der Freimaurerei stehen konnten: Zirkel und Winkelmaß. Sollte sich das nur zufällig ergeben haben? Bernhard hatte da seine Zweifel. Er hatte die Spiegelung entdeckt, als er an einem sonnigen Tag vom Außenrundgang des Turmes auf das Wasserbecken hinuntergeblickt hatte.

Fraglich blieb allerdings nach wie vor, was mit der Gestaltung der Plattform gemeint war. Sie wirkte merkwürdig unfertig, unvollendet. Sie war auf die Kuppel aufgelegt, aber der Schlussstein – wenn man so wollte – fehlte. War das auch eines ihrer Symbole? Thieme hatte noch eine ganze Reihe von Bauten in Leipzig hinterlassen. Aber keines war so rätselhaft wie dieses. Warum hatte er den Entwurf seines Kollegen Schmitz abgeändert? Der riesige Gipfelstein war ursprünglich so nicht vorgesehen gewesen. Wie eine überdimensionierte Grabplatte, dachte Bernhard unwillig. Allerdings hinkte der Vergleich. Die Platte war nicht geschlossen, Besucher stiegen im Turm bis zur Aussichtsplattform hinauf.

Sollte auch das eine symbolischen Bedeutung haben? Der Aufstieg, aus dem Dunkel des Grabes sozusagen, bis man nach mühsamer Arbeit ins Freie, ins Licht gelangte?

Er dachte wieder an sein Manuskript. Mit dem Geld konnte er in Ruhe weiterarbeiten und es vielleicht sogar noch in diesem Jahr zu Ende bringen.

Dem Völkerschlachtdenkmal würde er ein zentrales Kapitel einräumen. Die Publikation würde in Fachkreisen einige Aufmerksamkeit erregen. Es würde Debatten geben, man würde ihn wieder zu Kongressen einladen. Er lächelte zufrieden. Die Kollegen am Institut hatten ihn längst abgeschrieben, aber er würde sich zurückmelden. Mit einem Paukenschlag. Bernhard blieb vor dem Wasserbecken stehen. Es war ihm, als habe er einen Schatten vorüberhuschen sehen. Er blickte hinauf zu den Lindenbäumen, die den oberen Rundweg im Süden säumten. Vielleicht ein Tier, dachte er. Es gab immer mehr Tiere in der Stadt. Hinter dem Wall erstreckte sich das Gelände des Südfriedhofs, von der Plattform des Denkmals aus konnte man ihn für einen Wald halten, so dicht und geschlossen wirkten die Baumkronen aus der Höhe. Der Friedhof war ein ideales Rückzugsgebiet für Füchse und Waschbären, die sich in der Stadt angesiedelt hatten. Bernhard beschloss, eine Runde um den See zu gehen und dann zurückzufahren. Er warf einen Blick auf seine Uhr. Es war dreiundzwanzig Uhr fünfundvierzig. In einer viertel Stunde würde die Beleuchtung des Denkmals abgeschaltet werden. Wenn er an die morgige Übergabe dachte, spürte Bernhard, dass er nervös wurde. Er hatte alles hundertmal durchdacht, es war ganz einfach, solange er sich an seinen Plan hielt. Aber dennoch … Seine Schritte knirschten auf dem Kiesweg. Es war wichtig, dass er ruhig und überlegen auftrat. Sie würde bemerken, wenn er unsicher war und ihren Vorteil daraus schlagen wollen. Vielleicht würden sie versuchen ihn hinzuhalten. Oder ihm drohen. Aber darauf war er vorbereitet: Wenn mir etwas passieren sollte, gehen die Unterlagen innerhalb von vierundzwanzig Stunden an die Polizei. Das ist vorbereitet, kein Raum für Illusionen.

Bernhard hatte die Unterlagen ausgewertet und ein wenig recherchiert: Es gab einige Leute in der Stadt, die nicht daran interessiert sein dürften, dass Presse oder Polizei aufmerksam werden. Und er hatte eine Summe genannt, die diese Leute zahlen konnten. Nein, er hatte keine Gewissensbisse. Dieses Mal war er dran, und er würde sich seinen Teil nehmen. Das Einzige, was ihm wirklich Sorge machte, war die Tatsache, dass er Beata betrog. Obwohl ihm Betrug als ein zu hartes Wort erschien. Aber sie vertraute ihm, und er nutzte ihr Vertrauen aus. Das was eine Tatsache. Er konnte es drehen und wenden, wie er wollte, die Sache war nicht koscher. Wenn sie es jemals erfahren würde, wäre alles aus. Bernhard wollte diesen Gedanken lieber nicht zu Ende bringen. Vielleicht würde sie ihm verzeihen, wenn er ihr alles erklären würde. Vielleicht würde sie sich aber auch wortlos umdrehen und nie wieder zurückkommen. »Das ist das Risiko«, murmelte er. »Der Preis.« Er spürte, wie fest er seine Zähne aufeinanderdrückte, und massierte sich mit der freien Linken den Kiefer. Seit Katjas E-Mail, in der sie ihm angekündigt hatte, zurückkommen zu wollen, hatte sich sein Gefühl für Beata verändert. Er konnte es selbst nicht richtig erklären. Katja und er – sie würden immer nur gute Freunde bleiben. Das wusste er. Katja mochte ihn, aber sie hatte ihn nie geliebt. Und er hatte sich gehütet, über vage Andeutungen hinauszugehen. Nein, er hätte sie nur erschreckt mit seiner Leidenschaft, mit dem, was er schon immer für sie empfunden hatte. Und vielleicht wäre ihre Freundschaft darunter zerbrochen. Katja hatte nie eine Ahnung gehabt, was sie ihm bedeutet hatte.

Bernhard hatte den See umrundet und stand jetzt auf der Freifläche vor dem Denkmal. Direkt über ihm ragte die Skulptur des Erzengels Michael auf, hinter ihm der gewaltige Turm, der in der Höhe vom Kranz der zwölf steinernen Wächter umringt wurde. Schweigend standen sie, auf ihre Schwerter gestützt, dramatisch beleuchtet durch geschickt eingesetzte Scheinwerfer. Der Mond verschwand hinter einer Wolkenformation, die Helligkeit nahm mit einem Schlag ab. Die dunklen Mauern rings um ihn wirkten mit einem Mal bedrohlich. Und Bernhard hatte unvermittelt das unangenehme Gefühl, beobachtet zu werden.

Er beschloss zurückzugehen.

Leos Herz pochte so laut, dass er einen Moment fürchtete, der Mann könnte es hören. Aber das war Unsinn, nichts war zu hören, und in seinem schwarzen Trainingsanzug war er vor dem dunklen Stein auch nicht zu sehen. Was wollte der Mann hier? Alles war gutgegangen, dass Paar mit der Weinflasche war rechtzeitig gegangen. Er hatte beide Sprengladungen angebracht und die Zünder mit der Schaltuhr gekoppelt. Es war nicht mehr viel Zeit. Der Mann musste weg. Leo hatte ihn wiedererkannt. Zuerst hatte er ihn damals für einen harmlosen Touristen gehalten, der sich das Denkmal anschaut. Der Mann hatte einen Fotoapparat dabei. Er war ungefähr ein Stunde geblieben, hatte Fotos aus verschiedenen Perspektiven geschossen. Alles ganz normal. Gewundert hatte sich Leo nur, dass der Mann nicht hineingegangen war. Welcher Tourist würde hierherkommen und dann nicht auf den Turm steigen?

Eine Woche später war der Mann wieder da gewesen. Leo hatte ihn sofort erkannt. Die dünnen blonden Haare, die ihm der Wind immer wieder ins Gesicht wehte. Der langsame Gang, der nachdenkliche Blick. Er hatte wieder fotografiert und sich dieses Mal auch Notizen gemacht. Leo war ihm gefolgt, als der Mann hinüber zum Südfriedhof gegangen war. Und später, als er zu seinem Auto zurückgegangen war. Leo hatte sich das Kennzeichen eingeprägt. Alles konnte von Bedeutung sein.

Warum war der Mann heute Nacht hierher zurückgekommen? In wenigen Minuten würde die Schaltuhr die Zünder aktivieren. Und wer waren die anderen beiden Männer, die ihn verfolgten? Waren sie hier, um eines ihrer Rituale abzuhalten? Oder hatten sie ihn entdeckt, hatten sie es auf ihn, auf Leo, abgesehen? War das Ganze eine Falle? Waren sie hier, um die Sprengung im letzten Moment zu verhindern? Sein Verstand arbeitete fieberhaft, während er beobachtete, wie sich zwei schattenhafte Gestalten näher an den Mann auf der Freitreppe heranpirschten. Er musste eine Entscheidung treffen. Die Möglichkeit, dass Menschen in der Nähe sein könnten, hatte er nicht bedacht. Du musst sie warnen, rief eine Stimme in seinem Kopf. Jetzt, Leo, los! Aber er verharrte weiterhin reglos an seinem Platz. Der ganze sorgsam vorbereitete Plan wäre umsonst, wenn er sich jetzt verraten würde. Warum mussten diese Leute hierherkommen, ausgerechnet in dieser Nacht, ausgerechnet jetzt?

Es war zu spät. Selbst wenn er sie jetzt noch warnen würde, hätten sie nicht mehr genug Zeit, sich in Sicherheit zu bringen. Jeden Augenblick mussten die Scheinwerfer ausgehen, die die Wächter oben am Turm anstrahlten. Und sechzig Sekunden später würden die Zünder die Explosionen auslösen.

Bernhard war im Begriff zurückzugehen, als er die Gestalt bemerkte, die sich aus dem Mauerschatten löste und ihm entgegenkam. Er zögerte einen Augenblick und wäre fast dem Impuls gefolgt, sich nach der anderen Seite zu wenden, aber dann ging er doch weiter. Es ist sicher nur ein ebenso harmloser Nachtspaziergänger wie ich, versuchte Bernhard sich einzureden. Seine Hand krampfte sich um den Griff der Tasche. Hinter ihm war ein Rascheln zu hören. Er spürte, wie ihm Schweiß ausbrach. Der Mann kam direkt auf ihn zu, Bernhard nahm die Tasche hoch, hielt sie instinktiv vor seine Brust und umschlang sie auch mit dem rechten Arm. Die ungute Empfindung, dass hinter ihm jemand war, verstärkte sich. Aber es war bereits zu spät. Er hatte sich so auf die Gestalt vor ihm konzentriert, dass er zu spät bemerkt hatte, was in seinem Rücken geschah, ein plötzlicher Stoß, ließ ihn nach vorn stolpern, sein rechter Arm wurde gepackt und auf den Rücken gedreht, er schrie überrascht auf. Doch sein Schrei brach ebenso rasch wieder ab, als sich eine raue Hand auf sein Gesicht legte und seinen Mund grob zusammenpresste. »Ganz ruhig«, hörte er eine Stimme nah an seinem Ohr flüstern, »keinen Ärger machen, dann passiert dir auch nichts.«

Keuchend blickte Bernhard auf den Mann, der jetzt dicht vor ihm stand und verächtlich lächelte. »Die Tasche«, sagte der Fremde. Er streckte die Hand aus. Auf seinem Gesicht lag ein verächtliches Lächeln. Bernhard bäumte sich in einem Anfall wilder Verzweiflung auf, als eine Explosion die Stille mit einem gewaltigen Schlag zerriss. Verblüfft ließ der Mann, der Bernhard festhielt, von ihm ab. Der andere hatte die Arme schützend über den Kopf gerissen und sich weggeduckt. Bernhard begriff instinktiv, dass dieser Moment seine Chance war. Er riss sich los und rannte in die Dunkelheit.

Mike fluchte. Unter seinen Schuhen knirschte Glas und Plastik. Eine rote Lampe blinkte im Inneren, das Notlicht musste ausgefallen sein, sicher hatte die Explosion einen Kurzschluss verursacht. Er hatte nicht die geringste Ahnung, was hier vor sich ging. Auch Frank nicht, der war genauso überrascht. Mike hörte einen dumpfen Laut. Es klang wie eine Tür, die ins Schloss fiel. Er wandte sich nach rechts. Der Taschenlampenstrahl fiel auf eine riesige steinerne Figur, Mike hastete an ihr vorbei, irgendwo hier musste der Typ doch sein. Dann fiel der Lichtstrahl auf die Tür. Ein schmaler Gang führte zu einer Wendeltreppe. Von weiter oben hörte er Geräusche. Wohin will der verfluchte Idiot, dachte Mike. Er würde ihn ohnehin kriegen. Einen Augenblick zögerte er aber, denn die Treppe nach oben war eine Falle, nicht nur für den Flüchtenden, sondern auch für ihn selbst. Die Explosion hatte einen Alarm ausgelöst, in kurzer Zeit würden hier die Bullen oder ein Wachdienst aufkreuzen, dann saß auch er in der Falle. Aber Frank wollte unbedingt diese verdammte Tasche. Wütend nahm er die ersten Stufen mit einem entschlossenen Satz.

Fast wäre er vorbeigelaufen. Aber dann hatte er kehrtgemacht und war geräuschlos durch die Tür geschlüpft, die nur angelehnt war. Nach der Dunkelheit auf der Wendeltreppe erschien es ihm draußen hell. Er befand sich auf einem schmalen Balkon. Der Mann war nicht zu sehen, aber ein Geräusch kam von rechts. Mike wandte sich in diese Richtung. Geduckt lief er vorwärts, bereit, einen möglichen Angriff abzuwehren. Als er um eine Ecke bog, rechnete er damit, angefallen zu werden, aber nichts geschah. Er hatte jetzt die lange Vorderseite des Turmes vor sich. Einen Augenblick blieb er stehen, starrte in die Dunkelheit, links von ihm lauerte die Tiefe, er konnte die steinerne Brüstung neben sich ertasten, ohne den Arm ausstrecken zu müssen. Etwas ließ ihn stutzen. Als er das Geräusch erneut hörte, drehte er sich instinktiv zur Seite, die Gestalt hing schräg über ihm, und erst jetzt erkannte er das Gitter, das über dem Balkon gespannt war. Mit einem verzweifelten Schrei ließ sich die Gestalt auf ihn fallen, Mike spannte seinen Körper und fing den Aufprall ab. Für einige Sekunden rangen sie miteinander, ein Gewirr von Armen und Beinen wälzte sich in dem schmalen Gang hin und her. Mike spürte heiße Wut in sich aufschießen. Mit einem entschlossenen Griff bekam er den Gegner zu fassen, umklammerte ihn und schob sich mit ihm nach oben, wuchtete ihn mit einem wilden Knurren über die Brüstung.

Der Turm bewegte sich nicht. Stürzte nicht in sich zusammen. Wie war das möglich? Es schien Leo, als ob seit der Explosion eine Ewigkeit vergangen wäre. Unbeweglich hockte er am Rand der Böschung und starrte auf die dunkel aufragende mächtige Silhouette. Er musste doch fallen, dachte Leo. Aber die Minuten verstrichen und nichts geschah. Leo löste sich erst aus seiner Erstarrung, als die Stille von einem entsetzlichen Schrei zerrissen wurde. Ein dumpfes Geräusch war vom Turm her zu hören, danach war es wieder still. Der Mann, dachte Leo. Was war mit dem Mann geschehen? Die Gestalt an der Lindenallee hatte sich in Bewegung gesetzt. Leo hörte jetzt auch ein leises Fluchen. Er glitt mit zittrigen Beinen die Böschung hinab er musste wissen, was mit dem Mann geschehen war.

Unberührt stand der schreckliche Erzengel vor ihm, Leo begriff nicht, warum er nicht in tausend Stücke zerbrochen war. Eng an die Wand geschmiegt, schlich er lautlos die rechte Treppe hinauf. Von oben waren Geräusche zu hören. Dann sah Leo den Mann. Er lag mit merkwürdig verdrehten Armen und Beinen vor ihm auf dem Treppenabsatz. Leo spürte sofort, dass der Mann nicht mehr lebte. Ein Gefühl von Trauer stieg in ihm auf. Das Geräusch von Schritten wurde deutlicher, jemand näherte sich. Leo wollte jetzt nur noch weg von diesem Ort, weg von dem toten Mann und in die Sicherheit seines Verstecks. Geduckt lief er los, schwang sich nach einigen Metern über eine niedrige Mauer auf den grasbewachsenen Hang an der Südostseite. Es war unwahrscheinlich, dass ihn jemand bemerkte. Seine schwarze Kleidung hob sich kaum von den dunklen Steinblöcken ab.

Kurz bevor er den Weg erreichte, stieß er an einen Gegenstand. Es war eine Aktentasche. Ohne zu überlegen, griff Leo danach, huschte über den Weg und die Böschung hinab In ihm tobte ein Aufruhr, Gedankenfetzen jagten einander, alles ging wirr durcheinander. Warum hatte die Sprengladung auf der Fundamentebene nicht gezündet? Warum war der Mann in den Turm gelaufen? Die obere Tür musste offen gewesen sein. Aber der Turm stürzte nicht, alles war misslungen. Der Plan gescheitert. Leo hatte versagt. Und die Männer, hatten sie ihn gesehen? Folgten sie ihm?

Erst als er über den Friedhofszaun geklettert war, wurde er wieder ruhiger. »Die Toten beschützen mich«, murmelte er atemlos. »Sie beschützen mich, weil ich zu ihnen gehöre.« Er zwang sich, kurz innezuhalten, vergewisserte sich, dass niemand zu sehen war, hastete dann zwischen zwei Offiziersgräbern hindurch, überquerte den Außenweg und nahm seine übliche Route durch Rhododendronbüsche, über Grabanlagen und Rasenflächen.

Verdammt. Mike beugte sich über die Brüstung und versuchte etwas zu erkennen. Aber es war nichts zu sehen. Weder der Typ noch die Aktentasche. Sein Telefon begann in der Hosentasche zu vibrieren. Leise fluchend ging er ran.

»Was ist los, hast du sie?«, fragte Bormann.

»Der ist runtergesprungen.«

»Das hab ich mitbekommen. Hast du die Tasche?«

»Der Idiot hat sich selbst ...«

»Das hoffe ich für dich. Du solltest ihn lebend herunterbringen. Hast du die Tasche?«

»Nein, keine Ahnung, wahrscheinlich ist die mit runtergeflogen.«

»Such die verdammte Tasche, sie muss noch da oben sein. Und sieh zu, dass du da rauskommst, bevor die Bullen kommen.«

13

Der Mann musste Angst gehabt haben. So große Angst, dass er in seiner Verwirrung genau das Falsche getan hatte. Die Explosion konnte ihn nicht getötet haben. Die Männer hatten auf der Freifläche vor dem Erzengel gestanden. Dort hatte die Sprengung nicht gezündet. Der Mann musste vor seinen Verfolgern geflohen sein. Vielleicht hatte die Explosion an der oberen Tür zumindest eine Öffnung in den Turm gesprengt. Dort musste er hineingeflüchtet sein. Aber warum? Gab es vielleicht doch einen geheimen Ausgang, von dem niemand außer dem Mann etwas wusste? Dann war es klug gewesen, in den Turm zu rennen.

Der selbst wenn es diesen geheimen Ausgang gab, hatte es dem Mann nichts genützt. Vielleicht hatte er das Codewort vergessen oder in der Aufregung die Stelle nicht gefunden, auf die man drücken musste, damit sich die Geheimtür öffnete. Vielleicht war auch etwas ganz anderes geschehen, vielleicht gab es sogar einen Grund, warum er hinauf auf die Plattform gerannt war. Aber wenn es einen solchen Grund gegeben hatte, dann war es kein guter gewesen.

Vielleicht waren noch mehr Männer hier, die er noch nicht entdeckt hatte. Leo versuchte sein Zittern zu unterdrücken. Ob sie hinter ihm her waren? War er ihrem Geheimnis schon zu nahe gekommen? War heute die Nacht, in der sie sich hier versammelten, um eines ihrer Rituale zu vollziehen? Aber wer war der Mann, der geflohen war? Und warum war er hineingelaufen? Wenn er verfolgt wurde, war der Turm doch eine Falle. Es sein denn, es gab einen geheimen Ausgang, von dem er nichts wusste. Vielleicht waren die Verfolger Fremde, die nicht zur Bruderschaft der Freimaurer gehörten?

Leo hielt die Tasche fest umklammert. Erst als er die Sandsteinplatte wieder zurückschieben wollte, um die Einstiegsöffnung zu verdecken, bemerkte er, dass seine Hände zitterten. Er musste die Taschenlampe ausmachen und eine Weile im Dunkeln sitzen, bis er sich beruhigte. Der Raum, in dem er sich befand, hatte eine gewölbte Ziegeldecke und war vollkommen leer, bis auf Leos Schlafsack, einige Kerzen, zwei große Plastiktüten, die vollgestopft waren mit Kleidung, Wasserflaschen und einigen wichtigen Dingen, die Leo aus der Wohnung mitgenommen hatte. Alle anderen Sachen waren noch dort.

Atmen, dachte Leo, einatmen, ausatmen, sehr langsam atmen. Die Welt ist Atem. Das Universum ist wie mein Atmen, ist Ausdehnen und Zusammenziehen. Das göttliche Prinzip. Eines der offenbaren Geheimnisse, von denen Taxil gesprochen hatte. Die geheimen Brüder wussten das. Wussten aber auch noch viel mehr. Leo atmete langsam. Versuchte, sich nur auf seinen Atem zu konzentrieren. Leben und Sterben. Was mit den Sternen und ihren Planeten geschah – es war nichts anderes als das, was mit den Lebewesen der Erde geschah, auch mit ihm, Leo. Wie oben so auch unten. Und wie unten so auch oben. Der große Baumeister des Universums hatte keinen statischen Bau geschaffen, sondern Bewegung, die in sich ruhte. Das Spiegelbild schaffen. Schon die Ägypter hatten das gewusst, hatte Taxil behauptet. Leben und Tod. Der Mann, der vom Turm gefallen war – Leo war sich nicht sicher, ob er wirklich tot gewesen war. Aber konnte man einen solchen Sturz überleben? Er hatte sich jedenfalls nicht mehr gerührt. Noch einmal hörte Leo den Schrei und den dumpfen Aufprall des Körpers. Er versuchte nicht mehr daran zu denken, aber es wollte ihm nicht gelingen. Er spürte, dass ihm Tränen aus den Augen rannen. »Tot«, flüsterte er in die Dunkelheit, »tot, tot.« Wieder und wieder hörte er das furchtbare Geräusch, das entstanden war, als der Körper aufgeschlagen war.

Es dauerte lange, bis Leo ruhiger wurde und nachdenken konnte. Taxil würde enttäuscht sein. Die Explosion hatte den abscheulichen Tempel nicht zum Einsturz gebracht, und der geheimnisvolle Mann war tot. Aber vielleicht – eine Hoffnung blitzte in der Düsternis dieses Gedankens auf –, vielleicht hatte er etwas Wichtiges zurückgelassen. Leo zog die Tasche zu sich heran. Sie war aus dunkelbraunem Leder und mit einer Metallschnalle verschlossen. Er zog einen Umschlag heraus und öffnete ihn. Er enthielt Papiere, Kopien. Leo blätterte die Unterlagen durch. Er sah Spalten, in denen Zahlenkolonnen standen, irgendwelche Daten, deren Bedeutung er nicht verstand. Straßennamen, Aktenzeichen, Steuernummern. *Grundbuchauszug*, las er auf einem der Papierbögen. *Gesprächsprotokoll* auf einem anderen. Es war nicht das, was er erhofft hatte. Es war vollkommen wertlos. Der Mann, der vom Turm gestürzt war, konnte Leo nicht helfen. Enttäuscht stopfte Leo die Papiere in die Tasche zurück und warf sie achtlos zur Seite. Wieder überkam ihn mit Wucht die Erkenntnis, dass sein Plan gescheitert war. Wie sollte es jetzt weitergehen? Eine große Leere machte sich in ihm breit und trat anstelle der Erregung, die ihn seit Wochen ausgefüllt hatte.

Es dämmerte bereits, als Leo die Sandsteinplatte vorsichtig anhob. Wenige Meter entfernt hockte ein Hase im Gras. Das war ein gutes Zeichen. Tiere waren immer ein gutes Zeichen. Keine Menschen in der Nähe. Leo musste essen. Ohne Essen konnte er nicht klar denken. Vorsichtig verließ er sein Versteck und wählte die lange Route zum Ausgang an der Connewitzer Straße. Von dort würde er von Osten her zum Turm zurückkehren. Es war gefährlich, sich jetzt dort sehen zu lassen, aber er musste wissen, was weiter geschah. Bestimmt würde es schon vor Polizisten nur so wimmeln. Und nicht nur Polizei würde dort sein. Auch der Geheimbund würde Leute geschickt haben. Die Explosion hatte sie mit Sicherheit aufgescheucht. Sie würden wissen wollen, was mit ihrem Tempel geschehen war. Vielleicht hatten sie auch schon Witterung aufgenommen und sich auf seine Spur begeben. Und einer von ihnen würde auch den Mann mit den seltsam verdrehten Armen und Beinen gefunden haben, der an der Südostseite des Turmes im Gras lag.

14

»Einsatz«, nuschelte Tielmann. »Bleib wo du bist. Ich hol dich ab.«

Becker war noch zu Hause. Es war erst kurz nach sieben. Fängt gut an, die neue Woche, dachte er. Es blieb ihm gerade noch Zeit, seinen Kaffee hinunterzustürzen. Dann fing sein Kollege, Hauptkommissar Tielmann, vor dem Haus an zu hupen.

»Wohin?«, fragte Becker.

»Völki«, knurrte Tielmann.

»Was?«

»Völkerschlachtdenkmal, mein Gott. Wie lange bist du schon hier?«

»Ihr mit euren dämlichen Abkürzungen. Und was gibt es dort?«

»Mehr als dir lieb sein dürfte. Irgendein Verrückter hat eine Sprengladung gezündet, um das Denkmal in die Luft zu sprengen.«

»Und?«

»Das Denkmal steht noch, der Mann ist tot.«

»Scheint nicht besonders beliebt zu sein, euer Völki, was?«

Tielmann grinste, schüttelte aber den Kopf. »Kann mich nicht erinnern, dass es so einen Anschlag schon mal gegeben hätte. Und Suizid hatten wir dort auch schon lange nicht mehr. Früher war der Turm allerdings beliebt bei Selbstmördern. Großer Auftritt. Außerdem praktisch. Gleich daneben der Südfriedhof.«

»Eine Sprengladung, weißt du schon etwas Näheres?«

»Nee, aber der Staatsschutz ist vor Ort …«

»Na großartig! Freue mich schon auf die gute Zusammenarbeit.«

»Von mir aus können die den Fall ganz übernehmen«, murmelte Tielmann, »dann fängt die Woche ruhiger an.«

»Und wieso ›früher beliebt‹?«, fragte Becker.

»Was?«

»Bei den Selbstmördern.«

»Ach so, das meinst du. Einige sind drinnen gesprungen, in der Kuppelhalle, aber dort hat man vor einiger Zeit ein Netz gespannt. Von der Aussichtsplattform kommst du nämlich nicht runter, ohne zuvor an einer der Figuren aufzuschlagen, ziemlich schmerzhaft, wenn du mich fragst, und das Risiko auf einem Vorsprung hängenzubleiben gibt's auch noch. Aber das wirst du ja gleich sehen, wenn wir da sind.«

Tielmann kurvte aus der Einfahrt, reihte sich in den dichten Verkehr ein und umfuhr das Stadtzentrum in östlicher Richtung.

Hauptkommissar Kurt Becker war vor vier Jahren aus Saarbrücken nach Leipzig gekommen, aber an gewisse Dinge würde er sich wohl nie gewöhnen. Wollte er auch gar nicht. Die Leipziger Manie, alle möglichen Begriffe abzukürzen und mit einer Endung auf »i« zu verniedlichen, ging ihm gehörig auf die Nerven. Die Karl-Liebknecht-Straße war die »Karli«, der Cospudener See der »Cossi« und das Völkerschlachtdenkmal, dieser hässliche Koloss, jetzt also auch noch das »Völki«.

Er war zwar schon häufig an dem Denkmal vorbeigefahren, hatte es aber nie besucht, die Außenansicht hatte ihm gereicht. Er hatte nie verstanden, warum es eine derartig beliebte Touristenattraktion war. Wer erinnerte sich denn noch an Napoleons Niederlage, an diese große Schlacht vor zweihundert Jahren? Aber vielleicht war es auch einfach nur die düstere Atmosphäre des massigen Turmes mit den riesigen Kriegerfiguren. »Wenn man mit dem Leben abgeschlossen hat«, sagte Becker nachdenklich, »ist das vielleicht nicht einmal der schlechteste Ort.«

Tielmann warf ihm einen schnellen Seitenblick zu und zog die Augenbrauen nach oben. Aber er sagte nichts mehr.

Auf dem Parkplatz vor dem Denkmalgelände stand ein Reisebus, aus dem gerade eine Touristengruppe ausstieg. Becker war überrascht, ihm war nicht bewusst gewesen, wie weitläufig das Gelände war. Vor ihm erstreckte sich eine langgestreckte Anlage, im Zentrum ein ovales Wasserbecken, das von einem Rundweg umgeben war, die erhöhten Seiten mit Linden bepflanzt. Dahinter lag auf einer Anhöhe das Denkmal. Ein Turm aus grauen Sandsteinquadern, flankiert von jeweils einem niedrigen Gebäude, das in den Hang hineingebaut war. Erinnert irgendwie an eine altägyptische Tempelanlage, dachte Becker. Fehlte bloß noch, dass in dem See auch Krokodile schwammen.

»Komm, wir fahren von der anderen Seite ran, Feuerwehrzufahrt.« Tielmann stieg wieder ein. Sie fuhren die Prager Straße stadtauswärts, als sie den Turm passiert hatten, bog Tielmann plötzlich rechts ab, ein Plattenweg führte direkt zum Denkmal hinauf, wo bereits ein Feuerwehrfahrzeug und ein Streifenwagen parkten.

Rotweißes Absperrband flatterte im Wind. Ein paar Schaulustige hatten sich trotz der frühen Morgenstunde schon eingefunden. Becker fiel ein Jogger auf, ein junger Mann in einer schwarzen Adidas-Jacke. Als ob es keine Parks in Leipzig gäbe, in denen man laufen könnte, dachte Becker. Er mochte diesen Platz nicht. Der massige Bau hatte etwas Düsteres an sich. *Unerbittlich.* Das Wort kam Becker plötzlich in den Sinn. Er schüttelte erstaunt den Kopf und hätte beinahe über sich selbst gelacht. Aber das Bauwerk konnte wirklich Beklemmungen auslösen.

»Becker?« Tielmann hatte sich nach ihm umgedreht und wartete jetzt auf ihn.

Becker winkte ab und folgte ihm.

Der Tote lag auf der Südseite des Turmes auf dem Bauch. Das schüttere blonde Haar war blutverkrustet. Becker war froh, dass er das Gesicht nicht sehen musste. Nachdenklich betrachtete er den massiven Turm des Denkmals. Tielmann hatte recht gehabt, man konnte von der Plattform nicht herunterspringen, ohne an einer der Figuren und Vorsprünge aufzuschlagen. Wie verzweifelt musste jemand sein, um dennoch zu springen? Falls er überhaupt von der Plattform gesprungen war.

Er begrüßte einen der Polizeibeamten, die den Tatort sicherten, und erkundigte sich nach den Kollegen vom Staatsschutz.

Der Beamte nickte. »Da links die Treppe hoch. An der Eingangstür. Der Schaden hält sich in Grenzen.«

»Schon jemand von der Presse aufgetaucht?«

»Ist mir nicht bekannt.«

»Keine Papiere, keine Brieftasche, kein Telefon. Absolut nichts.« Tielmann, der den Toten untersucht hatte, zog die Handschuhe aus.

»Na dann, hören wir mal, was die Kollegen zu sagen haben«, murmelte Becker.

»Mit hoher Wahrscheinlichkeit Plastiksprengstoff«, sagte der Staatsschutzmann zur Begrüßung. »Neuber, guten Morgen die Herren. Aber kein Bekennerschreiben, keine Flugblätter, keine Schmierereien.«

»Also noch keine Hinweise auf einen politischen Hintergrund?«

Neuber schüttelte den Kopf. »Bisher nicht. Und die Sprengung – das war ein absoluter Amateur. Die Menge war viel zu gering, um größere Schäden anzurichten, die zweite Ladung hat überhaupt nicht gezündet. Wir räumen das Feld. Kollegen, der Tote ist Ihr Fall.«

»Es gab eine zweite Ladung?«

»Ja, am unteren Eingang. Hat aber, wie gesagt, nicht funktioniert. Wir haben das abgebaut.«

»Fingerabdrücke?«

»Sie bekommen unseren Bericht, keine Aufregung.« Er lächelte abschätzig.

»Sonst noch Fragen?«

»Könnte der Mann durch die Explosion ums Leben gekommen sein?«

Neuber schüttelte den Kopf. »Kann ich mir nicht vorstellen. Dann hätte er direkt im Eingangsbereich liegen müssen. Und er hätte andere Verletzungen.«

»Wann ist das eigentlich passiert, die Explosion?«, fragte Becker.

»Der zuständige Sicherheitsdienst bekam gegen Mitternacht ein Signal rein. Die waren neunzehn Minuten später hier …«

»Moment mal. Dann muss das bei uns doch schon in der Nacht …«

»Wie gesagt«, mischte sich Tielmann ein, »das ging vom Kriminaldauerdienst zuerst an den Staatsschutz.«

»Wenn er gesprungen ist – davon gehen wir ja wohl alle aus, so wie er aussieht –, wie könnte das abgelaufen sein?«, fragte Becker.

»Würde sagen, der ist unmittelbar nach der Sprengung durch die Tür auf der Kryptaebene, die wurde ja aufgerissen und dann …«

»Kryptaebene?«, unterbrach Becker Tielmanns Überlegungen.

»Also, passen Sie auf«, mischte sich Neuber ein. »Es gibt hier mehrere Eingänge. Einen hier vor uns, das ist die Fundamentebene, einen darüber auf der nächsten Ebene, da kommt man in die Krypta. Und dann führen dort seitlich die beiden steilen Treppen hoch zu zwei weiteren Eingängen in die Ruhmeshalle. Können Sie so weit folgen?«

Becker nickte, ohne eine Mine zu verziehen.

»Die Sprengladung an der oberen Tür«, fuhr Neuber fort, »also die auf der Kryptaebene, hat gezündet, hat die Tür aufgerissen, ein paar Verkleidungen runtergefetzt, alles, was da aus Glas war, ist zu Bruch …«

»Dort ist der Mann vermutlich reingegangen«, warf Tielmann ein. »Dann rechts die Tür zur Treppe und hoch bis auf den Außenrundgang. Entweder von dort oder von der Aussichtsplattform ganz oben muss er gesprungen sein.«

»Falls er gesprungen ist«, sagte Becker.

Neuber zuckte mit den Schultern. »Ihre Angelegenheit. Für uns ist in erster Linie die Motivation des Anschlags interessant. Falls sich mein erster Eindruck bestätigt –«

»Und der wäre?«, fragte Tielmann.

Neuber fixierte ihn kurz. »Eher ein Fall für Sie als für uns.«

»Also sehen Sie keinen politischen Hintergrund?«, sagte Becker.

»Wie gesagt – erster Eindruck! Festnageln lasse ich mich darauf nicht. Sonst noch Fragen?«

Becker schüttelte den Kopf. Neuber nickte ihnen kurz zu und verschwand grußlos.

Die Spurensicherung war kurz nach Becker und Tielmann eingetroffen und packte gerade ihre Instrumente aus. Becker begrüßte

Franziska Köster. Er schätzte die attraktive Kollegin, mit der sie schon oft zusammengearbeitet hatten. Heute hatte sie einen jungen Kollegen mit dabei, der offenbar neu bei der Spurensicherung war.

»Sieht nach Suizid aus. Auf den ersten Blick jedenfalls. Aber mich würde interessieren –«

Franziska lächelte. »Wir schauen mal.«

»Falls du Hinweise hast, dass er durch die Explosion –«

»Sobald wir irgendetwas zu Todesursache und Zeitpunkt sagen können, dann erfahrt ihr es sofort. Aber jetzt lass mich meine Arbeit machen.« Sie schob Becker beiseite, grüßte Tielmann knapp und wandte sich dann ihrem Kollegen zu, um ihn einzuweisen.

»Die steht auf dich.« Tielmann grinste Becker anzüglich an und stieß ihm den Ellbogen in die Seite. »Eindeutig.«

Becker ging nicht darauf ein. »Du glaubst also, er ist nach der Explosion hineingegangen. Gibt es noch eine andere Möglichkeit?«

»Keine Ahnung. Sicher. Vielleicht hat er sich am Abend einschließen lassen, vielleicht ist es einer vom Museum, der Zugang hat. Das wäre natürlich ideal, dann hätten wir die Identität sofort.«

»Falls er überhaupt hier runtergesprungen ist.«

Tielmann schüttelte den Kopf. »Nee, die Explosion hat ihn nicht erwischt, dann würde der jetzt anders aussehen.«

»Das meinte ich nicht«, sagte Becker.

»Du meinst, jemand hat ihn hier abgelegt? Und dann das Denkmal hochgehen lassen, damit wir ihn auch finden? Wie kommst du denn auf so etwas, wir sind doch hier nicht in Chicago.«

»Nee, aber in L.E.«

»Haha«, machte Tielmann. »Sehr witzig.«

»Schon jemand da drin gewesen?«, wandte sich Tielmann an einen der Polizisten.

»Nee«, der Beamte schüttelte den Kopf, »von uns nicht. Die Museumsleute haben wir nicht reingelassen. Aber der Staatsschutz …«

»Schon gut«, Becker winkte ab.

Der Beamte zuckte mit den Schultern. »Wir waren fast zeitgleich mit der Feuerwehr da und haben eine ordentliche Meldung rausgegeben.«

»Wir haben also einen Sprengstoffanschlag und einen Toten«, mischte sich Tielmann ein. »Die Frage ist: Sind das nun zwei Fälle oder doch nur einer?«

»Genau.« Becker nickte grimmig. »Wir sind jedenfalls für den Toten zuständig.«

»Und um den Rest kümmert sich der Staatsschutz. So etwas nennt man Arbeitsteilung. Gehen wir erst einmal hoch?«

»Gibt es wenigstens einen Aufzug?«, fragte Becker.

»Gibt es.«

Becker seufzte erleichtert. »Gut. Sehr gut. Dann mal los.«

Franziska Köster stand plötzlich neben ihnen und unterbrach sie: »Also, der gute Mann ist noch keine zwölf Stunden tot, es muss gegen Mitternacht passiert sein. Das würde sich mit dem Zeitpunkt der Explosion decken. Die Verletzungen – da will ich mich im Moment noch nicht festlegen, die können durch den Sturz entstanden sein, aber mit absoluter Sicherheit kann ich es vorläufig nicht sagen.«

»Der Todeszeitpunkt deckt sich mit dem der Explosion«, wiederholte Becker. »Der Wachdienst hat die Alarmmeldung kurz nach Mitternacht reinbekommen.«

»Tja, dann warten wir eben die KTUund die gerichtsmedizinische Untersuchung ab. Vielleicht kommt da noch was nach«, sagte Tielmann ruhig.

Der Leiter des Stadtgeschichtlichen Museums, zu dem das Völkerschlachtdenkmal gehörte, war verärgert. »Wie lange sollen wir eigentlich noch warten? Ihre Kollegen haben gesagt, wir dürfen weder auf die Plattform hoch noch die Eingangstür reparieren. Aber wir haben hier Öffentlichkeitsbetrieb, in einer Stunde stehen hier die ersten Touristen, denen müssen wir doch irgendetwas sagen.«

»Jetzt sind wir ja da«, antwortete Tielmann trocken. »Darf ich vorstellen: Kripo Leipzig, Hauptkommissare Tielmann und Becker.«

»Haben Sie eine Vermutung, wer den Anschlag verübt haben könnte?«, fragte Becker.

»Nein.« Der Mann schüttelte entschieden den Kopf. Das kommt vollkommen unerwartet, ist mir ein Rätsel, absolut. Natürlich ist das Denkmal umstritten. Es gibt Gegner. Versuche auch der Vereinnahmung. Demonstrationen der Rechten, die es als Kulisse für ihre Aufzüge missbrauchen, aber das wissen Sie ja alles. Aber das – nein, also das haben Ihre Kollegen …«

»Vom Staatsschutz.«

Der Mann nickte. »Genau, die haben nach diesen Dingen gefragt. Aber –« Er unterbrach sich. »Wollen Sie auch einen Kaffee? Ich bin seit heute Nacht hier, die Aufregung …«

Sie standen an einem der großen Fenster des Nebengebäudes und tranken ihren Kaffee aus braunen Plastikbechern.

»Kennen sie den Toten?«, fragte Becker.

Überrascht schaute der Museumsleiter auf. »Das hätte ich doch sofort gesagt. Nein, ich kenne ihn nicht. Hab natürlich auch nicht so ganz genau hingeschaut. Ist ja kein schöner Anblick.«

Becker nickte. »Haben Sie eine Vermutung. Es sollen hier früher schon eine Reihe von Selbstmorden …«

»Aber genau deshalb haben wir ja das Netz installiert! Oben in der Kuppel. Und das Gitter vorn auf dem Außenrundgang. Seitdem hatten wir keinen solchen Vorfall mehr gehabt. Gott sei Dank«, fügte er hinzu.

»Wir brauchen eine Liste ihrer Mitarbeiter«, sagte Tielmann.

»Ich kümmere mich sofort darum. Was denken Sie, wann können wir mit den Aufräumungsarbeiten beginnen?«

»Wir geben Ihnen Bescheid, wenn die Spurensicherung durch ist. Aber das kann dauern.«

Becker und Tielmann waren zuerst auf dem schmalen Außenrundgang auf halber Höhe gewesen und standen jetzt ganz oben auf der Aussichtsplattform. Becker war überrascht, wie klein sie war. Von unten wirkte es anders. Es gab nichts Auffälliges. Nichts außer zwei, drei Zigarettenkippen, ein zerknülltes Papiertaschentuch und in den Stein geritzte Namen und Herzen. Von hier oben konnte man weit über die Stadt schauen, die sich im Westen und im Norden bis zum Horizont erstreckte. Aus dem Grün des Südfriedhofs ragten zum Greifen nahe die spitzen Türme des Krematoriums hervor.

»Wenn du mich fragst, ich tippe auf klassischen Suizid.«

»Warten wir die Spusi ab«, antwortete Becker ausweichend.

Tielmann zündete sich eine Zigarette an. »Tolle Aussicht übrigens. Oder?«

Becker nickte. »Und weißt du, was das Beste an der Aussicht ist? Man sieht diesen düsteren Klotz nicht.«

Tielmann grinste. »Scheint dir nicht zu gefallen, unser Völki, was?«

Becker antwortete nicht. Es war nicht nur das Denkmal, ihm gefiel die ganze Angelegenheit nicht. Sprengstoffanschlag mit einem Toten. Das war gut für Schlagzeilen. Und am allermeisten missfiel ihm, dass der Staatsschutz seine Finger im Spiel hatte.

15

Georg Wehrstedt starrte auf die rotweißgestreifte Zahnbürste in seiner Hand. Er war noch verschlafen und hatte blind ins Fach gegriffen, aber das war nicht die neue Reservebürste, sondern eine, die Franziska einmal benutzt haben musste. Für einen Augenblick gab er sich der Vorstellung hin, sie würde in seinem zerwühlten Bett liegen, eingerollt und die Decke eng um sich geschlungen. Er würde unter die Dusche springen und sich dann noch nass wieder zu ihr legen und –

Etwa zehn Sekunden lang starrte er auf die rotweißgestreifte Zahnbürste in seiner Hand, dann warf er sie kurz entschlossen in den Abfalleimer. Er sah sich suchend im Bad um. Was hatte sie noch zurückgelassen? Schon viel zu lange hatte er vergeblich auf Franziskas Rückkehr gehofft. Es war vorbei. Warum fiel es ihm so schwer, das als Tatsache zu akzeptieren? Wirst du jetzt sentimental, fragte er sich. Fängt es so an, das Alter, in dem man mehr Erinnerungen nachhängt als etwas Neues zu erleben? Keine berauschende Aussicht. Aber wenn er ehrlich war – seine Lust, etwas Neues zu erleben, hielt sich schon seit geraumer Zeit in Grenzen.

Franziska hatte sich schon seit Wochen nicht mehr bei ihm gemeldet, auch auf seine Geburtstagskarte hin hatte sie nicht reagiert. Und wenn sie sich gelegentlich im Präsidium begegnet waren, hatte sie immer eine Möglichkeit gefunden, ihm auszuweichen. Ein einziges Mal waren sie allein gewesen, und er hatte versucht mit ihr zu sprechen, aber sie war nicht darauf eingegangen, hatte ihn stehengelassen. Es war eindeutig. Sie wollte keinen Kontakt mehr zu ihm. »Es ist vorbei«, murmelte Wehrstedt, »akzeptiere es endlich.«

Den Kaffee nahm er mit zum Fenster. Er wohnte jetzt schon sechs Jahre im Dachgeschoss, aber die Aussicht faszinierte ihn immer wieder aufs Neue. Er blickte über die Dächer hinüber zu den grünen Kuppeln des Bundesverwaltungsgerichts. Rechts davon stach der spitze Turm der Peterskirche in den blassblauen Himmel. Dort drüben wohnte Franziska. Luftlinie keine zwei Kilometer. Wehrstedt nippte vorsichtig an seinem Kaffee, der noch zu heiß war. Er musste aufhören, an sie zu denken, musste sich auf die Arbeit konzentrieren. Das half immer. Die montägliche Dienstberatung konnte er heute eigentlich absagen. Sie waren in der vergangenen Woche nicht weitergekommen. Die Tatsache, dass städtische Grundstücke weit unter Wert verkauft worden waren, bewies noch gar nichts. Man musste die Akte Wegener vielleicht noch einmal aus dem Archiv holen und durchgehen. Die Informationen, die er von einer Vertrauensperson aus dem Rathaus erhielt, deuteten darauf hin, dass auch ein Dezernatsleiter involviert war. Wehrstedt schloss für einen Moment die Augen und sah die verschlungenen Wege der Zahlungen über Banken, Firmen- und Privatkonten wie ein zuckendes leuchtendes Geflecht, das sich über die Stadt, das Land, den ganzen Kontinent erstreckte. Es war ein offenes Geheimnis, dass internationale Strukturen organisierter Kriminalität in Leipzig eine äußerst erfolgreiche Geldwaschanlage installiert hatten. Wie viele Grundstücke und Häuser mochten ihnen inzwischen gehören? Direkt oder indirekt? Keiner wusste es, nicht einmal er und seine Kollegen vom Dezernat 26, zuständig für Organisierte Wirtschaftskriminalität. Es war kein regionales Problem. Die organisierte Kriminalität investierte europaweit. Sie bevorzugte die Bau- und Immobilienbranche, den Lebensmittelhandel und das Sicherheitsgewerbe. Es gab Studien nach denen sie jährlich Milliardenbeträge erzielten. Diese Gewinne wurden in legale Wirtschaftsunternehmungen reinvestiert. Aber das beschäftigte ihn im Moment nur am Rande. Denn die Spur, der er seit Monaten folgte, führte nicht nach Neapel, nicht einmal nach München oder Berlin. Dafür gab es etliche Hinweise auf Verstrickungen führender Leipziger Persönlichkeiten in illegale Immobiliengeschäfte. Verstörende Hinweise. Wenn sie sich bestätigten, musste man davon ausgehen, dass in der Stadt ein kriminelles Netzwerk existierte, das Beziehungen in die Politik unterhielt, das möglicherweise auch Walter Wegener in den Tod getrieben hatte. Wehrstedt war sich darüber im Klaren, dass er sich mit seinen Ermittlungen auf dünnem Eis bewegte. Sehr dünnem Eis.

Vor vier Monaten hatte sich Wegener in seiner Wohnung im noblen Leipziger Waldstraßenviertel erschossen. Der Tod des Managers der kommunalen Wohnungs- und Baugesellschaft hatte den Untersuchungen eine zusätzliche Dynamik verliehen. Wegener war in die Schlagzeilen geraten, als ein Journalist berichtet hatte, dass städtische Grundstücke weit unter Wert verkauft worden sein sollten. Es gab Korruptionsvorwürfe. Wegener hatte das empört zurückgewiesen. Hatte von haltlosen Spekulationen gesprochen. Aber es passte ins Bild, fand Wehrstedt. Wegener war für Immobilien- und Eigentumsklärung zuständig gewesen. Allerdings hatte es keine Beweise dafür gegeben, dass er unter Druck geraten war. Offiziell ging man von privaten Problemen aus, und die Staatsanwaltschaft leitete gar nicht erst ein Ermittlungsverfahren ein. Wehrstedt hatte interveniert, aber sich nicht durchsetzen können. Es war eine Niederlage gewesen.

Wehrstedt war sich sicher, dass es eine Verbindung zwischen Wegeners Freitod und den fraglichen Grundstücksverkäufen gab. Aber Brettschneider, der in dieser Sache für das LKA ermittelte, sperrte sich. Wollte nicht mit ihm zusammenarbeiten. Behauptete, eine Ausweitung der Ermittlungen würde seine Arbeit gefährden. Ein lächerlicher Vorwand. Brettschneider und das LKA standen wahrscheinlich kurz vor einem Durchbruch, hatten vielleicht einen Informanten gewonnen und wollten den Erfolg allein einheimsen. Aber wenn er, Wehrstedt, richtig lag mit seiner Vermutung, dass beide Fälle zusammengehörten, dann würde Brettschneiders Erfolg seinen Misserfolg nach sich ziehen. Denn wenn das LKA wie üblich mit großem Getöse zuschlug und Verhaftungen vornahm, war das für das gesamte Umfeld ein deutliches Warnsignal, und seine Informantin im Rathaus geriet vielleicht sogar in Gefahr. Er musste unbedingt noch einmal mit Brettschneider sprechen, ihm die Brisanz der Situation klarmachen. Wenn das nichts brachte, gab es noch eine letzte Möglichkeit. Selbst zuschlagen, Brettschneider und dem LKA zuvorkommen. Allerdings fehlte es ihm an stichhaltigen Beweisen, die bei einer Anklage auch standhalten könnten. Ein Schlag ins Wasser verscheucht die Fische, dachte Wehrstedt. Aber möglicherweise blieb ihm keine andere Wahl.

Wehrstedt schob sein Fahrrad in den Innenhof des Präsidiums. Er war spät dran, weil er noch einen Umweg genommen hatte, um an Franziskas Haus vorbeizufahren. Im Präsidium konnten sie nicht miteinander sprechen. Er hatte gehofft, ihr zu begegnen, wenn sie das Haus verließ. Es war Wehrstedt bewusst, dass er sich lächerlich benahm mit seinen neunundvierzig Jahren, aber er hatte einfach nicht anders gekonnt. Sie war nicht zu sehen gewesen, wie zu erwarten. Und um den Umweg vor sich selbst zu rechtfertigen, war er noch zum Bayerischen Bahnhof gefahren und hatte in einer Bäckerei einen Berg Kuchenstücke gekauft.

Als er sein Fahrrad abgestellt hatte und hinauf in sein Büro gehen wollte, sah er die Kommissare Becker und Tielmann von der K 2 auf den Hof des Präsidiums fahren, gefolgt von einem Fahrzeug der Spurensicherung. Sah ganz so aus, als ob Franziska heute schon einen morgendlichen Einsatz hinter sich hatte. Für einen Moment verspürte er den Impuls, umzudrehen und den Wagen der Spurensicherung zu folgen. Tatortbesichtigung. Erste Informationen aufnehmen, mögliche Ermittlungswege festlegen, in eine fremde Welt eintauchen. Manchmal war er es überdrüssig in dem undurchschaubaren Geflecht, mit dem er es zu tun hatte, sich mühsam voranzutasten. Ein klarer Fall. Spurenlage, Indizien, Verdächtige. Alles sauber abklopfen. Der deutlichsten Spur folgen. Beweise sammeln. In der Abteilung Organisierte Wirtschaftskriminalität war alles unendlich komplizierter, verschachtelt. Manche Ermittlungen zogen sich über Monate oder sogar Jahre hin. Es gab immer neue Akten, die ausgewertet werden mussten. Meist ohne durchschlagenden Erfolg. Und einmal hatte er die irritierende Anweisung bekommen, eine Spur nicht weiter zu verfolgen. Das war etwas, was er bis heute nicht verwinden konnte. Nicht einmal war klar, von wem die Anweisung damals ausgegangen war. Sie wurde einfach immer weiter nach unten durchgereicht. Bis zu ihm und seinem ermittelndem Team. Es gab keine Erklärung, nur Mutmaßungen. Und einen unhandlichen Begriff wie Staatsräson. Damals hätte er fast hingeschmissen. Hatte um Versetzung gebeten, aber Klöckner, der alte Kriminalrat, hatte ihn halten wollen. *Du bist einer unserer besten Ermittler, Wehrstedt*, hatte er damals gesagt. *Ich brauche dich hier. Bleib. Es ist nichts gewonnen, wenn du das Handtuch wirfst.*

Er hatte sich umstimmen lassen. Inzwischen war Klöckner längst im Ruhestand. Ich müsste ihn einmal besuchen, dachte Wehrstedt, man könnte heute vielleicht anders über diese Dinge sprechen. Mit dem Abstand von Jahren waren es nur noch alte Geschichten. Vielleicht war es möglich, jetzt im Nachhinein, etwas von ihm zu erfahren.

Wehrstedt begrüßte Birgit Kroll und legte das Kuchenpacket auf den Tisch.

»Ist das für uns?« Sie blickte kurz von ihrem Rechner auf und lächelte ihn an.

Wehrstedt nickte. Köster kam aus seinem Büro herüber, grüßte und bot sich an, Kaffee zu kochen. Die Lagebesprechung am Montagmorgen war ein Ritual, das Wehrstedt gleich nach Gründung der Abteilung ins Leben gerufen hatte. Er arbeitete gern mit seinem Team. Und er wusste wie wichtig es war, die Mitarbeiter respektvoll zu behandeln. Seine Leute waren zuverlässig und loyal. Sie waren zu dritt in der Abteilung. Köster und Birgit Kroll waren von Anfang an mit dabei gewesen. Sie kannten alle Details der aktuellen Ermittlungen genauso gut wie er selbst. Und was sie bisher erreicht hatten, das hatten sie gemeinsam erreicht. Auch die Tatsache, dass Köster vom Landeskriminalamt zu ihnen gewechselt war, hatte keine Probleme bereitet. Er hatte sich gut eingefügt, und Wehrstedt wusste, dass er manchmal mit Birgit Kroll nach Dienstschluss noch ein Bier trinken ging.

Wehrstedt räusperte sich. »Also gut, fangen wir an.«

16

Henning Seitz konnte sich nicht vom Bildschirm losreißen. Er wusste, dass die Zockerei schon lange zu einer Sucht geworden war, aber er verdrängte dieses Wissen. Wieder schaute er auf die sich ständig veränderten Zahlenkolonnen, deren Farben von Grün auf Rot sprangen oder von Rot auf Grün. Er vergrößerte einen Chart. Wechselte die Ansicht. Wenn man dem großen Bild folgte, war die Sache klar: Eindeutig handelte es sich um einen Aufwärtstrend, es war klar zu erkennen. Die immer höheren Hochs, die immer höheren Tiefs. Der Ausschnitt zeigte die Entwicklung der letzten zwölf Monate. »Dem Markt folgen«, murmelte er. »Nur dem Markt folgen.« Er interessierte sich schon lange nicht mehr für irgendwelche dubiosen Unternehmensnachrichten. Die fallenden und steigenden Linien der Chartanalysten schienen ihm erfolgsversprechender.

Seitz konnte sich nicht erinnern, wann seine Begeisterung für das komplexe Geschehen der Finanzmärkte begonnen hatte. Aber er wusste noch genau, wie es sich angefühlt hatte, als er zum ersten Mal Aktien gekauft hatte. Wie das fiebrige Verlangen gewachsen war, die Kursentwicklung ständig zu verfolgen. Wie es schließlich zu seinem morgendlichen Ritual geworden war, den Kaffee vor dem Rechner zu trinken und dabei seine Depots zu checken. Die Tagesaussichten einzuschätzen. Dabei war ihm längst bewusst, dass es vor zehn Uhr gar keinen Sinn machte, dass man gelassen warten konnte, bis die ersten Prognosen für die amerikanischen Indizes da waren, denn der DAX, das Hündchen an der Leine von Dow und S & P folgte ja doch immer wieder der Richtung, den diese großen Indizes vorgaben. Eine Zeitlang hatte er sich an den Rohstoffpreisen orientieren können, am Rohölpreis, am Baltic Ship Index, aber das hatte in ein Desaster geführt. Ein Desaster, das ihn einen beträchtlichen Teil seiner Ersparnisse gekostet hatte. Als die Kurse schlagartig gefallen waren – und das entgegen aller Prognosen der Analysten –, hatte er gezaudert und sich nicht entschließen können zu verkaufen. Er hatte sich eingeredet, dass es ein Rücksetzer wäre, dass einige große Player den Markt manipulierten, um danach umso günstiger wieder einsteigen zu können. Er hatte gedacht, es aussitzen zu können. Aber es war anders gekommen. Es war eine schmerzliche Erfahrung gewesen und es hatte Jahre gebraucht, bis er die Verluste wieder kompensieren konnte. Eine Zeitlang hatte er sogar erwogen, mit dem Spekulieren aufzuhören, aber er hatte es nicht gekonnt. Es verschaffte ihm einen Kick, wenn die Zahlen von Rot auf Grün sprangen, wenn an einem einzigen Tag eine Kursposition um vier, fünf, sechs oder sogar mehr Prozentpunkte nach oben kletterte. Er hatte Lehrgeld bezahlt, ohne Frage. Aber es sollte nicht umsonst gewesen sein. Er hatte seine Lektion gelernt. Hatte die Zähne zusammengebissen und Verluste realisiert. Eine Zeitlang hatte er dann nicht mehr genug Spielgeld einsetzen können und sich in dieser Zeit mit neuen Strategien beschäftigt. Das hatte sich ausgezahlt, denn glücklicherweise hatten sich Möglichkeiten aufgetan, an frisches Kapital zu kommen.

Jetzt drohte von dort her neue Gefahr. Seitz hatte erfahren, dass im Rahmen einer Ermittlung sein Name aufgetaucht war.

Man konnte es als bloße Verleumdung abtun, musste eventuell sogar dagegen vorgehen, Klage einreichen, das war auch schon mit der Anwaltskanzlei abgesprochen. Aber wenn jetzt noch mehr kommen sollte, könnte ihn das sein Amt kosten. Und wenn dies geschehen sollte, würde er in dieser Stadt nicht so schnell wieder einen Fuß in die Tür bekommen, das war ihm klar.

Seitz lehnte sich zurück und betrachtete nachdenklich das Bild an der Wand gegenüber. Es zeigte eine rote Farbfläche, die Umrisse mehrerer geometrischer Figuren schienen hindurch. Es stammte noch von seinem Vorgänger. Er hatte es hängen lassen, obwohl er sich nichts aus abstrakter Kunst machte. Aber irgendwie regte ihn dieses Gebilde an. Immer wenn er eine Weile darauf geschaut hatte, schien es ihm, als wären die Linien in Bewegung geraten, als zuckten sie lebendigen Organismen ähnlich, vollführten einen rätselhaften Tanz vor der Silhouette einer Stadt, die das Gemälde offenbar darstellen sollte. Wenn er den Blick endlich wieder abwenden konnte und nach einiger Zeit erneut darauf schaute, war er jedes Mal erstaunt, dass es unverändert aussah, obwohl er wusste, dass es nur ein Bild war. Wie diese verdammte Stadt, dachte Seitz. Man wird nicht schlau daraus. Alles ist ständig in Bewegung, aber trotzdem bleiben die Dinge, wie sie sind. Es war an der Zeit, einige allzu offensichtliche Verbindungen zu kappen. Besser sofort. Aber zuvor musste man die Situation analysieren. Den Gegner realistisch einschätzen. Niemand hatte an einem großen Skandal Interesse, jedenfalls keine der relevanten Akteure. Weder in der Stadt noch in der Staatsregierung. Es gab diese Ermittlungen. Organisierte Kriminalität, Kommissariat 26. Er hatte einen Hinweis bekommen, er war gewarnt. Aber soweit er wusste, hatten sie keine Beweise. Bis jetzt jedenfalls nicht. Aber es gab angeblich eine Kontaktperson, die sie informierte. V-Mann. Schönherr hatte nicht sagen können, wer es war. Der leitende Beamte habe sich strikt geweigert, Informationen dazu preiszugeben. Unangenehm. Es konnte jemand von hier sein, aus dem Rathaus.

Vielleicht aus seiner unmittelbaren Umgebung. Vielleicht war es irgendjemand, der nur ein paar Türen weiter saß. Jemand, der eine Rechnung zu begleichen hatte oder dem man vergessen hatte, eine Gefälligkeit zu erweisen.

17

Alles war gutgegangen. Katja atmete durch. Das Bewerbungsgespräch war in entspannter Atmosphäre verlaufen. Zwar gab es noch weitere Bewerbungen, die im Gespräch waren, aber die Direktorin hatte Katja zu verstehen gegeben, dass sie auf ihrer Liste ganz oben stand. Und Katja hatte freimütig davon gesprochen, dass sie in Leipzig bleiben wollte, etwas Langfristiges suchte.

Danach hatten sie einen Rundgang durch das Museum gemacht. Frau Schalansky hatte ihr die Geschichte des Hauses erzählt und sie sogar schon mit einigen Mitarbeitern bekanntgemacht. Katja freute sich darauf, Bernhard alles zu erzählen. Natürlich war nichts entschieden. »Also wenn es nach mir geht, hatte Frau Schalansky gesagt, steht einer Einstellung nichts im Weg. Aber wir müssen natürlich der Ordnung halber alle weiteren Bewerbungen prüfen. Sie bekommen in Kürze Bescheid, Frau Friedrich.«

Katja schlenderte danach in entspannter Stimmung über den Alten Johannisfriedhof, der sich an das Museumsgelände anschließt Es war eigentlich nicht ihr Traum gewesen, in einem Museum zu landen, aber es war jetzt erst einmal wichtig, wieder Boden unter die Füße zu bekommen. Ein Einkommen zu haben, eine eigene Wohnung, unabhängig zu sein. Und dann – insgeheim wünschte sich Katja, es irgendwie an das Leipziger Max-Planck-Institut zu schaffen. Sie fand es wahnsinnig spannend, womit sich die Forscher dort beschäftigten. Aber dafür war die Verbindung zu ihrem Fachgebiet zu lose geknüpft. Sie verfolgte die Forschungen schon seit einiger Zeit. Das Team um Svante Pääbo hatte DNA-Sequenzen eines Neandertalers entschlüsseln können. Diese Sensation hatte sein Team und das Leipziger Institut weltweit in die Schlagzeilen gebracht. Aber darum ging es Katja nicht. Schon lange wollte sie mehr über die Ursprünge des Menschen wissen. Die neuesten Forschungsergebnisse der Paläoanthropologie verfolgte sie mit großem Interesse Mit jedem neuen Fund konnte etwas zutage treten, das mit bisherigen Auffassungen nicht übereinstimmte und dazu führte, dass die Geschichte der Menschheit umgeschrieben werden musste. Und jetzt hatte man erstmals genetisches Material lesen können.

Katja löste sich aus ihren Träumereien. Vielleicht gab es noch eine Möglichkeit in der Zukunft, wenn man etwas mit aller Kraft erreichen wollte, dann gab es auch einen Weg. »Später«, murmelte sie, sich selbst beruhigend. Und lächelte. »Das vertagen wir auf später, Katja Friedrich.«

Katja wählte einen Ecktisch im hinteren Teil des Raumes. Von hier aus würde sie Bernhard sofort sehen, wenn er kam. Als die Bedienung an den Tisch trat bestellte sie sich einen Cappuccino. Das Café füllte sich langsam, nur Bernhard ließ auf sich warten. Charmant war das nicht, dachte Katja. Aber sie musste lächeln dabei. Bernhard war wirklich der Prototyp des zerstreuten Professors. Wahrscheinlich würde er gleich atemlos angehetzt kommen, sein Fahrrad abstellen, ohne es abzuschließen, und hereinstürmen. Bernhard – wie lange kannten sie sich eigentlich schon? Fredericke hatte ihn irgendwann einmal mitgebracht zu einer Party. Bernhards Schwester war Katjas beste Freundin gewesen. Durch sie hatte sie Bernhard kennengelernt. Er war fast fünfzehn Jahre älter als sie und die anderen aus ihrem Freundeskreis. Er hatte nie richtig dazu gehört. Aber nach Fredericke tragischem Tod hatte sich zwischen Katja und Bernhard ein Gefühl der Gemeinschaft herausgebildet. Die gemeinsame Trauer und das unbestimmte Gefühl, Schuld zu haben an ihrem Tod, verbanden sie. Es war ein Unfall gewesen. Fredericke war einfach losgelaufen. Katja wusste nicht, warum. Vielleicht hatte sie jemand gerufen, es hatte sich nie geklärt. Die Straßenbahnfahrerin hatte keine Chance gehabt. An dieser Stelle fuhren die Bahnen zügig, der Bremsvorgang dauerte. Fredericke war damals schon auf dem Weg ins Krankenhaus gestorben. Hundertmal hatte sie auf Bernhard eingeredet, um ihm klarzumachen, dass ihn keine Schuld trifft. Niemand hätte so schnell reagieren können. Er konnte sie unmöglich zurückhalten. Aber er hatte es niemals ganz verwunden, das wusste Katja. Und sie selbst hatte sich quälende Vorwürfe gemacht, weil sie Frederickes letzten Anruf verpasst hatte. Vielleicht, hatte sie oft gedacht, wäre alles anders gekommen, wenn ich mit dabei gewesen wäre.

Bernhard ging auch nach dem fünften Klingeln nicht ans Telefon. Katja hatte ihn immer wieder damit genervt, sich doch endlich ein Mobiltelefon zuzulegen, aber Bernhard war störrisch gewesen, hatte sich dagegen gesträubt. Warum eigentlich? Wenn sie ihn gefragt hatte, waren weitschweifige Erklärungen gefolgt, oder er hatte gar nicht geantwortet. Man konnte mit Bernhard wunderbar auskommen, wenn man über seine Schrullen hinwegsah. Aber auf Dauer war das sicher auch nicht ganz einfach. Vielleicht, dachte Katja, ist das der Grund, weshalb er immer noch allein ist. Sie spürte, dass sie sich um ihn sorgte. Warum kam er nicht? Gestern wollte er sie am liebsten sofort sehen und heute tauchte er zu ihrer Verabredung nicht auf. Das war ungewöhnlich. Vielleicht war er gestern sauer gewesen, aber selbst wenn, dachte Katja. Bernhard war noch nie nachtragend. Das war nicht seine Art. Irgendetwas stimmte da nicht. Nachdenklich trank sie ihren Kaffee aus und winkte der Bedienung, es machte wohl keinen Sinn, noch länger zu warten.

18

»Die Bormann Immobilien GmbH hat mehrere Grundstücke zum Verkauf angeboten. Interessant daran ist, dass diese Gelände noch allesamt vor einigen Jahren städtisches Eigentum waren, aber erst nach dem Verkauf an Bormann zu Bauland umgewidmet wurden.« Birgit Kroll räusperte sich. »Es lässt sich im Moment noch nicht abschätzen, wie viel der Stadt an Einnahmen entgangen ist. Und die Frage ist, wann der Entschluss, umzuwidmen, gefallen ist.«

Wehrstedt nickte. Er hatte sich Notizen gemacht. Zu den wenigen Dingen, die er seinen beiden Mitarbeitern nicht anvertraut hatte, gehörte die Existenz einer Vertrauensperson im Rathaus, die er zu dem Vorgang befragen würde.

»Ist der Bormann von Bormann Immobilien identisch mit dem Bormann von Bormann & Appel Immobilien?«, fragte Köster in die Runde.

Birgit Kroll grinste. »Ist er. Frank Bormann, achtundvierzig. Hat hier sein eigenes Firmengeflecht aufgebaut. Dieter Appel ist wahrscheinlich nur ein stiller Teilhaber. Bormann war übrigens mit Wegener befreundet und dürfte ausgezeichnete Kontakte ins Rathaus haben.«

Köster meldete sich noch einmal zu Wort: »Dass hätte ich fast vergessen. Es gab eine Meldung, die der Kriminaldauerdienst zu uns durchgereicht hat.«

Wehrstedt zog die Augenbrauen nach oben. »Zu uns? Vom KDD? Um was geht es?«

»Tja, eine merkwürdige Sache. Da hat eine Frau angerufen, Zinner, war ihr Name. Meinte, sie müsse dringend jemanden von der Kripo sprechen. Aber die waren der Ansicht, dass das eher in unser Ressort fällt.«

»Geht das etwas genauer, Köster?«, murrte Birgit Kroll.

»Also offen gestanden, es klingt ein bisschen wirr. In die Wohnung der Zinner soll angeblich eingebrochen worden sein, und sie behauptet jetzt, sie habe Informationen über illegale Immobiliengeschäfte aus dem Amtsgericht …«

»Wieso Amtsgericht?«

»Die Zinner ist Justizsekretärin, arbeitet da. Beurkundungen unter anderem. Und wie gesagt, sie behauptete, wichtige Informationen zu haben.«

»Was genau für Informationen? Sind Namen gefallen?« Wehrstedt war jetzt hellwach.

»Keine Ahnung, nein. Die wollte persönlich …«

»Wann kam die Nachricht rein?«

»Angerufen hatte sie schon letzte Woche. Das ist dann wohl erst einmal beim KDD liegengeblieben. Der Einbruch ist ja gleich von der Streife aufgenommen worden –«

»Es ist also bei ihr eingebrochen worden? Das ist aktenkundig?«

»Ja. Anzeige gegen unbekannt. Die Streife, die das aufgenommen hat, geht von einem üblichen Fall von Beschaffungskriminalität aus.«

»Und diese Frau Zinner, die am Amtsgericht arbeitet, hat mitgeteilt, dass sie eine Aussage bei der Kripo machen will.«

»Genau«. Köster nickte.

»Und warum erfahre ich das erst jetzt?« Wehrstedts Stimme war unheilvoll leise geworden.

Köster hob bedauernd beide Hände. »Tja, da lief wohl die interne Kommunikation nicht perfekt. Und ich hatte auch den Eindruck, dass die Kollegen vom KDD diesen Anruf nicht so ganz ernst genommen haben. Die Nachricht ist erst heute Morgen zu uns überstellt worden.«

Wehrstedt hörte schon nicht mehr zu, er war aufgesprungen und schon halb im Gang, die Bürotür flog hinter ihm mit einem Knall zu, so dass Birgit Kroll erschrocken zusammenzuckte.

19

Genau in dem Augenblick, in dem sie sich hinkniete hatte, bemerkte sie die beiden schwarzen Schuhspitzen, die unter dem Vorhang hervorragten. Und jetzt erkannte sie auch die Umrisse der Gestalt dahinter. Das Fenster musste offen gewesen sein. Warum hatte sie nur vergessen, dass Fenster zu schließen? Die Angst war mit einem Schlag da und ergriff von ihrem Körper Besitz. Sie konnte sich nicht von der Stelle rühren, obwohl sie wusste, was als Nächstes kommen würde. Eine Hand. Und es waren überhaupt keine Flecke auf dem Teppich. Sie hatte den Lappen umsonst geholt. Es war eine Falle. Die Hand würde gleich auftauchen, in einem schwarzen Handschuh, der Vorhang würde zurückgeschlagen werden. Die Hand hielt immer ein Messer. Schreien, dachte Beata. Du musst schreien, verdammt. Jetzt! Aber es kam nur ein heiseres Krächzen aus ihrem Hals, kaum hörbar, und dann war es auch schon zu spät: Mit einem Ruck wurde der Vorhang heruntergerissen, eine schwarze Gestalt mit erhobenem Messer trat auf sie zu.

Beata schleuderte die Decke mit einem Ruck von sich, die Arme abwehrend erhoben, blickte sie furchtsam ins Dämmerlicht des Morgens. Und jetzt entrang sich endlich ein gequälter Schrei ihrer Kehle, der in ein unkontrolliertes Schluchzen überging. Der Traum war furchtbar. Sie hatte ihn schon einmal gehabt. Benommen tappte sie zur Tür, machte Licht, ging ins Bad und zwang sich immer noch schluchzend dazu, den Duschvorhang mit einem entschlossenen Ruck aufzuziehen.

Beata hatte im ganzen Haus das Licht angemacht, auch draußen auf der Terrasse.

In eine graue Wolldecke gewickelt, saß sie auf der Couch und rauchte Silkes Zigaretten, die sie in der Küche gefunden hatte.

Dieser grauenhafte Traum. Es schüttelte sie noch immer. Wann hatte sie ihn zum ersten Mal geträumt? Vielleicht sollte ich mich einfach krankschreiben lassen, dachte sie. Und dann Urlaub einreichen. Für zwei Wochen weg. Ins Warme. Irgendwohin, nur weg von hier. Ein Gedanke blitzte in ihr auf. Vielleicht wäre es besser gewesen, sie hätte nichts mitbekommen von diesem Gespräch. Und selbst wenn, sie hätte es einfach vergessen können, hätte nichts unternehmen müssen. Vielleicht wäre dann nichts geschehen. Aber diese Leute wussten jetzt, dass sie ein Risiko war. Sie würden das nicht auf sich beruhen lassen.

Hinter den Blautannen zog der Morgen herauf. Diffuses Grau löste die Nachtschwärze endgültig ab. Über den Wipfeln war schon ein hellblauer Streifen sichtbar. Beata spürte die Müdigkeit, die in Wellen über sie hinwegzog. Sie wollte aufstehen, um sich etwas zu trinken zu holen, aber dazu kam es nicht mehr, innerhalb von Sekunden war sie eingeschlafen.

Als das Telefon klingelte war Beata im Garten. Die Nummer, die auf dem Display erschien, kannte sie nicht. Einen Augenblick zögerte sie, aber dann nahm sie das Gespräch an.

»Spreche ich mit Beata Zinner? Hier Hauptkommissar Wehrstedt, Kriminalpolizei Leipzig, Kommissariat 26. Frau Zinner, ich muss mich zuerst einmal bei Ihnen entschuldigen. Wir hatten einen internen Übermittlungsfehler, Ihre Nachricht wurde erst heute an mich übermittelt.«

Beata war angenehm überrascht, dass sich der Beamte bei ihr entschuldigte. Obwohl Übermittlungsfehler verdammt nach einer billigen Ausrede klang.

Beata spürte, wie die Anspannung wich. Sie nahmen sie also doch ernst. Als nach der Staatsanwaltschaft auch die Polizei nicht reagierte, hatte sie schon gefürchtet, man würde sie für verrückt erklären. Aber jetzt konnte sie diesem Kommissar das Dossier übergeben, und damit wäre die Sache für sie erledigt.

»Sie sind Justizsekretärin, Frau Zinner?«

»Ja.«

»Und im Rahmen ihrer Tätigkeit ...«

»Es ging zuerst nur um die Beurkundungen von Grundstücksverkäufen, es gab da ein paar merkwürdige Dinge, ich habe dann die entsprechenden Akten angefordert, um mir ein vollständiges Bild machen zu können, aber mir wurde gesagt, dass das nicht zu meinem Aufgabenbereich gehört.«

»Was meinen Sie mit ›merkwürdigen Dingen‹?«

»Es ging um Grundstücksverkäufe, das Gelände war aber im Register überhaupt nicht als Bauland ausgewiesen.«

»Sie hatten ihre Vorgesetzten darüber in Kenntnis gesetzt?«, fragte Wehrstedt interessiert.

»Zuerst nicht.«

»Es kam also noch mehr dazu?«

»Ja.« Beata zögerte. Sollte sie ganz offen über das Gespräch berichten, dass sie mit angehört hatte? Sie konnte schließlich nichts beweisen. »Es gab ein Gespräch zwischen einem der Amtsrichter und dem Geschäftsführer einer Immobilienfirma. Sie wussten nicht, dass ich im Nebenraum war. Die Tür war nur angelehnt.«

»Wissen Sie, wer dieser Mann war?«, unterbrach sie Wehrstedt.

»Nein. Aber ich würde ihn wiedererkennen.«

»Worum ging es in dem Gespräch?«

»Es war eine klare Drohung, der Richter wurde von dem Mann unter Druck gesetzt.«

»Er hatte etwas gegen den Richter in der Hand?«

»Er hat nicht gesagt, um was es ging. Aber der Richter wusste Bescheid. Ich hatte den Eindruck, dass er bereit war, im Sinne der Immobilienfirma zu entscheiden.«

»Um welche Firma ging es?«

»Bormann & Appel Immobilien. Als mir die Brisanz der ganzen Sache klar wurde«, sprach sie weiter, »habe ich die Staatsanwaltschaft informiert. Allerdings habe ich bisher keine Antwort erhalten, und kurz darauf sind Akten verschwunden. Mir kam das Ganze nicht geheuer vor und dann …« Sie brach wieder ab. Konnte sie diesem Anrufer überhaupt vertrauen? Jeder, der ihre Handynummer hatte, konnte schließlich anrufen und behaupten, von der Kripo zu sein.

»Wovor haben Sie Angst, Frau Zinner?«, fragte Wehrstedt. »Ist es wegen dem Einbruch in ihrer Wohnung?«

»Ich hatte einige Unterlagen zusammengestellt, ich fürchtete, dass noch mehr verschwinden könnte.«

»Und diese Unterlagen –«

»Ja, ich denke, dass man wegen dieser Akten bei mir eingebrochen hat.«

»Sind sie gestohlen worden?«

»Ich hatte sie nicht in meiner Wohnung aufbewahrt. Mehr möchte ich am Telefon nicht sagen.«

»Gut.« Wehrstedt wusste Bescheid. Die alte Angst der Ostdeutschen, am Telefon abgehört zu werden. Auch fünfundzwanzig Jahren nach der Wende steckte das den Leuten noch in den Knochen. Wie alt mochte Frau Zinner sein, fünfundvierzig, fünfzig?

»Ich schlage vor, dass wir uns so bald wie möglich zu einem Gespräch treffen«, sagte er, »wir nehmen Ihre Information sehr ernst.«

»Ich bin im Moment nicht in Leipzig, aber ab morgen wieder im Büro«, antwortete sie zögernd. »Vielleicht könnten sie dorthin kommen?«

»Ja, natürlich. Wann würde es Ihnen passen?«

»Sagen wir vierzehn Uhr?«

Wehrstedt stimmte zu, und Beata Zinner nannte ihm ihre Büronummer im Amtsgericht. Sie war erleichtert. Dieser Kommissar Wehrstedt schien sie endlich ernst zu nehmen. Sie atmete tief durch. Es war, als ob es draußen plötzlich heller und die Welt eine freundlichere wäre. Morgen würde das alles vorbei sein. Sie würde dem Kommissar die Unterlagen übergeben und ihre Aussage machen.

Wer auch immer am Gericht mit diesen Leuten zusammenarbeitete, sie würde sich nicht mehr darum kümmern müssen. Das war Sache der Polizei. Beata wollte keine Angst mehr haben müssen. Vielleicht ziehe ich um, dachte sie. Eine neue Wohnung mit Balkon. Sie entschied sich spontan, sofort nach Hause zu fahren. Noch eine Nacht in der Datsche wollte sie nicht verbringen, und irgendwann musste sie sich ja doch wieder in ihre Wohnung zurücktrauen. Sie ging ins Haus zurück und fing an ihre Sachen zusammenzusuchen und zu packen. Bei Silke, überlegte sie, werde ich mich später bedanken. Mit einem kleinen Geschenk oder einer Einladung ins Kabarett, darum kümmere ich mich, wenn das hier vorbei ist.

Dann rief sie Bernhard an, um ihm mitzuteilen, dass sie heute zurückkehre aber Bernhard ging nicht ans Telefon. Nach dem fünften Klingelton ging die Mailbox an. Beata zögerte einen Moment, dann sprach sie ihm eine Nachricht aufs Band und bat ihn, zurückzurufen. Plötzlich gab es eine Menge zu erledigen. Sie musste ihre Tasche packen und aufräumen und saubermachen. Silke sollte nicht sagen, dass sie hier Chaos hinterlassen hätte.

20

»Wir müssen uns unterhalten.« Bormann lehnte sich zurück und legte die Füße auf den Schreibtisch.

»Diese Telefonate sollten nicht zur Gewohnheit werden. Haben Sie die Dokumente?«

»Nein.«

»Verdammt! Wieso nicht?«

»Das ist eine längere Geschichte.«

»Das heißt, die ganze Sache war nur ein Bluff?«

Es blieb einen Moment still. Dann sagte Bormann: »Das würde ich so nicht sagen.«

»Also, Sie wissen es nicht? Es hat überhaupt keine Übergabe stattgefunden?«

»Sagen wir mal so«, Bormann holte tief Luft. »Es sind ein paar unvorhergesehene Dinge eingetreten Der gute Mann ist zur Unzeit am Völkerschlachtdenkmal spazieren gegangen.«

Bormann hörte Schönherr heftig atmen. »Scheiße«, murmelte er dann. »Das ist eine gottverdammte Scheiße, Bormann. Wenn Sie mit diesem Anschlag ... Wollen Sie sagen, dass Sie in der Nacht ...«

»Was heißt denn hier Anschlag!«

»Bormann, der Staatsschutz ermittelt. Politischer Hintergrund. Die Sache wird hier vielleicht noch ganz hochgehängt. Wenn Sie da irgendwie auch nur am Rande auftauchen, dann kann ich Ihnen auch nicht mehr helfen. Ist Ihnen das klar?«

»Wir sind dem Typ gefolgt, es schien mir eine günstige Gelegenheit, jedenfalls besser als auf seine Spielchen einzugehen. Mit dem Rest habe ich absolut nichts zu tun.«

»Rufen Sie mich ab sofort nicht mehr an. Und finden Sie die Frau, Bormann. Wenn der Mann geblufft hat, dann müssen die Dokumente noch bei ihr sein.«

Schönherr legte auf. Er atmete heftig. Die Sache schien aus dem Ruder zu laufen. Bormann war möglicherweise nicht mehr zu trauen. Wenn der sich als unfähig oder unwillig erwies, die Dokumente zu beschaffen, musste man andere Möglichkeiten in Betracht ziehen.

Henning Seitz lockerte die Krawatte. Sein Gesicht war rot. Er hatte diesem Idioten schon tausendmal gesagt, dass er nicht anrufen solle, wenn er im Büro war. Wie der es zum Staatsanwalt gebracht hatte, war ihm schleierhaft. Beim ersten Anruf war Wagenbach noch hier gewesen. *Wollen Sie nicht rangehen? Vielleicht ist es wichtig.*

Wagenbach war ein Schleimer. Der würde ihn, ohne mit der Wimper zu zucken, über die Klinge springen lassen, wenn er nur den Hauch einer Chance dafür bekäme. Aber so leicht machte er es ihm nicht. Vorsichtsmaßnahmen. Seitz hatte sein eigenes System installiert. Spätestens seit Wegeners Tod musste man vorsichtig agieren. Irgendwann würden sich die Verhältnisse wieder beruhigen, aber mit Wegeners Tod war es wie mit einem Stein, der in einen stillen See geworfen wurde. Er zog Kreise über die Oberfläche, die sich immer weiter ausdehnten. Die Ermittlungen würde man irgendwann einstellen, doch bis dahin war es ratsam, die Füße still zu halten.

Nur Bormann, dieser Idiot, hielt sich nicht an Absprachen und Regeln. Krempelte die Ärmel hoch und machte einfach drauflos. Chaos vorprogrammiert. Und der Herr Staatsanwalt musste ihn natürlich sofort anrufen, dem ging jetzt der Arsch auf Grundeis, das hatte er deutlich herausgehört. Warum eigentlich? Gab es etwas, wovon er nichts wusste?

Die Wechselsprechanlage auf seinem Schreibtisch knackte: Herr Seitz, darf ich Sie an die Besprechung mit der Dezernatsleitung beim Oberbürgermeister erinnern? Die Unterlagen sind vorbereitet, in zehn Minuten müssen sie oben sein.

»Danke, Martina, ich bin auf dem Sprung.« Er steckte sein privates Mobiltelefon weg und versuchte sich zu konzentrieren. Als Erstes, dachte er, Lageeinschätzung. Dann Schadensbegrenzung. Operative Maßnahmen. Die undichte Stelle finden und eliminieren. Emotionen rausnehmen. Das war alles noch unter Kontrolle. Aber man musste vorsichtig sein. Er nickte. Dann rückte er seine Krawatte zurecht, stand auf und ging mit raschen Schritten ins Vorzimmer, um pünktlich zur Dienstbesprechung beim Oberbürgermeister zu erscheinen.

21

Das Haus war eines der letzten, das auf diesem Abschnitt der Windscheidstraße noch nicht saniert war. Der graue Putz bröckelte an einigen Stellen, und die Fenster hatten einen Anstrich bitter nötig. An der Hauswand lehnten Fahrräder, vermutlich gab es im Haus Wohngemeinschaften, Studenten wahrscheinlich. Seit einer Stunde beobachtete er den Eingang. Es war immerhin möglich, dass die Bullen schon hier waren. Oder jemand anderes. Es war besser, noch abzuwarten.

Bisher war aber nur eine Frau herausgekommen, und ein Zeitungsausträger hatte vergeblich geklingelt, um dann einen Stapel Werbezeitschriften einfach vor der Tür abzulegen. Als das gelbe Postrad an der Straßenecke auftauchte, nickte er zufrieden und stieg aus dem Wagen. Langsam ging er auf die andere Straßenseite. Bevor die Tür hinter der Postbotin wieder ins Schloss fiel, schlüpfte er ins Haus, grüßte höflich und ging an ihr vorbei nach oben.

Die Wohnungstür war kein Problem. In den Leipziger Gründerzeithäusern gab es noch viele dieser hohen zweiflügeligen Türen, die nicht gesichert waren. Er zog einen schmalen metallenen Hebel aus seiner Umhängetasche, kniete sich auf den Boden und schob ihn wie eine Zunge unter die Tür. Sobald der Schließmechanismus nach oben gedrückt war, ließ sich die Tür ganz leicht nach innen eindrücken. Sie ging dabei nicht einmal kaputt.

Er lauschte bewegungslos. Irgendwo im Haus knarrte eine Tür, Schritte waren zu hören, ein Schlüsselbund klimperte. Mit ruhigen, aber entschlossenen Bewegungen schob er die Tür wieder zusammen und blieb dicht dahinter stehen. Er wusste, dass man ein aufmerksamer Beobachter sein musste, um zu erkennen, dass sie nicht mehr richtig geschlossen war. Langsam zog er sich Handschuhe über. Die Schritte auf der Treppe kamen näher, er hörte leise etwas klappern, jetzt musste der Mensch auf dem Absatz vor der Tür sein. Es war ein Moment der Unsicherheit, in dem beides zugleich möglich war: entdeckt werden oder nicht. Seine linke Hand fuhr in die Jackentasche, in der sich ein Schlagring befand, geschickt fuhren die Finger in die Öffnungen und ballten sich sofort zur Faust. Die Schritte waren wieder zu hören, entfernten sich gleichmütig, langsam. Er atmete aus. Nichts passierte. Der lange Flur im Dämmerlicht, an den Wänden Bücherregale bis hoch zur Decke. Er hatte noch nie so viele Bücher in einer Wohnung gesehen.

Als er das Zimmer betrat, spürte er Wut in sich aufsteigen. Noch mehr Bücher. So hatte er sich das nicht vorgestellt. In der Mitte des Raumes stand ein wuchtiger alter Schreibtisch, überladen mit Papieren und Büchern. In der Mitte stand ein Computerbildschirm, die Tastatur war von Papieren verdeckt. Er ging zum Schreibtisch, bückte sich und schaltete den Rechner ein. Während das Gerät hochfuhr, sah er sich im Zimmer um. Eine gesamte Längswand war mit deckenhohen Regalen verstellt, die voller Bücher und Ordner waren. Wo sollte er anfangen? Es war von einer Mappe mit Dokumenten die Rede gewesen, Papiere, keine Dateien. Zuerst nahm er sich den Schreibtisch vor, zog die Schubladen heraus und kippte den Inhalt einfach auf den Boden. Dann nahm er sich Ordner in den Regalen vor. Nach zwanzig Minuten wusste er, dass die Papiere, die er suchte, nicht hier waren. Oder so gut versteckt, dass man die gesamte Wohnung filzen musste. Er wandte sich wieder dem Bildschirm zu und musste grinsen; der Rechner war nicht einmal passwortgeschützt. »Danke für Ihre Kooperation«, murmelte er. Wenn das Material hier gespeichert war, dann wussten sie zumindest, um was es sich handelte. Aber die Originale fehlten. Sie konnten hier sein, konnten in einem der aberhundert Bücher stecken. Vielleicht, dachte er, wäre es das Beste, die Bude einfach anzuzünden.

Aus dem Treppenhaus waren schon wieder Schritte zu hören, er verharrte in seiner Bewegung und lauschte mit offenem Mund. Dieses Mal verstummten die Schritte auf dem Absatz vor der Wohnungstür. Er zog sich lautlos in einen Winkel des Zimmers zurück. Die Klingel ertönte. Wenige Sekunden später war eine Stimme zu hören: »Bernhard?« Es war die Stimme einer jungen Frau.

»Bernhard, bist du da?«

Es war einige Sekunden still, dann hörte er das Knarren der Wohnungstür, danach vorsichtige Schritte auf dem Parkett des Flurs klacken, sie kamen näher. Mit einer ruhigen Bewegung streifte er den Schlagring wieder über.

22

Katja hatte die Hausnummer vergessen, aber sie wusste, in welchem Haus Bernhard wohnte. Es war Jahre her, dass sie einmal hier gewesen war. Das musste sogar noch vor ihrer Brüssel-Zeit gewesen sein. Bernhard hatte sie immer wieder eingeladen, aber es war nie dazu gekommen. Das Haus sah noch so aus wie damals. Irgendwie war das typisch für Bernhard, dachte Katja. Der gesamte Straßenzug war inzwischen saniert worden, und Bernhard wohnte im einzigen Haus, dessen Fassade noch immer bröckelte.

Zuerst war sie sauer gewesen, weil Bernhard nicht zurückgerufen hatte, aber dann hatte sie angefangen sich Sorgen zu machen. Das verabredete Treffen zu vergessen, war das eine, aber irgendwann wäre es ihm doch sicher wieder eingefallen. Und dann hätte er sie angerufen. Warum antwortete er auf ihre SMS nicht? Vielleicht war sein Telefon nicht in Ordnung. Vielleicht gab es eine simple Erklärung, vielleicht war er wieder einmal zwischen seinen Büchern und Aktenbergen verschwunden. Aber Katja konnte das Gefühl nicht abschütteln, dass irgendetwas passiert war. Kurz entschlossen war sie zu seiner Wohnung aufgebrochen. Sie hatte die Straßenbahn genommen und war bis zum Connewitzer Kreuz gefahren.

Katja staunte, dass sich auch hier draußen, weit außerhalb des Stadtzentrums, schon wieder so vieles verändert hatte, seit sie zum letzten Mal hier gewesen war. Der Supermarkt an der belebten Kreuzung war abgerissen und durch einen kompletten Neubau ersetzt worden. Und die angrenzenden Häuser bis auf das Ende der Kochstraße waren vollständig saniert. Sie ging die Selneckerstraße hinunter und bog nach rechts in die Windscheidstraße ab.

Die Haustür war nicht richtig eingeklinkt, und im Hausflur funktionierte das Licht nicht. Katja brauchte einen Moment, bis sich ihre Augen an das Dämmerlicht gewöhnt hatten. Die Treppenstufen knarrten, als sie hinaufging. Auf dem Absatz zum ersten Stock schaute sie aus dem Fenster in den Hof, der wildromantisch zugewuchert war. Zwischen Holunderbüschen stand ein Tisch, und auf der Wiese war eine Feuerstelle angelegt worden, um die niedrige Bretter als Sitzgelegenheiten arrangiert worden waren. Bernhard hatte sich gelegentlich über ausschweifende Partys seiner studentischen Mitbewohner beklagt. Aber es konnte nicht so schlimm sein, sonst wäre er sicher schon längst ausgezogen. Katja schmunzelte. Wie lange wohnte Bernhard eigentlich schon hier? Seine Klagen hatten sie oft belustigt und sie hatte den Verdacht, dass er es wusste und deshalb absichtlich übertrieb.

Katjas Hand verharrte über dem Klingelknopf. Die Wohnungstür war leicht nach innen gedrückt. Als Katja leicht dagegen drückte, glitt sie mit einem hellen Quietschen auf. »Bernhard?« Katjas zögernder Ruf verhalltein der Stille. Hatte er die Tür nicht richtig verschlossen? Sie machte einen Schritt in den Flur und suchte den Lichtschalter. Die Deckenlampe flammte auf. Katja atmete durch und entspannte sich. »Bernhard!« Sie rief jetzt energischer. Vielleicht war ihm etwas passiert, brauchte Bernhard ihre Hilfe. »Bernhard, bis du hier?«, rief sie noch einmal. Die Tür zu

Bernhards Arbeitszimmer war nur angelehnt. Sie schob die Tür auf und trat über die Schwelle. Als sie den Schreibtisch sah, musste sie lächeln. Ein wildes Durcheinander von Papieren und Fotografien bedeckte ihn. Bernhard schien mitten in der Arbeit zu sein. Sie trat näher heran und nahm eine der Fotografie in die Hand. Auf dem Foto war ein steinernes Relief zu sehen. Wie das aufgerissene Maul eines Löwen, dachte Katja. Die Öffnung des Maules war durch Steinblöcke versperrt. Was mochte das bedeuten? Sie drehte das Foto um. Auf der Rückseite stand in Bernhards unverkennbarer Handschrift: *der raue stein versperrt die pforte.*

Katja hörte plötzlich ein leises Geräusch und nahm eine undeutliche Bewegung seitlich hinter ihr wahr. Sie wollte sich umdrehen, aber ein heftiger Schmerz durchzuckte sie im selben Moment. Ein Schleier legte sich über das Zimmer, das immer weiter zurückzuweichen schien, undeutlich wurde, verblasste, bis das Licht schlagartig ausging und eine schwarze Woge Katja überströmte.

Zuerst war die Verwunderung da. Eine grenzenlose Verwunderung darüber, dass ein Augenlid derartig schwer sein konnte. Katja hatte das linke Auge öffnen können, aber das rechte Lid wollte ihr nicht gehorchen, es war einfach zu schwer. Dann war der Schmerz plötzlich da. Er schien überall zugleich zu sein. Im Auge, im Kopf, im Nacken, in der Schulter. Der Schmerz war ein Dröhnen, laut und dumpf. Er war so stark, dass er Katja überrumpelte, sie zwang, bewegungslos liegenzubleiben, das linke Auge wieder zu schließen. Nichts zu denken.

Das linke Auge sah einen Teppich, Staubflocken. Die Beine eines Stuhles, der vor einem Schreibtisch stand. Saubermachen, dachte sie, hier müsste mal wieder saubergemacht werden. Hier. Aber wo war hier? Die Erinnerung kam plötzlich zurück, schnell, überflutete sie mit Informationen: Bernhards Wohnung. Licht, die Tür, eine Bewegung, jemand war da. Dann der Schmerz. Katja stöhnte leise. Ihre Stimme erschien ihr fremd, sie war rau und brüchig, schien tief aus dem Zentrum des Schmerzes zu kommen. Was war passiert? Etwas Neues geschah und lenkte sie von ihren mühsamen Überlegungen ab, ein Geräusch, laut, unangenehm, es sollte aufhören. Langsam dämmerte in Katja die Erkenntnis, dass es das Telefon war, das klingelte. Es musste hier irgendwo stehen, auf dem Schreibtisch wahrscheinlich. Weit über ihr, unerreichbar. Katja winkelte die Arme an und schob sich ein Stück nach vorn in Richtung Schreibtisch. Der Schmerz pulsierte in ihrem Kopf wie ein eingeschlossenes wildes Tier, das an Gitterstäben rüttelt. Als das Klingeln endlich verstummte, hörte sie plötzlich Bernhards Stimme: *Dies ist der Anschluss von Bernhard Hoffmann. Ich bin zurzeit nicht erreichbar. Bitte hinterlassen sie mir eine Nachricht.*

»Bernhard?«, murmelte Katja, »bist du das?« Dann versank das Zimmer wieder in farblosem Nichts, ein Strudel wirbelte, er zog Katja immer tiefer in seine kreisende Bewegung hinein, sie spürte Übelkeit aufsteigen, dann verlor sie das Bewusstsein.

Als sie wieder zu sich kam, wusste sie nicht, wie viel Zeit vergangen war. Die Augen zu öffnen, war noch einfach, aber als sie den Kopf heben wollte, setzte sich der rasende Strudel sofort wieder in Bewegung. Sehr langsam, Zentimeter für Zentimeter, schob sich Katja mit zusammengebissenen Zähnen in Richtung Tür, nach einer Weile schaffte sie es, sich auf die Knie aufzurichten. Nur den Kopf musste sie ruhig halten, durfte nicht aufblicken. Auf Händen und Knien überquerte sie die Türschwelle, bewegte sich in den Flur hinaus. Der Weg zur Wohnungstür erschien ihr unendlich lang. Die Übelkeit kam wieder zurück.

Hinlegen, dachte Katja, hinlegen ist gut. Nicht mehr bewegen müssen. Sie hörte Schritte noch die Treppe heraufkommen, aber es interessierte sie nicht mehr. Das Dunkel kam näher, kroch heran wie ein riesiges Tier, in dessen Fell sie sich vergrub.

23

»Also kein Nachweis einer Fremdeinwirkung?«

Der Gerichtsmediziner schüttelte den Kopf. »Nee. Im Prinzip nicht.«

»Was soll das denn heißen, ›im Prinzip‹?«, fragte Tielmann.

»Es gibt Verletzungen, die theoretisch auch bei einer körperlichen Auseinandersetzung entstanden sein können, das ist nicht ganz eindeutig. Es überwiegen aber die Abschürfungen und Abriebspuren. Wir können mit Sicherheit davon ausgehen, dass die maßgeblichen Verletzungen durch den Sturz verursacht wurden. Der finale Aufschlag hat dann größere Auswirkungen hinterlassen.« Der Pathologe deutete auf den deformierten Körper. »Die Knochenstruktur ist in diesem Bereich stark zerstört ...«

Becker nickte und wandte sich ab. »Trotzdem nicht ganz eindeutig«, murmelte er unzufrieden.

»Und um festzustellen, ob er während des Falles schon auf einem Vorsprung aufgeschlagen ist, müssten wir jemanden abseilen und die Absturzstelle von außen untersuchen«, sagte Tielmann.

»Wenn man es ganz genau wissen will, ja.« Becker nickte.

»Da wird sich die Kriminaltechnik freuen. Keine Ahnung, ob die einen Bergsteiger haben.«

»Ruf trotzdem an«, unterbrach ihn Becker. »Wir machen das wasserdicht. Nicht dass uns die Presse Schlamperei nachsagt, wenn hier im Nachgang noch etwas auftaucht.«

»Was soll auftauchen? Klassischer Suizid, wenn du mich fragst. Großer Abgang an geschichtsträchtigem Ort. Passt doch alles.«

»Wenn man die Explosion einfach mal weglässt, sagte Becker sarkastisch.

»Gibt es da schon Neuigkeiten vom Staatsschutz?«, fragte Tielmann.

»Diese Neuber hat einen Zwischenbericht geschickt. Sie haben Ergebnisse hinsichtlich der Sprengmittel: Plastiksprengstoff. Es gab keinerlei Hitzeeinwirkung, nur eine Druckwelle. Das ist wohl typisch für dieses Zeug.«

»Plastiksprengstoff? Wo bekommt man so etwas her?«

»Lieblingsspielzeug von Terroristen. Kann mit ein paar Grundkenntnissen in Chemie selbst fabrizieren. Und die Zutaten sind auch kein Problem.«

»Also nehmen wir mal an«, überlegte Tielmann, »es gibt keinen politischen Hintergrund. Der Tote ist für die Sprengladungen zuständig. Er hat – warum auch immer – das Denkmal in die Luft sprengen wollen. Als er mitgekriegt hat, dass er Mist gebaut hat, ist er durch die aufgerissene Tür hinein und hat sich runtergestürzt.«

»Genauso gut hätte er auch flüchten und zu einem späteren Zeitpunkt einen zweiten Versuch starten können. Immerhin hatte er jetzt einen Erfahrungswert und wusste, dass er eine wesentlich größere Menge an Sprengmitteln brauchte.«

»Hätte. Aber er ist runtergesprungen.«

»Vielleicht«, antwortete Becker. »Warten wir die abschließenden Ergebnisse der Spurensicherung ab.«

24

Als Leo von zu Hause weggegangen war, hatte er nicht gewusst, wohin er gehen würde. Nur eines war ihm klargewesen. Er musste weggehen und er würde nicht mehr zurückkehren.

Wenn sich Leo an seinen Vater erinnerte, konnte er ihn nur so sehen: dieser bittere Zug im Gesicht, das Schweigen, das so schwer lastete. Nur manchmal ein Ausbruch, der nicht vorherzusehen war. Vieles, von dem was der Vater dann sagte, verstand Leo nicht. Er verstand nur, dass es eine große Verschwörung gegeben haben musste. Namen fielen, von denen er die meisten noch nie gehört hatte, außer dem von Gorbatschow. Verraten, stieß der Vater dann immer hervor, Gorbatschow hat uns verraten und verkauft. Er hockte auf dem Sofa. Sein Gesicht war rot. Die Wodkaflasche stand auf dem Couchtisch. Beschlagen war die Flasche, Tropfen rannen über das blaue Etikett, das von einer hauchdünnen Eisschicht überzogen war.

Sein Vater sprach selten über die Vergangenheit. Früher, sagte er manchmal nur. Dann verfiel er wieder in brütendes Schweigen. Leo wusste, dass mit früher eine Zeit gemeint war, in der alles anders gewesen war. Eine Zeit, in der sein Vater zu denen gehört hatte, die das Land verwalteten und große Pläne gehabt hatten. Aber dann war der Umsturz gekommen. Sein Vater sagte immer »der Umsturz«, niemals benutzte er da Wort »Wende«. »Der polnische Papst« sagte er auch gelegentlich. »Der polnische Papst hat den Umsturz aktiv vorbereitet.«

»Der polnische Papst«, sagte Vater, »war das trojanische Pferd der Imperialisten.« Er saß in der stillen, dunklen Wohnung und war weit weg in der Vergangenheit. Wenn er getrunken hatte, schwor er den Feinden Vergeltung. Diese Feinde beschäftigten ihn fortwährend. Leo hatte nie genau verstanden, wer diese Feinde waren.

Als Leo klein gewesen war, waren noch öfter Freunde seines Vaters zu Besuch gekommen. Männer, die bis spät in die Nacht mit ihm zusammen gesessen hatten. Vater hatte dann eine Flasche aus dem Schrank geholt, sie hatten sich zugeprostet, und Vater hatte »Genossen« zu den Männern gesagt. Später waren diese Besuche seltener geworden. Die Bitterkeit seines Vaters aber war geblieben, hatte sich sogar verstärkt und sich in seinem Gesicht für immer eingegraben. Er hatte aufgehört, mit Leo zu sprechen. Schweigend saß er Stunde um Stunde in seinem Sessel und starrte die Wand an.

Wenn Leo es nicht mehr ausgehalten hatte in der düsteren

Wohnung an der Märchenwiese war er einfach losgelaufen, hatte sich die Einsamkeit und Trauer aus dem Kopf gelaufen, war stundenlang ziellos umhergestreunt. Vorbei am Silbersee, am alten Schacht, an den Gärten, bis zu den alten Klinikgebäuden des Parkkrankenhauses, von dort weiter bis nach Holzhausen hinüber, irgendwann war er in Stötteritz angekommen, hatte sich dann am Turm orientiert. Der Turm hatte ihn schon damals magisch angezogen, obwohl er da noch nicht wusste, was er für eine Bedeutung hatte. Der Turm war ihm zu einem festen Punkt geworden in der unsicheren Stadt, die sich beständig veränderte. Es war ihm damals nicht klargewesen, und er hätte es nicht so ausdrücken können, aber er war einsam gewesen, und die massigen Steinquader vermittelten ihm Sicherheit, sie gaben ihm das Gefühl, dass es Dinge geben musste, die bleiben würden, bei denen man Schutz und Sicherheit finden konnte. Wenn er auf dem breiten unteren Absatz gesessen und in die Abendsonne geschaut hatte, dann hatte er sich beschützt gefühlt. Die Ritter über ihm wachten. Auf ihre riesigen Schwerter gestützt, schreckten sie alles Unheil ab. Leo fühlte sich mit ihnen verbunden, sie waren seine Gefährten. Hierher war er immer wieder zurückgekommen. Damals hatte er noch nicht gewusst, was der Turm in Wirklichkeit war. Es hätte ihn auch nicht interessiert. Damals hatte er versucht ein normales Leben zu führen.

Er hatte eine eigene Wohnung gefunden, eine Zeitlang gearbeitet und eigenes Geld verdient. Er war lange Zeit nicht mehr zum Vater gegangen. Bis zu diesem letzten Mal. Aber daran, an dieses letzte Mal, wollte er nicht mehr denken.

Er war einsam gewesen, aber er hatte die Kraft gehabt, die Einsamkeit abzuschütteln. Heute fand Leo das merkwürdig, aber damals war er für kurze Zeit glücklich gewesen, als er sich den schwarzgekleideten jungen Leuten angeschlossen hatte, die vom Tod fasziniert, über den Südfriedhof zogen. Sie hatten sich vor den prächtigsten Grabmalen fotografiert, es war ein Spiel, sie gefielen sich in ihren Kostümen, sie zeigten sich mit den Farben und Symbolen des Todes, aber Leo erkannte, dass sie doch nur das Leben feierten. Alles war nur ein Spiel ohne Konsequenzen. Es stieß ihn rasch ab, dass sie nicht an ihre Ideale glaubten. Damals hatte er auch mit dem Mädchen gesprochen. Aber sie hatte ihn nicht verstanden, hatte sich sogar gefürchtet vor ihm. Leo wusste nicht, warum. Er hatte bald das Interesse an ihnen verloren. Das war alles schon lange her.

Aber damals hatte er auch durch einen Zufall das Versteck entdeckt. Leo hatte sich in einen dichten Rhododendron zurückgezogen. Er wollte einer Gruppe von Friedhofsbesuchern ausweichen, die schon von weitem zu hören gewesen war. Ein Mann sprach die ganze Zeit, und die anderen liefen hinter ihm her und hörten zu. Wahrscheinlich waren es Touristen, die zu berühmten Grabmälern geführt wurden. Leo wollte nicht gesehen werden. In diesem Areal des Friedhofs waren normalerweise nicht viele Leute unterwegs. Die Grabmäler hier waren zum großen Teil alt und verwittert. Niemand kümmerte sich mehr um sie. Er hatte sich in den Rhododendronbusch gekauert und gewartet, bis die Gruppe außer Sichtweite war. Es gab zwar keinen Grund, sich zu verstecken, aber Leo wollte nicht gesehen werden. Er wusste selbst nicht genau, warum. Sein Blick fiel auf einen grasbewachsenen Hügel neben dem Gebüsch. Am Rand der Erhebung klaffte eine Öffnung im Boden. Unter dem Gras waren Ziegel zu erkennen.

Leo hatte das Loch etwas vergrößert, die Ziegel waren feucht und bröckelten in seinen Händen, sie lagen nur locker aufeinander, er konnte sie mühelos entfernen. Aus der Öffnung drang kühle feuchte Luft herauf.

Leo begriff jetzt, dass die Erhebung hinter dem Rhododendron eine künstliche war, unter der sich die gewölbte Decke des unterirdischen Raumes befand. Es musste eine Gruft sein, die zu einer der umliegenden Grabanlagen gehörte. Er deckte die Öffnung mit Zweigen ab und kam am Abend mit einer Taschenlampe und

Kerzen zurück. Der rechteckige Raum war leer, es standen keine Särge darin, wie Leo vermutet hatte. Vielleicht war diese Gruft auch nie benutzt worden. Irgendjemand hatte sich eine Grabanlage bauen lassen, war dann aber mit der gesamten Familie weggegangen, bevor ein Todesfall eintrat. Vielleicht war die Gruft vor dem Krieg erbaut worden.

Der Boden lag nicht sehr tief unter der Öffnung. Leo kletterte hinunter. Es war ein ideales Versteck. Hierher konnte er sich zurückziehen, kein Mensch würde ihn hier vermuten, niemand würde ihn finden. Es war Leo zumute, als ob ihn die Toten in ihren Gräbern ringsumher beschützen würden, aber er dachte dabei nicht an den Vater. Leo lebte jetzt in seiner eigenen Welt. Und er glaubte, einem Geheimnis auf der Spur zu sein.

25

Warum konnte niemand das Fenster schließen? Der Zug fuhr über Gleise, die entsetzlich laut klapperten und rüttelten. Störte sich keiner außer ihr an dem Lärm oder war sie etwa ganz allein hier? Katja versuchte aufzustehen, aber sie schaffte es nicht, sie brach in Schweiß aus, sie wollte rufen: Kann jemand endlich mal das verdammte Fenster zu machen?

Sie saß im Zug von Berlin nach Leipzig. Gleich nach ihrer Ankunft würde sie Bernhard anrufen, er musste sich doch melden, sie waren verabredet. Das Fenster, dachte sie, ein Gegenzug rauschte jetzt vorbei, aber wieso war das Fenster offen, Katja fiel ein, dass sich in den modernen Waggons der Deutschen Bahn schon lange keine Fenster mehr öffnen ließen. Sie spürte etwas Kühles, Feuchtes an ihrer Schläfe. Das Rauschen des Gegenzuges wurde zu einem hämmernden Schmerz, hinter dem Stimmengemurmel auftauchte. Wortfetzen, zerrissen wie Brandungsschaum. Ich bin nicht im Zug, dachte Katja, ich bin am Strand. Wahrscheinlich ein Ausflug mit Gerald. Wir sind ans Meer gefahren und ich habe zu lange in der Sonne gelegen, muss eingeschlafen sein. Warum hat mich Gerald nicht rechtzeitig geweckt?

»Frau Friedrich«, hörte sie eine Stimme mit sächsischem Akzent. »Können sie mich hören?«

»Gerald? Bist du das?«, murmelte Katja.

»Der Notarzt ist unterwegs«, hörte sie eine andere Stimme. Wieder spürte sie die feuchte Kühle. Eine sanfte Hand streichelte sie. Endlich gelang es Katja, die Augen zu öffnen. Ihr Blick fiel auf Bücher und Papiere, die wirr durcheinanderlagen. »Bernhard«, murmelte sie. Das war Bernhards Arbeitszimmer. Die Erinnerung war mit einem Schlag wieder da.

»Alles gut«, sagte eine Frauenstimme nahe bei ihr.

»Wer sind Sie?«, fragte Katja. Sie wunderte sich, wie merkwürdig ihre Stimme klang. Ganz leise und auf unbestimmte Weise zerbrechlich.

»Irgend so ein Schwein muss sie niedergeschlagen haben. Ich habe Sie gefunden. Hab noch gehört, wie der Kerl wegrannte.«

Katja versuchte den Kopf zu drehen, aber ein stechender Schmerz ließ sie aufstöhnen. Die junge Frau beugte sich über sie. Ihre Armbänder klirrten dabei leise. Ihr symmetrisches Gesicht war von langem dunklem Haar umrahmt, das über der Stirn gerade geschnitten war. Sie roch nach Marihuana und Schokolade.

»Geht es?«

Katja nickte schwach.

»Ich wohne oben in der Wohngemeinschaft«, sagte die Frau. Sie deutete mit dem Kopf eine Bewegung an, die zur Decke weisen sollte.

Katja versuchte sich aufzurichten, aber der Schmerz im Hinterkopf ließ sie aufstöhnend zurücksinken.

»Ganz ruhig. Bleib einfach liegen.« Die Frau streichelte sie. Die Berührung war angenehm. Nicht aufhören, dachte Katja.

»Frau Friedrich.« Ein Mann in Polizeiuniform hockte sich neben sie. »Können Sie uns sagen, was passiert ist?«

»Ich wollte zu Bernhard.«

»Herrn Hoffmann?«

»Ja, ja. Die Tür war nicht richtig verschlossen.«

»Aufgehebelt.« Der Polizist nickte. »Wir sagen das den Leuten immer wieder. Die zweiflügeligen Türen in den Altbauten – wenn da kein zusätzlicher Querriegel eingebaut wird, ist es ein Kinderspiel, die aufzubekommen.« Seine Stimme klang verärgert.

»Können Sie uns sagen, wer sie niedergeschlagen hat?« Das war der zweite Polizist, der sich jetzt einmischte.

»Ich wollte im Arbeitszimmer nachsehen.« Katja machte eine vage Handbewegung. »Bernhard ist doch nicht ans Telefon gegangen.«

»Sie selbst wohnen nicht hier?«

»Das habe ich Ihnen doch gesagt«, mischte sich die junge Frau ein, »Bernhard Hoffmann wohnt hier allein.«

»Lassen Sie bitte Frau Friedrich selbst sprechen.«

»Bernhard hat sich nicht gemeldet«, sagte Katja, »wir wollten ...«

»Sie sind also mit Herrn Hoffmann befreundet?«

Katja nickte schwach. »Ja.«

»Wissen Sie, wo er sich aufhalten könnte?«

»Nein, er war nicht hier.«

Von draußen waren Geräusche und Stimmen zu hören, Katja nahm wie durch einen Schleier wahr, dass mehrere Menschen das Zimmer betraten, dann schob die Notärztin die beiden Polizisten zur Seite.

»So, jetzt ist erst einmal Schluss mit dem Interview, meine Herren.« Sie hockte sich neben Katja. »Können Sie mich hören?«

Katja atmete auf. Das Gespräch hatte sie angestrengt. Wie in Trance antwortete sie auf die kurzen Fragen der resoluten Ärztin.

»Wir nehmen Sie vorsichtshalber mit. Mit einem Schädel-Hirn-Trauma ist nicht zu spaßen. Besser wir röntgen das.«

Katja nickte schwach.

»Wohin bringen Sie sie?«, fragte einer der Beamten.

»Ins St. Elisabeth-Krankenhaus, da ist die nächste Notaufnahme.«

26

Es hatte zu regnen begonnen. Wassertropfen perlten an der Fensterscheibe abwärts, langsam zuerst, dann immer schneller, flossen mit anderen Tropfen zusammen, überzogen das Glas mit einem Gewirr von Linien. Beata wippte ungeduldig auf den Fußzehen. Nach dem fünften Klingelton schaltete sich die Mailbox ein. Zum zweiten Mal an diesem Abend hörte sie die Stimme vom Band: *Dies ist der Anschluss von Bernhard Hoffmann. Ich bin zurzeit nicht erreichbar. Bitte hinterlassen sie mir eine Nachricht.*

Beata war wütend. Verdammt, warum ging er nicht ran? Es war immer dasselbe mit den Männern, wenn man sie brauchte, waren sie weg. Auf sie war einfach kein Verlass. In dieser Hinsicht ähnelten sie sich alle. Sie hatte ihn anrufen wollen, bevor sie zurückfuhr. Dann hätte er noch genügend Zeit gehabt, sich vorzubereiten. Aber was gab es schon vorzubereiten für einen Mann? Er brauchte ja bloß seine Zahnbürste in die Tasche zu stecken. Sogar abgeholt hätte sie ihn.

Beatas Plan war es gewesen, mit Bernhard in ihre Wohnung zu fahren. Aber vielleicht, schoss ihr ein Gedanke durch den Kopf, war es auch gut, wenn sie ihn jetzt nicht erreichen konnte. Denn irgendwann musste sie sich dem stellen: wieder allein in der Wohnung zu sein. Aber in der ersten Nacht wäre es besser, Bernhard dabei zu haben. Aber sie würde es auch ohne ihn schaffen. Morgen früh würde sie wieder ins Büro fahren, den Polizisten treffen, die Unterlagen übergeben, ihre Aussage machen, und die ganze Sache wäre endgültig vorbei.

Sie blickte noch immer auf die dunkle nasse Fensterscheibe. Hinter ihr wartete die gepackte Tasche. Sie beschloss, sofort loszufahren, solange sie noch diese Entschlossenheit in sich verspürte. Und vielleicht würde er ja noch zurückrufen, wenn sie unterwegs war. Als sie im Auto saß, war sie froh, die Datschensiedlung zu verlassen. Sie war hier sicher gewesen, aber die Stille und die Einsamkeit hatten ihr zu schaffen gemacht.

Eine knappe Stunde später fuhr Beata Zinner in Richtung Innenstadt. Es regnete immer noch. Bernhard hatte sich nicht gemeldet. Für einen Augenblick dachte Beata daran, direkt zu ihm zu fahren, aber dann erwachte ihr Stolz. Er hätte mich längst anrufen können, dachte sie. Wahrscheinlich hockt er über seinem Manuskript und hat alles andere vergessen. Außerdem muss ich irgendwann wieder in meine Wohnung. Wenn ich mich jetzt nicht traue, dann wird es immer schlimmer werden.

Sie fand einen Parkplatz vor dem Haus. Bevor sie ausstieg, beobachtete sie die Straße. Es war kein Mensch zu sehen. Niemand schien ihr gefolgt zu sein. Der Regen war stärker, noch stärker geworden, und Beata war nach den wenigen Schritten bis zur Haustür schon durchnässt. Entschlossen öffnete sie die Wohnungstür und betrat den Flur. Sie atmete tief durch, es ging besser, als sie gedacht hatte. Fast erleichtert stellte sie fest, dass es jede Menge zu tun gab.

Vor ihrer Abreise hatte sie nichts aufgeräumt, nur die wichtigsten Sachen zusammengerafft, in eine Tasche gestopft und war geflüchtet. Sie schaltete in der gesamten Wohnung das Licht an, zog die Vorhänge zu und begann die Papiere und Ordner aufzusammeln, die im Wohnzimmer verstreut umherlagen. Nicht nachdenken, hatte sie sich selbst befohlen. Sie schob die Schreibtischschubladen wieder zu, rückte Möbel zurecht, saugte den Teppichboden, bis die Nachbarn von oben an die Decke klopften. Jetzt wissen die wenigstens, dass ich da bin, dachte Beata und musste beinahe lachen. Sie machte im Flur weiter, dann im Schlafzimmer. Langsam ließ die Erregung nach. Aber als sie zuletzt ihre Reisetasche ausgepackt hatte, kam die Angst zurück. Mit dem Telefon in der Hand lag sie angekleidet auf dem Bett. Warum rief Bernhard nicht zurück? War er immer noch nicht nach Hause gekommen? Beata spürte, wie sie wieder wütend wurde, wie oft hatte sie Bernhard zu überreden versucht, sich ein Handy anzuschaffen. Sie rief ein letztes Mal bei ihm an. Wieder ging nur die Mailbox an.

Beata erwachte von einem dumpfen Poltern. Sie spürte, wie ihr Körper geschüttelt wurde. Dann nahm sie einen unangenehmen Geruch wahr. Chemische Reinigung, dachte sie. Aber wieso? Ihr Gesicht lag auf einer rauen Fläche. Beata wollte die Augen öffnen, aber ihre Lider waren unendlich schwer und flackerten unter der Anstrengung. Sie brauchte einen Moment, bis sie denken konnte. Der Geruch kam von dem rauen Untergrund, auf dem ihr Gesicht lag. Es war nicht das Bettlaken, sondern der kratzige Bodenbelag eines Fahrzeugs. Sie mussten über eine holprige Piste fahren, daher das Rütteln. Beata wollte um Hilfe schreien, aber sie bekam keinen Ton heraus. Die Hoffnung, die sich beim Erwachen eingestellt hatte, dass alles nur ein Alptraum war, zerschlug sich endgültig, als sie begriff, dass ihr Mund mit Klebeband umwickelt und ihre Handgelenke aneinandergebunden waren.

Nur mühsam konnte sie den Kopf zur Seite drehen. Die Angst war mit einem Schlag da und vertrieb den letzten Rest Benommenheit. Sie versuchte die Panik, die in ihr aufstieg, unter Kontrolle zu halten. Was war geschehen? Sie konnte sich nur daran erinnern, dass sie noch einmal versucht hatte, Bernhard zu erreichen. Dann musste sie doch noch eingeschlafen sein. Aber was war danach geschehen? Ihre Gedanken überschlugen sich jetzt. Jemand musste in ihrer Wohnung gewesen sein, wahrscheinlich hatte man sie betäubt. Wohin wurde sie gebracht? Beata war jetzt bereit, zu sagen, wo sich die Dokumente befanden, es war ihr egal, wer welche Geschäfte tätigte. Sie wollte nur raus hier. Alles würde sie vergessen, wenn man sie freiließe, alles, wollte sie schreien, ich mache alles, was ihr wollt, aber lasst mich gehen. Das Rütteln und Poltern endeten abrupt. Sie schienen jetzt über einen weichen Untergrund zu rollen. Dann verstummte auch das Geräusch des Motors. Beata hörte, wie eine Tür des Wagens geöffnet wurde. Feuchte Luft drang heran, sie hörte Wasser plätschern, und aus der Ferne war der Schrei eines Vogels zu hören.

27

Als Katja erwachte, war die Welt weiß. Für einen Moment wusste sie nicht, was passiert war und wo sie sich befand. Weiß. Alles war weiß und leer. Sie spürte Angst in sich aufsteigen. Aus den Augenwinkeln konnte sie sehen, dass links von ihr ein Fenster war, durch das Licht hereinflutete. Dann erfasste sie die Einrichtung des Zimmers. Gestrichene Wände, das Bettgestell aus Metall. Krankenhaus, dachte sie. Eindeutig Krankenhaus. Dann kam die Erinnerung zurück, brach regelrecht über sie herein. Der Flug nach Berlin, die Zugfahrt. Wie sie am Thomaskirchhof gesessen und Musik gehört hatte, das Telefonat mit Bernhard und Gerald. Die Nacht im Hotel, das Gespräch im Museum und wie sie in Bernhards Wohnung gegangen war. Wieder glaubte sie, den furchtbaren Schlag zu spüren, und der Schmerz pulsierte in ihrem Hinterkopf.

Man hatte die Wunde versorgt, eine Röntgenaufnahme gemacht und Katja empfohlen, zur Sicherheit eine Nacht hierzubleiben. An den Rest konnte sie sich nicht erinnern. Vorsichtig drehte sie den Kopf zur anderen Seite. Dort stand ein zweites Bett.

Eine Frau mit raspelkurzen dunklen Haaren lag darin. Sie schien zu schlafen. Langsam setzte sich Katja auf. Ihre Handtasche stand auf dem Tischchen neben dem Bett. Sie kramte das Handy heraus und rief bei Bernhard an. Nach dem fünften Klingelton meldete sich der Anrufbeantworter. Dann rief Katja widerstrebend ihre Eltern in Brandis an. Es hatte keinen Sinn, sich noch länger zu verstecken.

Ihr Vater kam allein. »Du hast mir einen gewaltigen Schreck eingejagt, mein Mädchen.« Er saß neben ihr und streichelte ihre Hand.

»Tut mit leid, Vater. Das war nicht geplant.«

»Das will ich doch hoffen. Warum hast du uns nicht angerufen? Nicht gesagt, dass du kommst.«

»Ich wollte zuerst – es ist kompliziert. Ich weiß nicht, wo ich anfangen soll.« Katja seufzte gequält. »Ich brauchte einfach ein, zwei Tage …«

»Ist es wegen Gerald? Habt ihr euch gestritten?«

»Es ist vorbei, Vater«, platzte Katja heraus. »Ich habe ihn verlassen, habe eine Entscheidung getroffen. Und ich bin zurückgekommen, um in Leipzig zu bleiben.«

Er schüttelte langsam den Kopf. »Katja, wir freuen uns natürlich, wenn du wieder in unserer Nähe bist. Aber das kommt sehr plötzlich. Ich hoffe, du hast dir das gut überlegt.«

Katja betrachtete ihren Vater von der Seite. Er war alt geworden. Noch nie hatte sie es so deutlich wahrgenommen wie in diesem Augenblick. Bei ihren meist kurzen Besuchen in den letzten Jahren war immer viel Trubel gewesen. Sie hatte erzählt, und meist waren noch Verwandte dabei gewesen oder die Nachbarn waren herübergekommen, mit denen ihre Eltern befreundet waren. Es war ihr nicht aufgefallen, dass ihr Vater alt geworden war. Er wirkte schmaler. Mit übergroßer Deutlichkeit sah sie das Büschel weißgrauer Haare, das aus seinem rechten Ohr quoll.

Zusammen fuhren sie ins Hotel, um Katjas Sachen zu holen.

Während der Fahrt nach Brandis sprachen sie nicht viel. Aber es war ein gutes, ein ruhiges Schweigen. Katja entspannte sich. Ihre Mutter stand schon am Gartentor, als sie ankamen. Sie nahm Katja wortlos in den Arm. Katja bemerkte, dass sie geweint hatte.

»Alles in Ordnung, Mutter«, versuchte Katja sie zu beruhigen. »Bloß eine kleine Gehirnerschütterung.«

»Ich hab dein Zimmer vorbereitet«, sagte ihre Mutter, »du legst dich gleich wieder hin. Reden können wir später.«

Fast hätte Katja aufgelacht: Es war wieder wie früher. Genau so, wie sie es befürchtet hatte. Sie fühlte sich in die Zeit zurückversetzt, als sie noch bei den Eltern gewohnt hatte und es jedes Mal Streit gab, wenn sie einmal über Nacht weggeblieben war, ohne vorher Bescheid zu sagen. Als sie in ihrem Zimmer endlich allein war, spürte sie erst, wie erschöpft sie war. Sie ließ sich rücklings aufs Bett fallen, streckte Arme und Beine aus und schloss die Augen. Noch einmal erlebte sie die Szene in Bernhards Wohnung. Die schattenhafte Bewegung, die Gestalt, die sich ihr lautlos näherte. Der plötzliche Schlag und ihre Verwunderung über das, was da geschah. Zuerst hatte sie gedacht, dass es Bernhard gewesen sei, aber Bernhard war es nicht. Konnte es gar nicht gewesen sein. Warum hätte Bernhard sie niederschlagen sollen? Jemand musste in die Wohnung eingebrochen sein, und sie hatte den oder die Einbrecher überrascht. Das war die einzige logische Erklärung.

Katjas Mutter saß auf der Bettkante, sie sah besorgt auf ihre Tochter als diese die Augen aufschlug.

»Hab ich lange geschlafen?«, murmelte Katja fragend.

Ihre Mutter lächelte. »Das hast du schon als Kind immer gefragt, wenn du wachgeworden bist.« In ihren Augenwinkeln schimmerte es.

»Und?« Auch Katja lächelte. »Hab ich lang?«

Ihre Mutter schüttelte den Kopf. »Zwei, drei Stunden nur«, dann wurde sie ernst.

»Warum bist du nicht gleich zu uns gekommen?«, fragte sie.

Katjas Blick irrte vom Gesicht der Mutter zum Fenster hin. Hier war alles so – sie wusste nicht wie sie es ausdrücken sollte. Irgendwie wirkte alles so sicher, unverrückbar. Brandis, das Holzhaus, weiße Fensterrahmen, der Garten mit dem Nussbaum und den Blumenrabatten, alles sorgsam gepflegt, jedes welke Blatt, das auf den Rasen fiel, war ein Ereignis. Sie glaubte, die Standuhr aus dem Wohnzimmer zu hören. Das gleichmäßige Geräusch, das sich durch nichts aus der Ruhe bringen ließ.

Ihre Mutter schüttelte den Kopf. »Was machst du nur für Sachen, Katja. Warum hast du uns nicht gesagt, dass du kommst? Du weißt doch, dass du dein Zimmer jederzeit beziehen kannst. Warum hast du dir ein Hotelzimmer genommen? Ich verstehe dich nicht, Kind.«

»Bitte, sag nicht mehr Kind, Mutter. Ich bin eine erwachsene Frau.«

»Willst du es mir nicht erklären?«

»Doch. Aber ich weiß nicht –« Sie brach den Satz ab. Katja war unsicher, wie sie beginnen sollte.

»Was weißt du nicht?«

»An Bernhard erinnerst du dich?«, begann sie noch einmal. »Frederickes Bruder.«

Ihre Mutter nickte. »Ja, sicher erinnere ich mich an ihn. Aber warum bist du nicht zuerst zu uns …«

»Mutter!« Katja holte tief Luft. »Ich wollte euch bestimmt nicht kränken. Aber ich brauchte Zeit für mich, ich musste zuerst meine Gedanken sortieren. Ich habe Gerald verlassen, Mutter. Warte, sag noch nichts. Das ist keine Laune. Ich habe den festen Entschluss gefasst, wieder zurückzukommen. Und den ersten Tag in Leipzig wollte ich – wie soll ich dir das erklären? Ich wollte allein sein mit der Stadt, ich wollte …«

»Habt ihr euch gestritten?«

»Nein, kein Streit.«

»Was dann?«

»Ich muss eine Entscheidung treffen, wohin es gehen soll mit meinem Leben.«

»Als wir dir damals von Brüssel abgeraten haben, hast du nicht auf uns gehört, und jetzt läufst du weg, wenn es einmal Schwierigkeiten gibt ...«

»Nein«. Katja schüttelte den Kopf. Der Schmerz in ihrem Kopf kam dabei zurück, aber sie beachtete ihn nicht. »Es ist kein Weglaufen. Gerald ist einfach nur eine Sackgasse für mich.«

Ihre Mutter schüttelte missbilligend den Kopf. »Und deine Arbeit? Du hast dir doch dort schon etwas aufgebaut in den letzten Jahren.«

Katja erwiderte nichts. Sie hatte keine Lust, ihrer Mutter von der Situation am Institut zu berichten. Es war kompliziert. Ständig gab es irgendwelche Gerüchte. Und der Plan zur Auflösung des Instituts war vielleicht schon wieder fallengelassen worden. Aber das alles war nicht wirklich wichtig. Die Wahrheit war, dass sie einen Neuanfang wollte. In jeder Beziehung.

28

Becker stand am Fenster und dachte nach. Es war nicht nur dieser morbide Denkmalbau, der ihm nicht gefiel, die ganze Sache gefiel ihm nicht. Er hatte bis jetzt keine Auskunft erhalten, inwieweit der Staatsschutz in der Angelegenheit weiter ermitteln würde. Der Sprengsatz war das Werk eines Dilettanten, so viel stand fest. Denn am unteren Eingang hatte der Zünder versagt, und die verwendete Menge am oberen Eingang hatte gerade gereicht, um die Tür aufzusprengen und den Eingangsbereich zu verwüsten. Dem Bau selbst hatte das nicht schaden können. Tielmann glaubte, der Tote habe sich mit dem Denkmal in die Luft sprengen wollen. Die

Wahnsinnstat eines Verwirrten. Aber dafür gab es bis jetzt keine schlüssigen Beweise. Vielmehr musste man sich fragen, ob dieser Sprengstoffanschlag überhaupt etwas mit dem Toten zu tun hatte. Konnte es nicht sein, dass sich hier zwei von einander unabhängig stattfindende Ereignisse überschnitten hatten? Becker fuhr sich durchs Haar. Noch einmal der Reihe nach, dachte er. Einerseits deutet manches auf Suizid hin, andererseits gibt es gravierende Ungereimtheiten. Soweit sie es bis jetzt überblicken konnten, gab es keine direkte Verbindung zu einem der Mitarbeiter des Museums und des Denkmalbetriebs. Der Wachdienst musste noch überprüft werden.

Becker spürte, dass er schon wieder die Zigarettenschachtel in der Hand hatte. Seufzend steckte er sie ein.

Tielmann kam ins Büro. Er wedelte mit einem Blatt Papier, das er in der Hand hielt. »Es gibt Neuigkeiten vom Staatsschutz. Eine Zeugenaussage. Möglicherweise haben wir einen Hinweis auf die Identität des Toten«, sagte er.

»Was für ein Zeuge?«

»Ein technischer Mitarbeiter vom Denkmalbetrieb hat ihn angeblich wieder erkannt.«

»Wann hat er den Toten gesehen?«

»Der war letzte Nacht als einer der ersten vor Ort, der Wachschutz hatte ihn angerufen, der hat dann auch die Feuerwehr eingewiesen.«

»Und wieso erfahren wir das erst jetzt?«

Tielmann lächelte. »Tja, ziemliches Chaos. Der Staatsschutz hatte mit ihm gesprochen. Und die haben seine Beobachtung auch zu Protokoll genommen. Wir dürfen uns jetzt artig bedanken, dass sie es uns mitteilen. Jedenfalls behauptet der Hausmeister, den Toten zu kennen. Der wäre in den letzten Monaten mehrfach am Völki gewesen. Hätte viele Fotos gemacht, sich für bauliche Details interessiert.«

»Gibt es einen Namen?«

»Nein.« Tielman schüttelte den Kopf. »Soll aber angeblich Historiker gewesen sein. Hatte sozusagen berufliches Interesse am Denkmal.«

»Warum sollte er es in die Luft sprengen wollen, wenn er ein berufliches Interesse hatte?«, überlegte Becker laut, »das macht doch keinen Sinn.«

»Sind wir heute gereizt?«, sagte Tielmann hohnlächelnd. »Hat es die kleine Köster nicht gebracht?«

Eines Tages, dachte Becker, hau ich ihm eine aufs Maul. Danach können sie mich dann in Gottes Namen beurlauben oder meinetwegen auch gleich suspendieren. »Haben die Kollegen vom Staatsschutz weitere Erkenntnisse preisgegeben?«, fragte er stattdessen betont ruhig.

»Aus ihrer Sicht weiterhin keine Anhaltspunkte für ein politisches Motiv. Auch die Presse hat bisher kein Bekennerschreiben erhalten. Der Staatsschutz geht von einem verwirrten Einzeltäter aus. Sie behalten sich aber trotzdem vor, weiter zu ermitteln.«

»Wenn die schon Sonntagnacht eine Aussage zur möglichen Identität des Toten bekommen haben, dann frage ich mich, ob die nicht auch schon wissen, um wen es sich handelt!«

»Kein Kommentar«, brummte Tielmann. Das Telefon meldete sich. Tielmann nahm den Anruf entgegen. Er wedelte mit der Hand, um Becker zu bedeuten, dass er dableiben solle und rollte dramatisch mit den Augen. Becker ließ sich in seinen Bürostuhl fallen und seufzte. Tielmanns Fragen und Antworten war zu entnehmen, dass es die Kriminaltechnik war.

»Das war die Köster, sie haben etwas gefunden«, sagte Tielmann, nachdem er aufgelegt hatte. »Wir sollen ihnen einen ausgeben, aber ich hab gesagt, dass du …«

»Tielmann«, sagte Becker mit gefährlich leiser Stimme.

Tielmann grinste und winkte ab. »Schon gut, schon gut. Also hör zu: Er muss vom Außenrundgang gesprungen sein.«

»Also nicht von der Aussichtsplattform ganz oben?«

»Nein, nicht von ganz oben, der Rundgang befindet sich etwas auf halber Höhe. Sie haben dort Gewebeabrieb an der Brüstung gefunden. Die Stelle passt auch zum Fundort der Leiche.«

»Okay, nehmen wir mal an, der Mann hat die Sprengladungen selbst angebracht und gezündet, um in den Turm hineinzukommen.«

»Nein«, widersprach Tielmann, »das ist doch absurd. Der hätte ganz normal zur Öffnungszeit hineingehen können, um sich hinabzustürzen. Das ergibt keinen Sinn.«

»Dann müssen wir davon ausgehen, dass er das Denkmal in die Luft sprengen wollte …«

»Und sich dann, als es nicht klappte, hinuntergestürzt hat«, ergänzte Tielmann.

Becker stand auf und ging zum Fenster.

»Ich fahre noch mal raus zum Denkmal«, sagte er.

»Ich kümmere mich inzwischen um unseren geheimnisvollen Historiker. Oder brauchst du mich dabei?«, fragte Tielmann mit ironischem Unterton.

Becker ging nicht darauf ein. Er schüttelte nur den Kopf. Ihm war etwas eingefallen. Wie war der Mann eigentlich dort hinausgekommen? War er mit der Straßenbahn gefahren? Mit einem Taxi? War er gelaufen?

Becker parkte auf dem Parkplatz vor dem Denkmalgelände und ging auf der Südseite des Geländes bis zum Turm. Die Untersuchungen der Kriminaltechniker waren abgeschlossen. Und offenbar hatte auch der Staatsschutz das Gelände wieder freigegeben, denn an dem zerstörten Eingangsbereich machten sich bereits Handwerker zu schaffen. Becker ging nicht hinein. Wenn jemand unbemerkt von hier verschwinden wollte, dann war diese Seite ideal. Das Gelände grenzte hier unmittelbar an den Südfriedhof. Man musste nur die Böschung hinuntergehen und über einen blauen Metallzaun klettern. Der Zaun war kein wirkliches

Hindernis, er war nicht besonders hoch. Becker zündete sich eine Zigarette an. Vielleicht hatte der Mann das Denkmal sprengen wollen. Als er bemerkte, dass es nicht funktioniert hatte – nein, Becker schüttelte unwillig den Kopf. Neunzehn Minuten bis der Sicherheitsdienst vor Ort war. Es musste dem Mann klargewesen sein, dass ein Alarm ausgelöst worden war. Keine Zeit für eine weitere Sprengladung. Also hatte er sich mit dem Denkmal in die Luft jagen wollen. Die andere Möglichkeit war, dass nicht der tote Mann, sondern jemand anderes für den Anschlag verantwortlich war. Der Staatsschutz würde sich vor allem für politische Gruppierungen interessieren. Aber was, wenn ein Einzeltäter dahintersteckte, der den Mann unter einem Vorwand hierhergelockt hatte? Vielleicht war die Sprengung nur ein Ablenkungsmanöver gewesen. Allerdings wäre damit auch noch nicht erklärt, warum der Tote vom Turm gesprungen war. Die Obduktion hatte auch keine Hinweise auf Betäubungsmittel oder eine Vergiftung feststellen können. Nachdenklich blickte Becker die Böschung hinunter. Durch das Gestrüpp auf der anderen Seite des Zaunes schlängelte sich ein schmaler Pfad zwischen zwei Grabanlagen hindurch.

Der Saab stand immer noch da, als Becker wieder zum Parkplatz zurückkam. 900er Turbo 16 S, moosgrün, Leipziger Kennzeichen. Der Wagen war ihm schon gestern aufgefallen. Becker trat nah heran. Kognakfarbene Ledersitze, Holzausstattung, Lederlenkrad. Er stieß einen anerkennenden Pfiff aus. Der Wagen wirkte gepflegt, ein Liebhaberstück. Der Parkplatz hatte sich gefüllt. Etwa ein Dutzend Pkws standen hier, und ein Bus war gerade angekommen, aus dem jetzt eine lärmende Schülergruppe ausstieg. Becker rief Tielmann im Präsidium an. Er gab ihm die Nummer des Saabs durch und bat ihn, den Halter des Fahrzeugs feststellen zu lassen. Dann zündete er sich eine Zigarette an und wartete.

Tielmanns Rückruf kam nach kurzer Zeit. »Dein Saab ist auf einen Bernhard Hoffmann zugelassen. Und –«. Tielmann machte eine Pause. »Es gibt einen Historiker an der Uni, der heißt …«

»Bernhard Hoffmann«, vollendete Becker. »Hast du die Adresse?«

»Windscheidstraße 49.«

»Na dann«, murmelte Becker, »das ist doch schon mal was.«

An der Wohnungstür klebte ein Polizeisiegel. Becker und Tielmann sahen sich irritiert an. Becker schnitt das Siegel auf und machte sich am Türschloss zu schaffen, während Tielmann mit der zuständigen Polizeidienststelle Süd telefonierte. Der lange Flur war in dämmriges Licht getaucht. Becker drückte auf den Lichtschalter, aber es geschah nichts. Tielmann folgte ihm in den Flur. Er fasste Becker an der Schulter und bedeutete ihm, zu warten.

»Es gab eine Einbruchsmeldung. Gestern Nachmittag. Eine Frau muss den Täter überrascht haben, sie wurde niedergeschlagen. Eine Nachbarin hat die Kollegen gerufen.«

»Hoffmanns Frau?«

»Nein, Friedrich. Katja Friedrich. Eine Bekannte von Hoffmann. Sie hat ausgesagt, sie habe ihn besuchen wollen. Der Notarzt hat sie ins St. Elisabeth-Krankenhaus bringen lassen. Den Mieter der Wohnung konnten die Kollegen bisher nicht erreichen.«

Eine Tür stand weit offen. Im Arbeitszimmer herrschte Unordnung. Ordner, Fotos, Papiere und Bücher lagen verstreut auf dem Boden. Becker hob ein Foto auf: »Das ist eine Vergrößerung der Skulptur am Völkerschlachtdenkmal.«

»Hier sind noch mehr Fotos vom Völki«, sagte Tielmann.

»Wir brauchen die Spurensicherung, sagte Becker. »Kannst du das übernehmen? Ich fahre ins Krankenhaus zu dieser Frau Friedrich.«

29

Was für ein merkwürdiges Gefühl es doch war, wieder in diesem Zimmer zu erwachen. Katja blickte auf die schräge Holzwand, das kleine Fenster mit dem blaugepunkteten Vorhang und der weißen Kommode darunter. Für einen Augenblick fühlte sie sich in ihre Kindheit zurückversetzt. Gleich würde ihre Mutter sie mahnend rufen, und sie würde eilig aufspringen, die knarrende Treppe hinunter ins Bad gehen und sich zehn Minuten später auf den Schulweg machen. Alles war hier vertraut, selbst die Geräusche von draußen: eine Hohltaube, das wüste Schimpfen der Spatzen, Stimmen aus einem der Nachbargrundstücke.

Nach den Jahren in Brüssel kam ihr die Stille unnatürlich vor. In der Rue de Chambéry hatte sie immer das Tosen der Stadt im Ohr gehabt, eine Kakophonie unzähliger Einzelgeräusche, die sich zu einem brausenden, nie restlos verstummenden Chor vereinigten. In der Nacht war der Lärm zwar immer abgeflaut, aber nie gänzlich verstummt. Und am morgen mit dem Berufsverkehr war er wieder mächtig angeschwollen. Hier kam nur ab und an ein Wagen vorbei. Die Häuser waren alle von Gärten umgeben, Bäume und Sträucher verdeckten die Straße. Das lauteste Geräusch kam vom Rasenmäher der Nachbarn. Es war ein Paradies im Vergleich zu ihrer früheren Plattenbauwohnung in der Stadt. Aber damals hatte sie auf gar keinen Fall mitgewollt. Brandis war für sie nichts weiter als ein langweiliger, spießiger Vorort gewesen. Alles war plötzlich wieder da: die sonntäglichen Spaziergänge mit den Eltern auf den Kohlenberg oder zum Schlosspark. Die Fahrradtouren zum alten Steinbruch, die Auseinandersetzungen mit den Rechten unter den Brandiser Jugendlichen.

Bis zum Stadtzentrum waren es nicht viel mehr als zwanzig Kilometer. Man musste aber mit dem Bus zuerst nach Beucha fahren und von dort mit dem Zug zum Leipziger Hauptbahnhof. Die Fahrt dauerte zwar nur vierzig Minuten, doch für sie war das damals viel zu weit weggewesen. Fern der Clique, die sich am Clara-Zetkin-Park traf, bevor man aufbrach in die Abenteuer der nächtlichen Großstadt.

Als Katja in die Küche kam, stand schon eine dampfende Teetasse für sie bereit. Ihre Mutter musste gehört haben, dass sie aufgestanden war. Katja zögerte einen Augenblick, bevor sie sich an den Tisch setzte. Sie spürte, dass ihre Mutter verstimmt war.

»Wie fühlst du dich?«, fragte sie.

»Ganz gut«, sagte Katja.

»Die Polizei hat angerufen, sie wollen noch einmal mit dir sprechen.«

Katja nickte und nippte an ihrem Tee, aber der war noch zu heiß. Ihre Mutter sah sie an. »Was wirst du jetzt tun?«

Katja antwortete nicht gleich.

»Vater sagte, du willst nicht mehr nach Brüssel zurück. Hast du Ärger auf der Arbeit?«

Katja schüttelte den Kopf. »Nein, das ist es nicht.«

»In Leipzig dürfte es nicht einfach sein, etwas für dich zu finden.«

»Ich weiß«, sagte Katja. Sie überlegte, ob sie schon etwas vom Museum sagen sollte. Sie wollte nicht streiten. Ihre Mutter war mit ihrem Studienfach nie ganz einverstanden gewesen. Sie hielt es für exotisch. Medizin oder ein technisches Fach wären ihr lieber gewesen. Sie hätte Katja gern als Ärztin gesehen.

»Du hättest uns anrufen müssen«, sagte ihre Mutter in das Schweigen hinein.

»Das hätte ich doch auch getan«, antwortete Katja. »Ich wollte Bernhard treffen und danach hätte ich euch angerufen.«

Katjas Mutter schüttelte unmerklich den Kopf, aber sie sagte nichts mehr.

Katja stand auf und ging mit ihrem Tee in den Garten.

Der Mann, der jetzt auf sie zukam, trug keine Uniform, sondern Jeans, ein dunkles Hemd und eine Lederjacke.

»Katja Friedrich?« Er blickte sie forschend an.

Katja nickte.

»Mein Name ist Becker. Hauptkommissar, Kripo Leipzig.« Er zog seinen Dienstausweis aus der Jackentasche. Katja blickte nur flüchtig darauf.

»Ich möchte Ihnen gern einige Fragen stellen.«

»Natürlich«, sagte Katja. »Wollen wir uns setzen?«

Katjas Mutter erschien. »Möchten Sie einen Kaffee oder Tee?«, fragte sie.

»Danke, sehr freundlich. Kaffee wäre gut.«

Sie nahmen am Gartentisch Platz.

»Frau Friedrich«, wandte sich Becker wieder Katja zu, »Sie sind in Bernhard Hoffmanns Wohnung überfallen worden. Haben Sie den Täter erkennen können?«

»Nein.« Katja schüttelte den Kopf. »Es ging viel zu schnell. Das habe ich ja den Polizisten schon gesagt. Ich erinnere mich nur noch an eine Bewegung hinter mir. Dann kam der Schlag. Als ich wieder zu mir kam, war eine Frau da, eine Nachbarin, die mich gefunden hat, und die Polizisten. Und dann war ich im Krankenhaus, mein Vater hat mich abgeholt.«

»Sie haben bei der ersten Befragung ausgesagt, dass sie den Täter nicht erkannt haben.«

»Ich hab ihn ja überhaupt nicht gesehen. Der Schlag kam von hinten. Er muss hinter der Tür oder im Flur gelauert haben.«

Becker nickte. »Haben Sie eine Anzeige aufgegeben?«

Katja schüttelte verwirrt den Kopf. »Ich weiß nicht, nein, glaube nicht. Eine Anzeige? Keine Ahnung. Geht das nicht automatisch?«

Becker schüttelte leicht den Kopf. »Weshalb waren Sie in die Wohnung von Herrn Hoffmann, Frau Friedrich?«

»Wir waren verabredet, im *Café Schiller*. Aber er ist nicht gekommen und hat sich auch nicht mehr zurückgemeldet. Deshalb bin ich in seine Wohnung gegangen, weil ich hoffte, ihn dort anzutreffen. Ich fand das merkwürdig. Und dann …«

»›Nicht zurückgemeldet‹ – das heißt, sie haben ihn angerufen?«

»Ja, natürlich. Mehrmals. Ich bin am Sonntag in Leipzig angekommen. Wir haben miteinander gesprochen und uns verabredet. Für Montagnachmittag.«

»Hatten Sie gestern noch einmal mit Herrn Hoffmann Kontakt?«

»Nein. Aber ich verstehe nicht, wieso …«

»Bitte, Frau Friedrich, haben Sie etwas Geduld und beantworten Sie meine Fragen.«

Katja lächelte nervös. »Natürlich beantworte ich Ihre Fragen. Ich wundere mich bloß darüber, dass sie offenbar glauben, Bernhard habe mich niedergeschlagen. Haben Sie denn noch nicht mit ihm gesprochen?«

»Becker sah sie leicht irritiert an. »Wann haben Sie ihn zum letzten Mal gesprochen?«

»Am Sonntagnachmittag. Ich hatte in Berlin Aufenthalt, war von Tegel gekommen, wo mein Flugzeug aus Brüssel gelandet war, und bin zum Hauptbahnhof gefahren. Mein Zug ging erst zwei Stunden später. Da habe ich Bernhard angerufen, und als ich in Leipzig angekommen war, haben wir noch einmal telefoniert.«

»Ist Ihnen etwas aufgefallen bei diesem Gespräch, ging es ihm schlecht?«

»Schlecht? Nein, er war vielleicht ein bisschen nervös«, sagte Katja nachdenklich. »Aber das war Bernhard oft, wenn er viel gearbeitet hat. Er hat sich in seine Projekte immer richtig verbissen, manchmal war er dann sehr zerstreut. Deshalb dachte ich auch zuerst, er hat unsere Verabredung vergessen.«

Katjas Mutter kam mit einem Tablett, stellte Kaffeetassen, Zucker und Sahne auf den Tisch. Becker machte sich Notizen.

»Hat er bei ihrem letzten Gespräch noch etwas anderes erwähnt?«

Katja zuckte mit den Schultern. Langsam wurde sie ungeduldig. »Nein. Er war wohl ein wenig enttäuscht, er wollte mich schon am Sonntagabend treffen, aber ich war müde, und wir haben dann den Montagnachmittag vereinbart.«

»›Enttäuscht‹? Wie äußerte sich das?«

»Ich bin nicht sicher, er klang so – er zögerte, als ich den Montag vorschlug. Es schien ihm nicht recht zu sein. Aber dann stimmte er doch zu.«

»Das ist jetzt eine etwas persönliche Frage, Frau Friedrich, aber ich muss sie stellen. In welchem Verhältnis stehen Sie zu Herrn Hoffmann?«

Katja lächelte. »Das ist ganz einfach: Wir sind befreundet. Und das seit vielen Jahren. Und wir sind nie miteinander im Bett gewesen, falls Sie das meinen.«

Becker nahm einen Schluck von seinem Kaffee.

»Sie leben in Brüssel, Frau Friedrich …«

»Seit fünf Jahren. Ich arbeite dort, und mein Freund lebt auch dort.«

Becker räusperte sich. »Frau Friedrich, das ist jetzt leider keine gute Nachricht. Wir haben eine männliche Leiche gefunden, es besteht der dringende Verdacht, dass es sich um Bernhard Hoffmann handelt.« Er zögerte kurz. Katja war blass geworden.

»Es besteht die Möglichkeit, dass sie die Letzte waren, die mit ihm direkten Kontakt hatte«, sprach Becker weiter.

Katja starrte ihn mit großen Augen an. »Das verstehe ich nicht. Bernhard – wollen Sie sagen, Bernhard ist tot?«

»Wir wissen noch nicht, ob es sich bei dem Toten um Bernhard Hoffmann handelt. Aber wir haben seinen Wagen in der Nähe des Tatortes gefunden. Außerdem gibt es eine Aussage, die darauf hinweist. Bisher konnten wir keine Angehörigen ermitteln, deshalb bin ich zuerst zu Ihnen gekommen.«

»Bernhard lebt allein«, sagte Katja langsam. »Ich glaube, der Vater lebt nicht mehr. Die Mutter schon. Soweit ich weiß, hat er aber schon lange keinen Kontakt mehr zu ihr.«

»Und sonst irgendwelche Angehörigen?«

»Keine von denen ich weiß. Freunde und Kollegen, das ja. Bernhard hat eine Dozentur an der Uni.«

Becker räusperte sich wieder. »Frau Friedrich. Wären Sie bereit, den Toten zu identifizieren? Es würde unseren Untersuchungen sehr helfen, wenn wir möglichst schnell wüssten ob es sich um Herrn Hoffmann handelt.«

Katja nickte abwesend. Sie hoffte, dass es ein Irrtum war. Irgendein merkwürdiger Zufall. Es gab doch die verrücktesten Zufälle. Irgendetwas, das alles erklären würde: Dass Bernhard weder ins Café gekommen noch in seiner Wohnung gewesen war. Dass sie dort von dem Unbekannten niedergeschlagen worden war. Irgendein Zufall. Vielleicht war auch er überfallen worden, und er lag jetzt in einem Krankenhaus und konnte sich gar nicht melden.

Katja spürte, dass sie Gewissheit haben musste. Die Vorstellung, dass der Tote, von dem der Kommissar gesprochen hatte, Bernhard sein könnte, war nicht auszuhalten.

»Ja«, sagte sie fest. Sie spürte, dass sie keine Ruhe mehr habe würde, bis diese furchtbare Möglichkeit nicht ausgeschlossen war.

»Am besten wir fahren gleich«, sagte Becker und erhob sich. »Falls Sie sich das jetzt zutrauen«, fügte er hinzu, als er bemerkte, wie blass Katja geworden war.

Als das weiße Laken zurückgeschlagen wurde, spürte Katja, wie die Schwäche zurückkam. Für einen Moment fürchtete sie, sich an dem Tisch, auf dem der Tote lag, festhalten zu müssen. Der Beamte musste es gespürt haben, er nahm ihren Arm, hielt sie. Katjas Blick war starr, sie nickte dankend.

»Ist er es?«, fragte Becker leise.

Katja antwortete nicht. Sie blickte auf das zerschlagene Gesicht des großen Jungen, der Bernhard immer geblieben war. Sie hatten ihn notdürftig zusammengeflickt, aber es war dennoch ein furchtbarer Anblick. Katja hatte das Gefühl schon eine Ewigkeit hier zu stehen, sie spürte, wie sie die Kraft verließ, das noch länger auszuhalten.

»Was ist passiert?«, flüsterte sie immer wieder. »Was ist mit ihm passiert?«

Becker nickte dem Pathologen zu, Bernhards Gesicht verschwand wieder unter dem weißen Laken.

Katja fand sich auf einer Bank wieder. Ein Kaffeebecher dampfte in ihrer Hand. Sie wusste nicht, wie sie dorthin gekommen war. Becker saß neben ihr. Er räusperte sich.

»Wenn Sie einen Arzt brauchen, Frau Friedrich …«

Katja schüttelte langsam den Kopf. »Nein. Es geht schon.« Aber dann brach es aus ihr heraus: »Wurde er ermordet?«

Becker zuckte zusammen. Er sah Katja an. Aber sie war ganz gefasst und ruhig.

»Ich will wissen, was passiert ist. War es ein Unfall, oder wurde er ermordet?«, fragte sie noch einmal.

Becker schüttelte langsam den Kopf. »Ich weiß es nicht. Noch nicht. Ich hatte gehofft, dass Sie uns einen Hinweis geben könnten.«

»Ich?« Katja sah ihn erstaunt an.

»Wir haben ihn am Völkerschlachtdenkmal gefunden«, sagte Becker. »Er ist heruntergestürzt. Wir wissen noch nicht genau, was in dieser Nacht passiert ist. Halten Sie es für möglich, dass er sich selbst getötet hat?«

»Ich bin nicht hier gewesen in den letzten Jahren. Ich weiß nicht, in was Bernhard da hineingeraten ist. Ich …«

»Sie denken, er ist in etwas hineingeraten? Wie meinen Sie das?«

Katja richtete sich auf. »Bernhard hat sich nicht selbst getötet, das glaube ich einfach nicht. Etwas muss passiert sein. Irgendetwas –«

»Soll das heißen, Sie glauben, er wurde hinuntergestoßen?«

»Ich weiß nicht, was passiert ist. Aber ich bin sicher, dass er sich nicht selbst getötet hat. Dazu gab es keinen Anlass. Und außerdem –« Sie holte tief Luft. »Es kann doch kein Zufall sein, dass ich in seiner Wohnung überfallen wurde. Ein Einbrecher hätte doch auch die Wohnung leergeräumt. Es sah nicht so aus …«

Becker schüttelte den Kopf. »Frau Friedrich, wir gehen allen Spuren nach. Aber bis jetzt gibt es keinen konkreten Hinweis, dass es sich bei Bernhard Hoffmanns Tod um Mord handeln könnte. Und was den Einbruch in seiner Wohnung betrifft, der Täter ist offenbar von ihnen überrascht worden. Vermutlich hatte er es lediglich auf Bargeld und kleinere, leicht zu transportierende Wertsachen abgesehen.«

»Sie denken also, das alles war Zufall? Zufällig wird am selben Tag bei jemandem eingebrochen, der sich gerade umgebracht hat? Und das ohne ersichtlichen Grund. Genau an dem Tag, an dem er sich auf das Wiedersehen mit einer alten Freundin gefreut hat! Das ist ihre Ansicht, habe ich Sie richtig verstanden?« Katja war empört. Dieser Polizist machte es sich ziemlich einfach. Zufall und Selbstmord.

»Frau Friedrich«, Becker berührte Katja am Arm, »wir nehmen das alles sehr ernst.«

»Den Eindruck habe ich gerade nicht«, erwiderte Katja ablehnend.

30

Wehrstedt fuhr auf der Karl-Liebknecht-Straße in Richtung Connewitzer Kreuz. Er wollte zum Amtsgericht, um Beata Zinner zu treffen. Er fragte sich, ob Köster etwas mitbekommen hatte. Ob er vielleicht sogar imstande wäre, seine Arbeit zu sabotieren, um sich an ihm zu rächen. Es war Wehrstedt äußerst unangenehm, dass er ein Verhältnis mit der Exfrau seines Mitarbeiters angefangen hatte. Aber es war einfach passiert. Die Erinnerung blitzte in ihm auf, wie Franziska und er übereinander hergefallen waren. Wie sich ihre Körper aneinandergedrängt hatten. Wie Franziska ihm das Hemd heruntergerissen hatte. Seine Überraschung als sie ihn aufforderte, sie härter zu nehmen, sie zu schlagen. Sie hatte ihre Stiefel anbehalten. Es hatte ihn unglaublich erregt. Wehrstedt war in seinen Liebesbeziehungen nie besonders leidenschaftlich gewesen. Aber mit Franziska hatte er eine vollkommen neue Seite an sich entdeckt. Vielleicht sollte ich endlich mit Köster sprechen, dachte Wehrstedt. Ein offenes Wort konnte die Fronten klären. Und Köster könnte die Abteilung wechseln, wenn er nicht mehr mit mir zusammenarbeiten will. Aber er hatte Franziska versprechen müssen, nichts zu unternehmen. Sie hatte selbst mit Köster sprechen wollen. Dann war sie abgetaucht. Vor zwei Wochen war sie das letzte Mal bei ihm gewesen. »Ich brauche Zeit«, hatte sie gesagt. »Zeit wozu«, hatte er gefragt. »Um nachzudenken«, hatte sie gesagt. Worüber nachdenken? Hatte sie sich nicht bereits von ihrem Mann getrennt und eine eigene Wohnung genommen? Das war doch Entscheidung genug. Aber jetzt musste sie nachdenken. Und das beschäftigte sie offenbar derart, dass sie nicht einmal mehr ans Telefon ging, wenn er sie anrief. Am Montag war sie wieder im Büro gewesen, aber sie hatte sich nicht bei ihm gemeldet. Keine E-Mail, nichts. Ich muss mit Köster sprechen, dachte Wehrstedt. Egal was ich ihr versprochen habe. Egal ob die beiden noch etwas verbindet oder nicht. Klare Linie fahren. Meine Entscheidung. Sie kann sich dazu verhalten oder nicht. Unwillig schüttelte er den Kopf. Ich muss aufhören, ständig darüber nachzudenken.

»Frau Zinner?«

Die Frau am Schreibtisch schüttelte den Kopf. »Röhling. Kollegin Zinner ist nicht da.«

»Wir waren für vierzehn Uhr verabredet«, sagte Wehrstedt.

Die Frau zuckte mit den Schultern. »Sie ist heute überhaupt nicht zur Arbeit gekommen. Wahrscheinlich ist sie krank. Kann ich Ihnen weiterhelfen?«

»Wehrstedt zog seinen Dienstausweis aus der Tasche. »Kripo Leipzig, Wehrstedt, Hauptkommissar. Frau Zinner hatte gestern mit mir telefoniert. Und mir versichert, dass ich sie heute hier antreffen würde. Sie hätte doch sicher angerufen, wenn sie krank geworden wäre?«

»Normalerweise schon. Aber …«

»Was aber?«

»Sie hatte sich letzte Woche überraschend freigenommen. Sie war etwas durch den Wind, wie man so sagt, vielleicht gibt es private Probleme. Also ehrlich gesagt, ich hab nicht damit gerechnet, dass sie heute schon wieder da ist.«

»Sie arbeiten hier zusammen?«

»Wir teilen uns gelegentlich das Büro, aber wir arbeiten an unterschiedlichen Vorgängen.«

Wehrstedt nickte. »Sagen Sie, wie muss man sich das eigentlich vorstellen – die Arbeit einer Justizsekretärin?«

Die Frau lachte. »Soll das jetzt ein Verhör werden, oder wollen Sie sich hier bewerben?«

»Weder noch, ich bin einfach nur neugierig«, antwortete Wehrstedt lächelnd.

»Aktenverwaltung, Fristen, Termine, der ganze Schriftverkehr, Protokollführung bei Verfahren, Registerpflege …«

»Registerpflege?«, hakte Wehrstedt nach. »Was muss ich mir darunter vorstellen?«

»Das volle Programm: Grundbuch, Handels- und Vereinsregister. Ist Ihre Neugier damit fürs Erste befriedigt?«

Vielleicht führte das Ganze zu nichts. Vielleicht, dachte Wehrstedt, sehe ich schon Gespenster. Allerdings eines war richtig: Die Zinner hatte behauptet, in ihrer Wohnung sei eingebrochen worden. Er hatte das überprüft. Es gab eine Anzeige, eine Streife war vor Ort gewesen. Sie hatten bestätigt, dass die Wohnung verwüstet gewesen war. Zinners Aussage nach fehlte ihr Laptop. Allerdings gab es keine Anzeichen für einen Einbruch. Wohnungstür und Fenster waren unbeschädigt und intakt gewesen. Also entweder oder. Entweder eine Verrückte oder eine familiäre Geschichte. Allerdings gab es auch noch eine andere Möglichkeit. Profis kannten Mittel und Wege die allermeisten Türen so zu öffnen, dass keine sichtbaren Beschädigungen zurückblieben.

Wehrstedt warf einen Blick auf die Uhr. Es war zehn nach zwei. Er ging durch den Flur, immer gefasst, auf eine heranhastende Frau Zinner zu treffen, die breite Treppe wieder hinunter ins Foyer und hinaus auf die Straße. Der Fußweg vor dem Haupteingang des Amtsgerichts war von Kippen übersät. Ein Dutzend Besucher des Gerichts standen herum, unterhielten sich und rauchten. Becker ging ein paar Schritte zur Seite, zündete sich eine Zigarette an, dann tippte er kurzentschlossen Frau Zinners Nummer in sein Handy Die Mailbox ging sofort an ohne einen Klingelton abzuwarten. Wehrstedt unterdrückte ein Fluchen. Irgendetwas stimmt nicht, dachte er besorgt.

Beata Zinner wohnte in Gohlis. Wehrstedt klingelte lange aber sie öffnete nicht. Er rief noch einmal im Amtsgericht an und ließ sich mit Frau Röhling verbinden.

»Wie kommt Frau Zinner zur Arbeit?«, wollte er wissen.

»Wie meinen Sie das?«, fragte die Röhling irritiert.

»Kommt sie mit dem Fahrrad, mit der Straßenbahn, hat sie einen Wagen?«

»Sie nimmt normalerweise ihren Wagen. Ein blauer Peugeot.«

Wehrstedt rief Köster an. »Wir brauchen das Kennzeichen eines Peugeots, zugelassen auf eine Frau Zinner. Beata Zinner. Blumenstraße 9. Der Wagen soll zur Fahndung ausgeschrieben werden. Am besten, ihr gebt es auch gleich an die Presse. Wenn er gefunden wird oder jemand einen Hinweis hat, sofortige Benachrichtigung an mich.«

»Zinner? Ist das nicht die Anruferin, die –«

»Genau die. Sie wollte mich heute treffen, ist aber nicht im Gericht erschienen. Zu Hause ist sie auch nicht.«

Wehrstedt hatte ein ungutes Gefühl. Wenn es stimmte, dass diese Frau etwas herausgefunden hatte, das mit seinen Ermittlungen zu tun hatte, dann war sie möglicherweise in Gefahr. Noch einmal rief er Beata Zinner an und hinterließ ihr eine Nachricht auf der Mailbox. Noch hatte er Hoffnung, dass sich seine Befürchtungen nicht bestätigen und sie sich noch melden würde.

31

Katja war nach Leipzig gefahren. Sie war ziellos durch die Stadt gewandert, war dann in eine Bar gegangen. Das erste Glas Weißwein hatte sie hastig getrunken. Aber die Unruhe hatte sich nicht gelegt. Bernhard war tot. Sie konnte es immer noch nicht begreifen. Dabei hatte sie ihn gesehen. Es gab keinen Zweifel. Bilder der Vergangenheit tauchten vor ihr auf. Sie erinnerte sich, wie er sie damals nach Fredericke Tod getröstet hatte. Obwohl er es doch war, der Trost gebraucht hätte. Fredericke war Katjas beste Freundin gewesen, schon in der Schule waren sie unzertrennlich gewesen. Ihren älteren Bruder Bernhard hatte sie damals nur flüchtig gekannt. Aber das hatte sich nach Frederickes Tod schlagartig geändert. Bernhard hatte seiner Schwester nicht helfen können, aber er und Katja – sie hatten nie darüber gesprochen, aber es war ihnen beiden bewusst – waren durch ihren Tod auf eine unbestimmte

Art miteinander verbunden. Bernhard hatte immer gehofft, dass es zwischen ihnen einmal mehr werden würde als nur Freundschaft. Das hatte sie gewusst. Eine Frau spürt solche Dinge, dachte Katja, auch wenn sie ungesagt bleiben. Sie hatte sich immer ahnungslos gestellt. Sie mochte Bernhard, aber sie liebte ihn nicht. Nie hatte sie es jedoch fertiggebracht, ihm das ins Gesicht zu sagen. Sollte sie sich jetzt dafür schämen? Hatte sie ihm damit falsche Hoffnungen gemacht? Nein, sie schüttelte entschieden den Kopf, so war es bestimmt nicht. Vielmehr spürte sie die Enttäuschung darüber, dass Bernhard sich ihr nicht anvertraut hatte. In welches Netz hatte er sich verstrickt? Warum hatte er sich für das Denkmal interessiert, und wer war der Mann in seiner Wohnung gewesen? Warum hatte Bernhard sterben müssen, was war es, wofür jemand sogar seinen Tod in Kauf genommen hatte? Oder hatte er sich am Ende wirklich selbst getötet? Ihre Gedanken wirbelten durcheinander. Katja trank mechanisch. Jede unbeantwortete Frage ein Schluck. Der Barkeeper hatte auf ihr Zeichen ein neues Glas gebracht. Ein Mann am anderen Ende des Tresens beobachtete sie. Katja tat so, als würde sie es nicht bemerken. Sie spürte, wie ihr der Alkohol in den Kopf stieg. Zeit zu gehen, dachte sie.

Sie nahm den letzten Zug, fuhr dann von Beucha mit dem Taxi nach Brandis zurück. Ihre Mutter saß noch in der Küche. »Du kommst spät«, sagte sie vorwurfsvoll. »Gerald hat angerufen.«

Katja nickte. »Das war zu erwarten.«

»Er hat gesagt, du gehst nicht an dein Handy.«

»Ich möchte nicht mit ihm sprechen. Jetzt nicht.«

»Wir müssen miteinander reden«, sagte ihre Mutter. »So kann es nicht weitergehen.«

»Nein«, sagte Katja. »Kann es nicht.«

»Wir machen uns Sorgen, Vater und ich. Verstehst du das nicht? Du kommst, ohne Bescheid zu sagen, nimmst dir ein Hotelzimmer, mit Gerald sprichst du nicht, wir bekommen die

Nachricht, dass du im Krankenhaus liegst, und dann die Polizei im Haus. Wo warst du überhaupt den ganzen Tag über?«

»Mutter, ein Freund ist ums Leben gekommen. Ich war wahrscheinlich der letzte Mensch, mit dem Bernhard gesprochen hat, bevor er umgebracht wurde. Ich muss herausfinden, was passiert ist!«

»Er hat Selbstmord begangen! Es stand in der Zeitung. Die Polizei sagt das auch. Nur du willst das nicht einsehen. Ein verpfuschtes Leben hatte er. Ein schrulliger Junggeselle, der seine Karriere an die Wand gefahren hat, das ist die Wahrheit. Und wenn du so weitermachst ...« Ihre Mutter hielt plötzlich über sich selbst erschrocken inne.

»Was?«, fragte Katja. »Was wird passieren, wenn ich so weitermache?«

Ihre Mutter antwortete nicht, schüttelte nur den Kopf.

»Das geht so nicht«, sagte Katja. »Ich gehe wieder ins Hotel zurück.«

»Du solltest zurückfliegen und mit Gerald sprechen«, widersprach ihre Mutter energisch. »Dein Leben in Brüssel erst einmal in Ordnung bringen, und wenn du dann ...«

»Ich bleibe. Ich will wissen, was mit Bernhard passiert ist. Das bin ich ihm schuldig.«

32

Tielmann kam mit zwei Kaffeebechern zurück. Unter den Arm geklemmt einen Stapel Blätter. Er setzte die dampfenden Becher ab und ließ sich ächzend in seinen Bürostuhl fallen. »Wir haben hier – er wedelte mit einem Bogen Papier – erste Ergebnisse der Spurensicherung aus Hoffmanns Wohnung. Hat mir die Köster gerade im Flur in die Hand gedrückt.«

»Und?«

»Fingerabdrücke. Außer von Hoffmann selbst von zwei weiteren Personen. Der Abgleich mit unseren Sammlungen hat nichts gebracht. Einige von ihnen dürften wahrscheinlich von der Friedrich stammen. Dann haben sie Spuren von Sand gefunden, vermutlich Anhaftungen von Schuhsohlen.«

»Sand?«

»Ja. Baustelle vielleicht.« Tielmann zuckte mit den Schultern. »Außerdem dürfte ein Laptop verschwunden sein. Hoffmann hat WLAN in der Wohnung, ein Ladekabel lag auch herum.«

»Gute Arbeit«, sagte Becker. »Muss ich mich bei der Technik bedanken.«

»Was ist mit der Friedrich?«, fragte Tielmann. »Glaubst du ihre Version?«

»Sie wirkt glaubhaft. Ihre Angaben stimmen. Am Sonntag war sie von Brüssel nach Berlin geflogen. Hat hier in einem Hotel eingecheckt. Am Montagvormittag hatte sie ein Bewerbungsgespräch. Sie hält es übrigens für ausgeschlossen, dass sich Hoffmann selbst getötet haben könnte.«

»Glaubst du, es ist ein Zufall, dass sie hierherkommt und Hoffmann sich zeitgleich das Leben nimmt?«

Becker antwortete nicht.

Tielmann schüttelte den Kopf. »Ich wette, da steckt ein Eifersuchtsdrama dahinter.«

»Hast du schon Angehörige von Hoffmann ermittelt?«, fragte Becker.

Tielmann schüttelte den Kopf. »Gibt keine. War ein einsamer Wolf. Eltern leben nicht mehr, ledig, keine Geschwister, keine Kinder.«

»Und sonst? Freunde, Kollegen?«

»Er hat allein gelebt.«

»Wir sollten uns seine Wohnung noch einmal vornehmen«, sagte Becker nachdenklich.

»Was erhoffst du dir davon?«

»Nichts. Aber ich arbeite gern gründlich.«

»Hoffmann hat seine feste Stelle verloren, der hat sich seit Jahren mit Minimalbeträgen über Wasser gehalten, lebt allein. Jetzt kommt die Jugendfreundin, die erfolgreich ist und in Brüssel lebt, er schämt sich, sieht sich als Versager, ist zudem in einem kritischen Alter, Mitte vierzig ...«

»Seit wann ist das denn ein kritisches Alter?«

Tielman machte eine abwehrende Handbewegung. »Wie auch immer. Der hat seine Unikarriere vermurkst, geht auf die fünfzig zu, lebt allein, was soll da noch kommen?«

»Und deshalb bringt man sich um?«

»Frag den Psychoheini, da reicht manchmal der geringste Anlass, wenn die negative Grundstimmung da ist.«

»Möglich«, brummte Becker zustimmend.

»Und warum das Denkmal?«

»Ist doch klar. Bezug zum Berufsleben. In seiner Wohnung gibt es eine Masse Fotos von dem Ding, der muss öfter dort gewesen sein, auch Notizen, die sich offenbar auf den Bau beziehen. Irgendwelche Symbole, Freimaurerzeugs, zuletzt nur noch handschriftlich, da muss irgendetwas verändert worden sein bei Restaurierungsarbeiten, das scheint ihn ziemlich interessiert zu haben. Vielleicht hat es ihn auch gestört. Vielleicht hat er daran Anstoß genommen. Also, wenn du mich fragst, der war ganz besessen vom Völki, muss zu einer fixen Idee geworden sein. Und dann ...

»Hat er die Idee gehabt, das ganze Ding in die Luft zu sprengen, und ist danach runtergesprungen, aus Frust, weil es nicht funktioniert hat.«

Tielmann schnaufte unwillig. »Die Sprengung geht nicht auf sein Konto. Wir haben keinerlei Hinweis finden können, dass er es war, der die Bomben gebastelt hat. Aber davon abgesehen ist der Fall Hoffmann für mich so gut wie abgeschlossen.«

»Was für Symbole?«, fragte Becker, der nicht darauf einging.

»Was weiß ich«, erwiderte Tielmann gereizt. »Schau es dir selbst an. Freimaurerzeugs. Unfug. Spinnereien. Der Hoffmann war frustriert, der hat sich da reingesteigert. Mensch, Becker! Wir haben doch weiß Gott genug Arbeit, wieso klammerst du dich so hartnäckig an die Idee, dass der runtergeworfen wurde?«

33

Das letzte Mal, dass Katja am Völkerschlachtdenkmal gewesen war, lag eine Ewigkeit zurück. Sie war damals acht oder neun Jahre alt gewesen, ihre Großeltern waren mit ihr an den Wochenenden manchmal in den Zoo gefahren oder in den Wildpark. Und einmal waren sie auch hier am Völkerschlachtdenkmal gewesen. Undeutlich erinnerte sich Katja an Treppenstufen, die kein Ende nehmen wollten, dunkle Steinquader, eine gewaltige Kuppelhalle und die riesigen, bedrohlich wirkenden Figuren im Inneren. Später war sie nie wieder hierhergekommen. Es gab keinen Anlass dazu. Sie mochte den monströsen Klotz nicht. Die ganze Atmosphäre war düster, vielleicht wegen der vielen Toten der Völkerschlacht, an die hier erinnert wurde. Unmittelbar an das Gelände schloss sich außerdem der riesige Südfriedhof an. Der Turm des Krematoriums war weithin zu sehen.

Jetzt betrachtete sie das weitläufige Gelände aufmerksam. Vor dem Turm des eigentlichen Denkmals erstreckte sich ein ovales Wasserbassin, der »See der Tränen«. An einigen Stellen wuchs an den Rändern Schilf. Er wurde von einem Sandweg umfasst und zu Füßen des Denkmals führte eine breite Freitreppe bis zum Wasser. Das Denkmal selbst war ein mächtiger Turm von fast einhundert Meter Höhe. Wuchtig stand er auf einem Hügel und wuchs auf drei breiten Sockelstufen empor. Riesige steinerne Figuren, zwölf Ritter, die sich auf ihre Schwerter stützten, umringten die Kuppel. Der klobige Sockel mit seinen drei breiten Stufen erinnerte fast ein wenig an einen Mayatempel. Was hatte Bernhard hier gemacht? Gab es irgendeinen Zusammenhang mit der Explosion? Aber welchen? Das alles passte nicht zusammen. Warum hätte sich Bernhard vom Denkmal stürzen sollen? Außerdem hatte er sich doch so gefreut, als sie ihm gesagt hatte, dass sie zurückkommen und bleiben wolle. *Das müssen wir feiern*, hatte er gesagt. Klang so ein Selbstmörder? Konnte man sich derart verstellen, wenn es einem schlechtging, wenn man lebensmüde war, depressiv? Katja konnte es sich nicht vorstellen. Und sie war auch nicht bereit, es zu glauben.

Sie wandte sich nach links und stieg über einige Stufen auf den höhergelegenen Rundweg hinauf. Lindenbäume säumten den Weg. Rechts führte eine Böschung hinunter zum Gelände des Südfriedhofs, das durch einen Eisenzaun begrenzt wurde. Der Verkehr von der mehrspurigen Straße auf der Nordseite des Geländes war hier nur gedämpft zu hören. Am Rand des Hügels, auf dem sich der Denkmalbau erhob, führte eine Treppe hinunter auf die Freifläche vor dem Wasserbassin. Sie blieb direkt in der Mitte des Platzes stehen. Sie legte den Kopf in den Nacken und betrachtete die steinerne Wand. Unmittelbar vor ihr ragte eine riesige Skulptur über der Eingangstür auf. Katja hatte gelesen, dass sie den Erzengel Michal darstellen sollte. Sie erinnerte sich an das Rathaus in Brüssel. Der Rathausturm musste ungefähr genauso hoch sein wie das Denkmal. Auf der Spitze des Turmes stand eine große vergoldete Statue, die den Erzengel Michael im Kampf mit einem Drachen zeigte.

Katja kaufte sich im Kassengebäude eine Eintrittskarte und ging unter der Skulptur hindurch in das Denkmal. An diesen Eingang konnte sich Katja nicht erinnern. In ihrer Erinnerung war sie damals mit den Großeltern Treppen hinaufgestiegen, bevor sie in den Turm hineingekommen waren. Die Schäden der Explosion schienen weitgehend beseitigt. Hinter dem Eingangsbereich sah sie die mächtigen Fundamentpfeiler des Baus. Sie fuhr mit dem Fahrstuhl nach oben in die Krypta. Eine Bronzeplatte war hier in den Boden eingelassen, ringsherum waren steinerne Kriegerfiguren aufgestellt. Katja fühlte sich unbehaglich, die düsteren Kriegerfiguren verströmten eine Aura des Todes. Sie fuhr eine weitere Ebene nach oben. In der sogenannten Ruhmeshalle war es heller und lichter. Auch hier gab es riesige Statuen, die Katja an Bilder von ägyptischen Tempeln erinnerten. Sie legte den Kopf in den Nacken und blickte in die gewaltige Kuppel hinauf. Die Decke der Kuppel war mit Hunderten Reiterfiguren ausgeschmückt. Von hier aus wollte Katja eigentlich die Treppe nach oben nehmen, aber sie kehrte nach wenigen Metern wieder um. Es war eng und roch nach feuchtem Stein, ein Gefühl der Beklemmung breitete sich in ihr aus. Sie nahm noch einmal den Aufzug und fuhr bis ganz hinauf. Aber auf dem letzten Stück musste sie noch einige wenige Treppen steigen. Doch die Aussicht von der Plattform war, wie sie zugeben musste, fantastisch. Weit ausgebreitet lag die Stadt vor ihr. Nach Süden erstreckte sich ein großes Waldstück, Katja brauchte einen Moment, um zu begreifen, dass es kein Wald, sondern der Südfriedhof war.

34

Professor Seifert war sichtlich betroffen. »Bernhard Hoffmann«, murmelte er. »Aber das ist ja furchtbar.«

»Die Polizei denkt, dass es Selbstmord war.«

Seifert schüttelte zweifelnd den Kopf. »Selbstmord? Das kann ich mir nicht vorstellen. Bernhard hat doch an einer neuen Publikation gearbeitet. Genaues weiß ich allerdings nicht, wir haben uns seit längerer Zeit nicht mehr gesehen. Zuletzt, wenn ich mich recht entsinne, in der Weinhandlung.«

»In einer Weinhandlung?«, fragte Katja erstaunt.

»Na ja, er ging da regelmäßig hin, trank dort am Abend ein Glas und fachsimpelte mit dem Weinhändler. Ich bin zwei-, dreimal mit ihm hingegangen. Einmal traf ich ihn dann zufällig dort, das muss vor zwei, drei Monaten gewesen sein.«

Professor Seifert rührte nachdenklich in seinem Kaffee. Katja hatte nicht angerufen, sie war direkt ins Institut gegangen und hatte sich zu ihm durchgefragt. Die Information, dass Bernhard nicht mehr an der Universität arbeitete, hatte sie überrascht. Warum hatte er das nie erwähnt? Irgendetwas schien nicht zu stimmen mit dem Bild, das sie von ihm gehabt hatte. Es war, als erforsche sie das Leben eines Fremden.

»An was für einer Publikation arbeitete er eigentlich?«, fragte sie.

»Na ja« Professor Seifert legte den Löffel beiseite. »Er hatte sich da wieder einmal in etwas verrannt. Es ging ihm um die Zusammenhänge von Ideengeschichte und Architektur.«

»Das klingt ehrlich gesagt etwas nebulös«, sagte Katja.

»Stimmt«, gab Seifert bereitwillig zu. »Soweit ich ihn verstanden habe, hat sich Bernhard in den letzten Jahren zunehmend als Architekturhistoriker gesehen. Er war ständig mit speziellen Bauwerken beschäftigt. Aus Sicht der heutigen Architekturgeschichte war das aber, na ja, sagen wir, wenig interessant, was er da getrieben hat. Aktuelle Themen, Urbanistik, Raumordnung, solche Dinge, das hat ihn überhaupt nicht interessiert. Er sammelte nur. Sah offenbar gewisse Muster, er wollte sogar eine eigene Theorie entwickeln …«

»Was für eine Theorie?«

»Kurzgesagt, es ging ihm darum, wie sich Ideengeschichte in Bauwerken spiegelt. Da war dann auch jedes Ornament wichtig. Ich habe keine Ahnung, wie er darauf verfallen ist. Ursprünglich hatte er sich ja mit Industriegeschichte beschäftigt, und das ist, gerade hier in Sachsen, ein weites und dankbares Feld.«

Katja nickte nachdenklich. Bauwerke. Das Völkerschlachtdenkmal. Gab es einen Zusammenhang zwischen seiner Arbeit und seinem Tod? Aber welchen? Oder war das einfach nur ein Zufall?

»Seit wann war er nicht mehr an der Universität?«, fragte sie Seifert.

»Oh, das sind jetzt schon zwei Jahre. Es gab hier einige Kürzungen und Umstrukturierungen. Bernhard hatte das satt. Er wollte in Ruhe forschen. Als dann auch seine Stelle gestrichen werden sollte, hat er hingeschmissen, hat sich gar nicht mehr bemüht, eine andere Regelung zu finden. Er hat dann als Privatdozent firmiert.«

»Komisch«, sagte Katja nachdenklich. »Das hat er mir nie erzählt.«

»Hatten Sie denn regelmäßigen Kontakt?«

»Wir haben uns E-Mails geschrieben. Zwar nicht jede Woche, aber doch so, dass wir uns nie ganz aus den Augen verloren haben. Ich habe in den letzten Jahren in Brüssel gelebt«, fügte sie hinzu.

Seifert nickte und nippte an seinem Kaffee.

»Was ich mich die ganze Zeit frage«, sagte Katja, »was wollte Bernhard am Völkerschlachtdenkmal? Kann das mit dieser Arbeit, mit dieser Publikation zusammenhängen?«

Seifert zögerte einen Moment. »Ich weiß es nicht. Aber wahrscheinlich ist es. In einem unserer letzten Gespräche hat Bernhard einmal erwähnt, dass er sich die Bauten des Architekten Clemens Thieme etwas genauer ansehen will.«

»Und dieser Thieme hat das Völkerschlachtdenkmal ...«

»Nicht nur das. Auch den Leipziger Hauptbahnhof und noch einige andere Gebäude in der Stadt, genau.«

Katja sah Seifert aufmerksam an. »Und was ist mit diesem Thieme? Gab es einen bestimmten Grund sich mit ihm zu beschäftigen?«

»Aus meiner Sicht nicht. Aber Bernhard ...«, wieder zögerte

er. »Bernhard«, sagte er dann, »hat auch vor abstrusen Überlegungen nicht haltgemacht. Das war auch ein Punkt, bei dem wir nicht mehr übereingestimmt haben.«

»Was meinen Sie mit abstrusen Ideen?«

»Dieser Architekt Thieme war Freimaurer. Und Bernhard hat sich unter anderen wohl auch damit beschäftigt, inwieweit diese, ähm, Religion oder Philosophie – ich kenne mich damit nicht so gut aus –, also inwieweit diese Überzeugung sich in den Bauwerken niedergeschlagen hat.«

Katja spürte, wie sie wütend wurde. Freimaurer! Das war doch Unsinn. Mittelalter, Märchen und Legenden. Bernhard war tot! Irgendetwas Schreckliches war geschehen, hier, in der Wirklichkeit. Irgendetwas hatte ihn veranlasst, sich von diesem verdammten Turm zu stürzen. Oder man hatte ihn hinuntergestürzt. Ihn ermordet! Was sollte sie da mit den Geschichten über einen Architekten, der angeblich einem esoterischen Geheimbund angehört haben sollte? Niemals hätte sich Bernhard mit solchen Spinnereien beschäftigt.

»Ich sehe Ihnen an, dass sie das auch irritiert«, sagte Seifert. Er lächelte milde. »Aber wissen Sie, es war auch nicht völlig aus der Luft gegriffen.«

Katja schüttelte den Kopf. »Offen gestanden halte ich das für Unsinn. Gibt es das denn überhaupt noch, Freimaurer?«

»Durchaus. In Leipzig haben sich wieder mehrere Logen etabliert. Ganz offiziell, Sie können das recherchieren, wenn Sie wollen.«

Katja schüttelte abwehrend den Kopf. »Nein, ich glaube ihnen. Aber ich verstehe nicht, was das mit dem Denkmal und Bernhard zu tun haben könnte.«

»Na ja, mit dem Denkmal schon. Zur Buchmesse im Frühjahr findet zum Beispiel eine Versammlung der Freimaurer im Denkmal statt. Sie nennen das Buchloge. In den Fundamenten gibt es einen Versammlungsraum.«

»Das ist nicht ihr Ernst?« Katja war verwirrt. Was erzählte der Mann da?

»Doch, doch«, sagte Seifert lächelnd. »Alles ganz offiziell. Das Denkmal hat für sie offenbar eine gewisse Bedeutung. Aber wie dem auch sei«, fügte er nachdenklich hinzu, »diese Vereine existieren jedenfalls auch heute noch und die europäische Ideengeschichte ist ohne die Geschichte derartiger Geheimgesellschaften gar nicht denkbar.«

»Sie kennen sich ja doch ganz gut mit diesen Freimaurergeschichten aus«, erwiderte Katja.

Professor Seifert winkte ab. »Ach nein, nein. Ganz und gar nicht. Aber lesen Sie *Das Foucaultsche Pendel*, wenn Sie mehr darüber erfahren wollen.«

»Herr Seifert, darf ich Sie noch etwas Persönliches fragen?«

Seifert hob erstaunt die Augenbrauen.

»Sie und Bernhard, ich habe den Eindruck, sie hatten nicht nur ein kollegiales Verhältnis, sondern waren auch befreundet.«

»Das ist sicher richtig«, antwortete Seifert. »Aber worauf wollen Sie hinaus?«

»Ich frage mich, warum der Kontakt offenbar abgebrochen ist, nachdem er seine Stelle verloren hatte.«

Seifert nickte. »Das ist allerdings ein Punkt, über den ich nur ungern spreche.«

Seifert blickte zum Fenster. »Na schön, es ist ja jetzt egal: Ich hatte Bernhard Geld geliehen.«

»Und er hat es nicht zurückgezahlt?«

Seifert schüttelte den Kopf. »Er arbeitete nur noch an seinem Manuskript, kümmerte sich um nichts anderes. Er hatte ja quasi keinerlei Einkünfte mehr. Ich habe darüber hinweggesehen. Aus alter Verbundenheit und sicher auch, weil ich es mir leisten kann. Aber als er ein zweites Mal Geld wollte, hatte ich abgelehnt.«

Nach dem Gespräch fühlte sich Katja erschöpft. Diese Freimaurergeschichte kam ihr ebenso unsinnig wie unwirklich vor. Bernhard hatte seit zwei Jahren nicht mehr in seinem Institut gearbeitet. Warum nur hatte er es niemals erwähnt? Es sah so aus, als ob er die ganze Zeit an seiner Publikation gearbeitet hätte. Aber wovon hatte er gelebt? Das Geld, das ihm Professor Seifert geliehen hatte – sie hatte nicht fragen wollen, um welche Summe es sich handelte.

Das Gespräch mit Professor Seifert hatte neue Fragen aufgeworfen. Hatte sich Bernhard in etwas verrannt? Aber warum hätte er das Denkmal sprengen wollen? Katja konnte das einfach nicht glauben. Bernhard – ein Attentäter, das war doch vollkommen unvorstellbar. Was, wenn es jemand anders gewesen war? Wenn sich Bernhard zufällig zur falschen Zeit am falschen Ort befunden hatte?

Katja konnte sich keinen Reim auf das machen, was sie gehört hatte. Bernhard war manchmal ein wenig albern gewesen und immer für ausgefallene Ideen zu haben, aber doch durch und durch rational veranlagt. Freimaurer, sie schüttelte wieder den Kopf. Was sollte sie jetzt mit dieser Information anfangen?

35

Die Dienstberatung war auf vierzehn Uhr angesetzt. Es war eine Idee des Kriminalrats gewesen, dass sie immer wissen sollten, woran die Kollegen der K 1 arbeiteten und umgekehrt. Synergieeffekte nutzen, Querverbindungen frühzeitig erkennen. Der Kriminalrat gefiel sich darin, Theorien darüber aufzustellen, wie sich Arbeitsabläufe und interne Kommunikation optimieren ließen. Die häufige Umbesetzung der einzelnen Abteilungen gehörte zu seinem Konzept, das für beständige Unruhe und entsprechendem Unmut unter den Mitarbeitern führte.

Becker kam mit einigen Minuten Verspätung in den Besprechungsraum, was ihm einen kritischen Blick des Kriminalrats eintrug. Seine Gedanken waren noch bei Franziska Köster, der er in der Mittagspause eine SMS geschickt hatte. Ein Fehler, der ihn jetzt ärgerte. Mehr noch ärgerte ihn aber, dass Franziska auch dieses Mal nicht reagiert hatte. Irgendwann, dachte Becker, wird sie mich vielleicht noch als Stalker anzeigen. Er schnaufte kurz. Der Kriminalrat zog die rechte Augenbraue in die Höhe und bedachte Becker mit einem missbilligenden Blick.

»Dann haben wir noch einen neuen Fall. Männliche Leiche am Völkerschlachtdenkmal. Die Kollegen Becker und Tielmann bearbeiten das. Wie ist der Stand der Ermittlungen?«

Becker nickte und räusperte sich. »Ich fasse zusammen: Der Tote ist Bernhard Hoffmann, achtundvierzig, Historiker, wohnhaft in Leipzig. Todesursache ist ein Sturz aus großer Höhe. Fremdeinwirkung konnte nicht nachgewiesen werden. Wir haben seinen Wagen am Völkerschlachtdenkmal gefunden. In seiner Wohnung haben wir Material sichergestellt, es belegt, dass sich Hoffmann intensiv mit dem Denkmal beschäftigt hat. Außerdem wurde am Montag – also am Tag nach Hoffmanns Tod – in dessen Wohnung eingebrochen. Eine Freundin Hoffmanns – Katja Friedrich – war an diesem Nachmittag mit ihm verabredet. Als er nicht zum vereinbarten Treffpunkt erschien, ist sie zu seiner Wohnung gegangen und überraschte offenbar den Täter. Sie wurde niedergeschlagen, hat aber keine ernsthaften Verletzungen davongetragen. Frau Friedrich hat den Toten als Bernhard Hoffmann identifiziert. Es stellt sich die Frage, in welchem Verhältnis diese beiden Ereignisse stehen könnten: Bernhard Hoffmanns Tod, der Einbruch in seine Wohnung und Katja Friedrichs Auftauchen.«

»Gibt es eine Täterbeschreibung?«, fragte Pfeiffer.

Becker schüttelte den Kopf. »Sie kann sich nicht besonders gut erinnern, Schädel-Hirn-Trauma. Wahrscheinlich stand sie bei der Vernehmung noch unter Schock. Wenn wir Glück haben, kommt noch etwas nach. Ich halte es jedenfalls für einen merkwürdigen Zufall. Am Sonntagabend stürzt sich Hoffmann vom Völkerschlachtdenkmal, und am Montag wird in seine Wohnung eingebrochen.«

»Du denkst, es gibt einen Zusammenhang?« Pfeiffer zuckte mit den Schultern. »Hast du dafür Anhaltspunkte? Es kann durchaus Zufall sein, bei der Menge an Wohnungseinbrüchen in letzter Zeit.«

»Diese Frau Friedrich, in welcher Beziehung stand sie zu Hoffmann?«, mischte sich Bayer ein. »Vielleicht gab es einen Streit, vielleicht war sie der Auslöser für seinen Selbstmord?«

»Die Friedrich ist nach eigener Aussage am Sonntag mit dem Zug aus Berlin gekommen«, erklärte Becker. »Sie lebt in Brüssel, will jetzt wieder nach Leipzig ziehen. Hoffmann ist ein alter Freund von hier. Sie hatten ein Treffen verabredet, aber Hoffmann meldete sich dann nicht mehr, und als er auch nicht ans Telefon ging, obwohl sie ja verabredet waren, ist sie zu seiner Wohnung gefahren.«

»Hat sie irgendeinen Verdacht geäußert?«

»Sie hat Hoffmann zweifelsfrei identifiziert, aber sie glaubt nicht an Suizid. Sie hält das für vollkommen ausgeschlossen, weil er sich auf ihren Besuch gefreut habe.«

»Also hatten die etwas miteinander?«

»Nein, die Friedrich ist laut eigener Aussage in einer festen Beziehung. Und noch etwas: Sie hat nicht gewusst, dass Hoffmann nicht mehr an der Universität arbeitet. Das hat sie erwähnt, sie fand das merkwürdig, dass er ihr das nicht erzählt hatte.«

»Die beiden hatten also regelmäßig Kontakt?«

»Ja, E-Mail und gelegentlich per Telefon.«

Tielmann meldete sich zu Wort: »Hoffmann hat vor zwei Jahren seine Stelle an der Universität verloren und arbeitete seither als Privatdozent. Keine Familie, nur gelegentlich Kontakt zu ehemaligen Kollegen. Hoffmann lebte zuletzt sehr zurückgezogen, er hatte auch seit Monaten keinerlei Lehraufträge mehr, soweit wir das bis jetzt überblicken können. Finanziell sah es auch ziemlich düster aus, es liegt eine Räumungsklage des Vermieters vor, weil er schon seit Monaten keine Miete mehr gezahlt hatte.«

»Eine Selbstmordabsicht wäre also durchaus plausibel?«

»Kommt darauf an. Eine berufliche und finanzielle Problematik war in jedem Fall gegeben. Ob er das selbst als vorübergehende Krise oder ausweglose Situation gesehen hat, wissen wir nicht.« Tielmann räusperte sich. »Dennoch: Wir können den Fall mit hoher Wahrscheinlichkeit in Kürze abschließen. Es gibt keine eindeutigen Hinweise auf Fremdeinwirkung …«

»Das ist aber mal eine flottes Schlusswort!«, murmelte Pfeiffer von der K 1

»Ich war noch nicht fertig«, sagte Tielmann.

»Bitte, Sie haben das Wort, Herr Tielmann.« Pfeiffer lächelte maliziös.

Tielmann versuchte sich seinen Ärger nicht anmerken zu lassen, aber er wusste, dass er Pfeiffer nicht täuschen konnte.

»Die Identität des Mannes ist geklärt, ein hinreichendes Motiv für Selbsttötung ist gegeben«, schloss er unwillig.

»Also höchstwahrscheinlich Suizid«, sagte der Kriminalrat. »Da muss man sicher mal über die Sicherungsmaßnahmen auf dem Denkmal nachdenken. Hätte ja auch am helllichten Tag passieren können.«

Tielmann nickte zustimmend.

»Natürlich«, warf Becker ein »stellt sich auch die Frage, warum er sich die Mühe gemacht hat, nachts die Tür zum Turm aufzubekommen. Der hätte doch auch während der Öffnungszeiten hineingekonnt.«

»Wenn du so fragst – der hätte auch genauso gut vom Hochhaus am Augustusplatz springen können«, warf Pfeiffer ein. »Macht keinen Sinn, darüber zu spekulieren, was im Hirn von einem verdammten Selbstmörder vorgeht.«

»Ich möchte doch sehr um eine sachliche Diskussion bitten«, mahnte der Kriminalrat. »Derartige Äußerungen können Sie sich für den Feierabend aufsparen.«

»Außerdem«, setzte Becker wieder an, »haben wir bei Hoffman keinerlei Hinweise darauf finden können, dass er für den Sprengstoffanschlag verantwortlich ist. Dieser Punkt sowie ein möglicher Zusammenhang mit dem Einbruch in seine Wohnung sollten aus meiner Sicht weitere Ermittlungen rechtfertigen. Ich bin hier also, um das ganz klar zu sagen, anderer Auffassung als Kollege Tielmann.«

Bayer runzelte unwillig die Stirn. »Sie sollten sich besser abstimmen, bevor wir in der Dienstberatung zusammenkommen. Und ich möchte noch einmal ausdrücklich darauf hinweisen, dass der Sprengstoffanschlag weiterhin auch von den Kollegen vom Staatsschutz untersucht wird. Entsprechende Informationen, so sie den Fall Hoffmann betreffen, werde ich an Sie weiterleiten.« Er nickte Becker zu. »Meine Herren, ich hoffe, Sie können die restlichen Unklarheiten rasch beseitigen und in Kürze abschließen.«

36

Katja hatte im Internet recherchiert. Freimaurer – es war schon erstaunlich. Sie hätte das als Unsinn abgetan, wenn es ihr irgendjemand erzählt hätte. Aber es gab wirklich einen Zusammenhang. Das Völkerschlachtdenkmal war ganz offiziell Versammlungsort der Leipziger Freimaurer, die sich diesem Bauwerk besonders verbunden fühlten. Aber warum? Und weshalb hatte sich Bernhard dafür interessiert? Sie musste noch einmal in seine Wohnung. Wenn er sich mit diesem Thema beschäftigt hatte, musste sich dort auch entsprechendes Material finden lassen. Aber selbst wenn es so wäre. Katja war schlagartig wieder entmutigt. Was würde das ändern? Diese Freimauersache war doch offensichtlich harmlos, die legten ja selbst alles offen. Auf ihrer Internetseite luden sie sogar zu Vortragsabenden ein. Jeder konnte sich informieren. In früheren Zeiten hatte die Geheimniskrämerei wahrscheinlich ihre Berechtigung gehabt, aber jetzt war es doch nur eine Art Folklorereverein. Ein harmloser Mummenschanz. Männer unter sich. Die neigten ja zu solchen Vereinsgeschichten. Freimaurerei – eine Art Herrenclub mit Geschichte also. Warum sollte Bernhards Recherche ein Grund dafür sein, ihn umzubringen? Das war doch lächerlich. Und wenn er nun doch gesprungen ist, dachte Katja. Wenn die Polizei recht haben sollte? Was weiß ich schon wirklich von Bernhard? Der Wohnungseinbruch konnte genau das sein: ein Wohnungseinbruch. Die Beamten hatten ihr bestätigt, dass es davon viele in Leipzig gab, die meisten wurden von Drogensüchtigen begangen, die auch für kleinste Summen ein hohes Risiko eingingen. Bernhards Fröhlichkeit und seine unbekümmerte Art konnten über vieles hinweggetäuscht haben. Sicher hatte ihn das Ausscheiden aus der Universität hart getroffen. Vielleicht war er in finanziellen Schwierigkeiten gewesen. Und vielleicht war er auch einsam gewesen. Einsamkeit. Vor Katja tauchte eine Erinnerung aus ihrer Kindheit auf, die sie nie vergessen hatte: Es war ein Märchenfilm gewesen, den sie bei ihren Großeltern an einem Samstagnachmittag gesehen hatte. Die Schneekönigin saß auf einem Thron, und ihr zu Füßen hockte der junge Kai. Aus großen Eisstücken musste er das Wort »Einsamkeit« legen.

37

Der Peugeot stand auf dem Parkplatz eines Einkaufszentrums in Rückmarsdorf. Wehrstedt war gerade auf dem Weg zur Kantine gewesen, als er die Nachricht bekommen hatte. Er saß vor seinem Tablett mit dem Essen, das langsam kalt wurde, und grübelte. Rückmarsdorf. Wieso Rückmarsdorf? Das war alles andere als in der Nähe des Amtsgerichts. Rückmarsdorf lag am anderen Ende der Stadt. Wieso war sie dorthin gefahren? Und wann? Am Montag hatte sie noch behauptet, nicht in Leipzig zu sein. Wenn das stimmte, war sie wahrscheinlich im Laufe des Tages zurückgekommen. Am Dienstag hätte sie wieder zur Arbeit erscheinen müssen. Sie war mit ihm verabredet gewesen, was hatte sie dazu gebracht, am Dienstagmorgen statt zum Amtsgericht quer durch die Stadt zu einem Einkaufszentrum zu fahren? Oder hatte sie auf ihrer Rückfahrt in die Stadt dort Halt gemacht? Dann müsste der Wagen schon seit Montag dort stehen. Warum hatte sie ihm nicht abgesagt, wenn ihr etwas dazwischengekommen war? Wohin war sie verschwunden?

Das erneute Brummen seines Handys schreckte ihn hoch. Es war Franziska Köster.

»Ich rufe dienstlich an«, sagte sie sofort, nachdem sie sich gemeldet hatte.

Wehrstedt schluckte. Ihre Stimme klang sachlich. Fast kühl.

»Worum geht es?«, fragte er.

»Das Fahrzeug in Rückmarsdorf. Du hattest eine kriminaltechnische Untersuchung angefordert.

»Habt ihr schon etwas gefunden?«

»Nein, soweit wir das jetzt sagen können, nichts. Es gibt Fingerabdrücke, jede Menge Spuren, die wahrscheinlich von der vermissten Frau stammen. Aber …« Sie machte eine Pause. »Wonach suchen wir eigentlich?«

Ja, wonach suchten sie? Am liebsten hätte Wehrstedt gesagt, ich weiß es nicht. Er hatte nichts in der Hand. Außer der Behauptung der verschwundenen Frau, wichtige Beweis zu besitzen. Möglicherweise entscheidende Beweise für den Fall, an dem er seit Monaten arbeitete. Einem Fall, der schwieriger war als alles, was er bisher gemacht hatte. Denn er wusste nicht mehr, wem er in der Stadt vertrauen konnte und wer die Fäden zog. Es gab jede Menge Hinweise und man konnte daraus Schlussfolgerungen ziehen, aber er brauchte dringend Beweise, die ihm den Durchbruch bringen konnten.

»Bist du noch dran?«, hörte er Franziskas Stimme aus dem Handy

»Alles«, sagte Wehrstedt. »Jeder Fingerabdruck, jede Kippe im Umkreis des Wagens, alles …«

»Ich wollte ja nur andeuten, dass es einfacher für uns wäre, wenn wir konkrete Anhaltspunkte …«

»Konkreter geht nicht«, unterbrach Wehrstedt sie schroff. »Ich weiß nur, dass die Besitzerin des Wagens in Gefahr ist.«

Franziska antwortete ihm nicht. Im Hintergrund hörte er Stimmengemurmel. Dann war sie plötzlich wieder da. »Es gibt einen Zeugen, der gesehen haben will, wie der Fahrer des Peugeots in einen Geländewagen umgestiegen ist.

»Ich komme selbst«, antwortete Wehrstedt. Er ließ sein Tablett mit dem Mittagessen stehen.

Auf dem Parkplatz hatten sich Schaulustige versammelt, die Handyfotos von den Spurensicherungsleuten schossen und sich lautstark darüber austauschten, was passiert sein könnte. Wehrstedt bannte sich einen Weg durch die Menge. Als er Franziska sah, nickte er ihr einen knappen Gruß zu. Neben einem Streifenpolizisten stand ein bärtiger Mann. Er rauchte eine Zigarette und wirkte gelangweilt.

»Ist das der Zeuge?«, fragte Wehrstedt. Franziska schob sich eine Haarsträhne aus dem Gesicht. »Er arbeitet als Hausmeister für das Einkaufscenter. Deshalb war er schon so früh da.«

Wehrstedt nickte. »Habt Ihr etwas gefunden?«

Franziska hob beide Arme. »Nur das, was zu erwarten war: Fingerabdrücke, Gewebereste, Hautpartikel am Lenkrad. Die Auswertung wird eine Weile dauern.«

Wehrstedt ging hinüber zu dem Hausmeister und stellte sich vor.

»Was für einen Geländewagen haben Sie gesehen, was für eine Marke, was für ein Fabrikat?«

Der Mann zuckte mit den Schultern, »Ich kenne mich da nicht so aus. Schwarz, hochbeinig, eckig, verdreckt. Wie diese Dinger halt so aussehen. Die Scheiben waren getönt, da konnte man nicht reingucken.«

»Könnte es ein Japaner gewesen sein, Honda, Toyota? Oder eher ein Mercedes?«

»Eher Mercedes, aber sicher bin ich nicht.«

»Aber Sie sind sich sicher, dass es ein Mann war?«

»Klar. Der stieg aus dem Peugeot und ging dann rüber zu dem Geländewagen, ist eingestiegen und weg.«

»Wo ist er eingestiegen?«, hakte Wehrstedt nach. »Fahrerseite?«

Der Mann überlegte kurz. »Nee, war die Beifahrerseite.«

»Der wurde also abgeholt«, murmelte Wehrstedt.

38

Südhang. Doktor Seifert hatte ihr die Adresse genannt. Zwei runde Caféhaustische und Stühle standen davor. Das Schaufenster war ansprechend mit Pastis- und Cidreflaschen, dazu passenden Gläsern und drei Boulekugeln dekoriert, die in einem Kiesbett lagen. Die Tür stand offen. An einem Stehtisch lehnten drei Männer. Sie hielten Gläser in den Händen und waren in eine angeregte Unterhaltung vertieft. Katja trat zögernd ein, sie hatte für einen Augenblick das Gefühl, zu stören. Aber einer der drei, ein schlanker, schwarzhaariger Mann, wandte sich zu ihr um und begrüßte sie freundlich.

Katja sah sich neugierig um. Der Laden war geschmackvoll eingerichtet, auf der rechten Seite standen französische und italienische Weine in den Regalen, links entdeckte sie Portwein, spanische und portugiesische Weine. Es roch angenehm nach frisch gemahlenem Kaffee.

»Ein Zusatzgeschäft.« Der Schwarzhaarige stand plötzlich neben ihr. »Ich beziehe die Bohnen aus einer kleinen Rösterei, die sind superfrisch.«

Katja nickte. Sie spürte, dass es still geworden war und die Männer sie musterten. Sie wandte sich dem Weinhändler zu. »Haben Sie auch einen Saale-Unstrut-Wein?«

Er lächelte. »Ja, sicher.« Er führte sie zu einem der Regale.

»Meine Eltern trinken den gern«, sagte Katja, »ich möchte ihnen eine Flasche mitbringen.« Es war ihr spontan eingefallen, und sie war erleichtert, dass er nicht nein gesagt hatte.

»Nehmen Sie den Weißburgunder von Pawis, einem der besten Winzer im Saale-Unstrut-Tal. Der ist fruchtig und vollmundig. Damit liegen Sie bei Ihren Eltern bestimmt richtig.«

Katja nickte. Sie ertappte sich dabei, dass sie den Mann schon zu lange ansah, ohne etwas zu sagen. Und sie spürte, dass sie im nächsten Augenblick rot werden würde und ärgerte sich über sich selbst. Schnell wandte sie sich von ihm ab. »Ja, das klingt doch gut«, sagte sie. »Den nehme ich.«

»Eine gute Wahl. Darf ich Ihnen noch ein Glas anbieten?«

Katja zögerte. Eigentlich hatte sie auf eine solche Gelegenheit gehofft, aber sie fühlte sich merkwürdig befangen.

»Bleiben Sie doch. Wir verkosten heute einige neue Weine aus Südfrankreich. Sie sind eingeladen.«

Katja nickte. »Warum nicht«, murmelte sie.

Der schwarzhaarige Weinhändler hieß Tom. Katja fragte sich, ob sie Bernhard jetzt erwähnen sollte. Denn dann würde sie auch erzählen müssen, dass er tot war. Sie wusste nicht, ob Tom es bereits wusste und in welchem Verhältnis er zu Bernhard gestanden hatte. Vielleicht war sogar die Polizei schon hier gewesen.

Tom strahlte Ruhe und Sicherheit aus. Es war ganz natürlich mit ihm zu sprechen. Zum ersten Mal seit langer Zeit hatte sie nicht das Gefühl, eine Rolle spielen zu müssen. Sie hörte ihm einfach nur zu. Er stellte ihr die Weine vor, die heute verkostet werden sollten. Er war im Mai von Avignon mit dem Fahrrad in Richtung Marseille gefahren und hatte dabei einige kleine Weingüter besucht.

Eine junge Frau kam mit einem Tablett, auf dem Weintrauben und Käse arrangiert waren, aus einem hinteren Raum. Katja musterte die junge Frau, die den Imbiss auf einem großen Holztisch aufbaute. Sie war schlank, fast zierlich und ihr dunkles glattes Haar war zu einem Pony geschnitten. Mindestens zehn Jahre jünger, dachte Katja kritisch.

»Sind Sie zu Besuch in Leipzig?«, fragte Tom.

»Heimatbesuch sozusagen.«

»Sie stammen aus Leipzig?«

Katja nickte.

»Hört man gar nicht.«

»Na ja, ich war einige Jahre nicht hier. Aber jetzt …«

»Heimweh nach dem Pleißestrand?«

»Könnte man so sagen.« Sie lachte. »Aber eigentlich …« Katja wurde wieder ernst. »Ich bin wegen Bernhard Hoffmann hergekommen.«

»Bernhard!«

»Kennen Sie ihn?«

»Sicher.« Tom nickte. »Wir kennen uns schon seit einer Ewigkeit. Er kommt fast jeden Abend hierher, um seinen Feierabendwein zu trinken, allerdings war er schon seit einigen Tagen nicht mehr da. Vielleicht ist er weggefahren.«

Katja schüttelte den Kopf. »Nein«, sagte sie. »Er ist nicht weggefahren. Es ist etwas passiert.«

Tom atmete auf, als er die letzten Kunden verabschiedet hatte. Der Laden war voll gewesen, und es war spät geworden. Es hatte ihn Kraft gekostet, sich nichts anmerken zu lassen. Bernhard lebte nicht mehr. Tom hatte den Laden geschlossen, das Licht gelöscht und saß jetzt allein hinter dem Verkostungstisch. Er hatte eine Flasche 2005er Château Potensac geöffnet. Ein schwerer samtiger Rotwein, der nach Tabak, Leder und dunklen Waldbeeren roch. Es war einer seiner besten Bordeaux, und er fand, dass er gerade gut genug war, um auf Bernhard ein Abschiedsglas zu erheben. Bernhard hatte diesen Wein geliebt. Tom hatte mit ihm stundenlang über Wein sprechen können, über Anbaugebiete und Jahrgänge, über Fassausbau und Aromen. Bernhard war häufig in Frankreich gewesen, er kannte das Beaujolaisgebiet ebenso wie das Loiretal oder den Süden. Einmal hatte er Tom erzählt, wie er durch Macon gefahren war, eine kleine Ortschaft im Burgund, es war zur Zeit der Weinlese gewesen, im September oder Oktober, und die Bauern hatten gerade erst ihre Keller geöffnet, um sie zu lüften, bevor die neue Ernte hereinkam. »Tom«, hatte Bernhard damals begeistert gesagt, »du wirst es nicht glauben, aber die ganze Gegend roch nach Wein. Es war, als würde ich durch ein riesiges aufgeschnittenes Fass fahren.« Tom musste kurz auflachen bei dieser Erinnerung. Die Welt als ein riesiges aufgeschnittenes Weinfass, was für eine skurrile Vorstellung! Aber das war eben typisch Bernhard gewesen. Tom würde ihn vermissen. Er hob das Glas. »Auf dich, Bernhard, alter Freund!«

Mit einem Anflug von Bedauern dachte Tom daran, dass er nicht mehr Zeit für Katja gehabt hatte. Als sie gegangen war, hatte er gerade alle Hände voll zu tun gehabt. Sie hatte ihm von der Tür her noch zugewunken, dann war sie auch schon verschwunden gewesen.

39

»Irgendetwas gefunden, was uns weiterbringt?«, fragte Wehrstedt.

»In der Wohnung gab es nichts Auffälliges. Bis auf das Schlafzimmer. Neben dem Bett lag ein Handtuch mit Spuren eines Betäubungsmittels. Die Zinner wurde offenbar im Schlaf überrascht, betäubt und dann weggebracht.«

»Wir haben ihr Handy gefunden. Lag unterm Kopfkissen. Die letzten Anrufe zeigten alle dieselbe Nummer.«

»Und? Schon ausgewertet?«, fragte Wehrstedt.

»Die letzten Anrufe gingen alle an einen Bernhard Hoffmann, hier in Leipzig. Adresse haben wir.«

»Was noch?«

»Die gesamte Liste ist noch nicht abgeklärt. Aber wir sind dran.«

»Habt ihr Hinweise, wie sie in die Wohnung gekommen sind?«

»Die Fenster waren unbeschädigt und geschlossen. Entweder sie hatten eine Schlüsselkopie oder der Schließzylinder wurde professionell manipuliert. Wir konnten jedenfalls keinerlei Beschädigungen am Türschloss feststellen.«

Wehrstedt nickte nachdenklich. Alles deutete darauf hin, dass die Entführung Beata Zinners professionell geplant worden war.

»Es sind ein paar Hinweise zum Wagen der Zinner eingegangen, willst du alles hören?«, fragte Birgit Kroll.

Wehrstedt nickte und hörte ihr aufmerksam zu, während sie zusammenfasste.

»Am interessantesten ist der Angler, der den Peugeot gesehen haben will. Das Kennzeichen, das er angegeben hat, stimmt mit dem des Wagens von Frau Zinner überein.«

»Wieso hat er sich die Nummer gemerkt?«

»Er wunderte sich, dass der Wagen um diese Zeit dort draußen stand. Es war gegen vier Uhr morgens. Hat auch davon gesprochen, dass schwarz geangelt wird, also ohne Angelschein, und das man da ein Auge drauf haben muss.«

Der Angler wohnte in einem kleinen Häuschen am Stadtrand. Der hagere Mann mochte um die sechzig sein. Er stand schon in der Tür, als Wehrstedt aus dem Wagen stieg, und blickte ein wenig ängstlich.

»Können Sie mir die Stelle zeigen, an der sie den Peugeot gesehen haben?«, fragte Wehrstedt. »Es ist dringend. Die Frau, die wir suchen, ist möglicherweise in Gefahr.«

Wortlos nickte der Mann, griff nach einer Jacke und folgte Wehrstedt zu seinem Wagen.

»Die Dorfstraße runter, dann links.«

»Erzählen Sie mir noch einmal genau, was Sie gesehen haben.«

Der Mann räusperte sich umständlich. »Wie gesagt, ich war mit dem Fahrrad auf dem Weg zum See. Bin Angler. Im Verband. Wir haben hier immer öfter Fälle von Schwarzanglern. Die kommen aus Leipzig. Holen alles raus, was sie kriegen können. Ohne Schein.«

»Wie spät war es?«, fragte Wehrstedt.

»Muss gegen vier gewesen sein. Ich fahr gern so zeitig raus. Wenn es dämmert, ist es am schönsten am See.«

»Und der Peugeot?«

»Stand neben dem Weg. Ein paar hundert Meter von der Straße ab. Viel weiter kann man nicht mehr fahren, der Weg wird dann zu schmal. Ich hab mir die Nummer gemerkt, weil ich dachte, dass da wieder einer schwarz angelt. Um diese Zeit ist hier sonst keiner.«

»Haben Sie jemanden gesehen? Etwas gehört? Saß jemand drin im Wagen?«

Der Mann schüttelte den Kopf. »Nein. Ich hab kurz mit der Taschenlampe rangeleuchtet, hab nichts gesehen. Da vorn müssen Sie abbiegen.«

Von der Straße zweigte eine holprige Piste ab, die sich nach einigen hundert Metern zu einem schmalen Weg verengte.

»Hier.« Der Mann wies nach rechts. »Da hat das Auto gestanden.«

Wehrstedt hielt und stieg aus. Im Gras neben dem Weg konnte man mit etwas Mühe noch die Abdrücke der Reifen erkennen. Das Gelände war flach, in einer Senke ruhte der See. Das Ufer war dicht mit Büschen und hohem Gras bewachsen, etwas weiter entfernt sah Wehrstedt ein Wäldchen und Schilf. Er blickte sich um, weit und breit war kein Mensch zu sehen. Der See lag zu weit abseits vom Stadtgebiet. Die Leipziger zogen die großen Tagebauseen im Süden der Stadt vor. Nachdenklich betrachtete er den Schilfsaum. Der Boden unter seinen Füßen gab federnd nach. Sumpfgelände. Eine Krähe krächzte in der Nähe. Wehrstedt sah niedergetretenes Gras, als ob etwas Schweres darüber geschleift worden wäre. Die Spur führte zum Wasser.

40

Irgendwann musste dieses Gespräch geführt werden, das hatte Katja die ganze Zeit über gewusst. Gerald hatte immer wieder versucht sie zu erreichen. Dieses Mal hatte sie das Gespräch seufzend angenommen.

»Katja, bist du noch da? Warum sagst du nichts? Was ist los?« Geralds Stimme war sanft. Sie konnte sich nicht erinnern, wann diese Stimme das letzte Mal so sanft zu ihr gesprochen hatte. Katja begriff plötzlich, dass es zuerst diese Stimme gewesen war, in die sie sich einmal verliebt hatte. Ein beruhigender tiefer und sanfter Klang, der ein Versprechen von Heimat und Geborgenheit zu enthalten schien.

Plötzlich fühlte sie sich wieder unsicher. Vielleicht war es ja doch ein Fehler gewesen, so überstürzt abzureisen. Hatte sie die falsche Entscheidung getroffen?

»Komm zurück«, hörte sie ihn sagen. »Wir reden in Ruhe, wir können das alles besprechen.«

Für einen Moment schwankte sie, aber dann spürte sie die innere Gewissheit, dass es nicht anders werden würde. Vielleicht würden sie einige Zeit sehr behutsam miteinander umgehen, versuchen, anders miteinander umzugehen, aber am Ende würde es wieder so werden, wie es gewesen war. Vier Jahre hatten sie Zeit gehabt. Und sie hatten es nicht geschafft. Nein, es hatte ein Zeitfenster gegeben, und das hatten sie nicht genutzt, und jetzt war es zu spät.

»Gerald, wir haben es nicht geschafft«, hörte sie sich unter Tränen sagen.

»Was haben wir nicht geschafft?«

Katja schüttelte den Kopf. Warum stellte er sich dumm?

»Etwas Gemeinsames zu finden, auf dem wir aufbauen könnten«, antwortete sie.

»Aber es ist doch alles noch möglich, wir haben doch …«

»Nein«, unterbrach ihn Katja, »hör mir zu, Gerald.« Ihre Stimme wurde wieder fest. »Wir haben jeder unser eigenes Leben gelebt, und gemeinsam haben wir ein drittes Leben gelebt, das Wochenend- und Feierabendleben, falls es zufällig gerade in unsere Terminkalender gepasst hat. Es ist immer etwas Unverbindliches in unserer Beziehung gewesen, und ich hatte nicht das Gefühl, dass du das jemals ändern wolltest.«

»Du meinst die Wohnung? Es ist kein Problem, ich kann …«

»Ich meine nicht die Wohnung. Eine gemeinsame Wohnung ist nur ein Teil des Problems, ich meine alles. Verstehst du das nicht? Alles!« Katja hatte die letzten Worte fast geschrien. Tränen liefen ihr über die Wangen. Aus dem Handy war nur Geralds Atem zu hören. Du hattest doch alle Zeit der Welt, wollte sie ihm zurufen, aber die Worte blieben ihr im Hals stecken. Vier lange

Jahre. Was wollte er jetzt noch retten? Es war doch zu spät, warum musste er sie quälen?

»Hast du einen Anderen?«, hörte sie ihn plötzlich fragen.

»Spinnst du?« Katja war empört. »Ist das das Erste, was dir in den Sinn kommt? Vielleicht solltest du erst einmal nachdenken, bevor du mich anrufst.«

»Hast du?«, insistierte Gerald. »Ja oder nein,«

»Nein!«, schrie Katja aufgebracht. »Habe ich nicht, und daran liegt es auch nicht, auch nicht an deiner Affäre mit der blöden Kuh aus dem Institut …«

»Katja, ich, da war überhaupt nichts, ich kann es dir erklären …«

»Das hättest du früher tun sollen.«

»Ich nehme den nächsten Flug und dann reden wir in Ruhe«, hörte sie ihn nach einer Weile sagen. Es klang wieder sehr beherrscht und irgendwie überlegen. Gerald glaubte, jetzt alles verstanden zu haben. Reduzierte sie auf Eifersucht. Er hatte wieder nicht verstanden. Nichts. Aber obwohl sie in diesem Moment sicher war, dass es zwischen ihnen vorbei war, hasste sie Gerald in diesem Moment für seine Ruhe und diese Überlegenheit.

»Ich will nicht, dass du kommst«, fuhr sie ihn an. »Ich brauche Zeit, ich muss jetzt allein sein.« Dann unterbrach sie die Verbindung und ließ sich erschöpft aufs Bett fallen. Von unten hörte sie Fernsehgeräusche. Ihre Eltern hofften wahrscheinlich, dass sie noch herunterkommen und sich zu ihnen setzen würde. Die Auseinandersetzung mit Gerald hatte sie aufgewühlt. Wahrscheinlich würde er sich ins nächste Flugzeug setzen und herkommen. Sie stöhnte wütend. Das konnte sie jetzt überhaupt nicht gebrauchen. Sie hatte mit ihm überhaupt nicht über Bernhard und das, was hier passierte, sprechen können. Und er würde ihr hier keine Hilfe sein. Sie wusste, dass sie keine Ruhe finden würde, bis sie nicht herausgefunden hatte, was mit Bernhard geschehen war. Sie sah seinen zerschundenen Körper, das schüttere blonde Haar, er hatte seltsam friedlich ausgesehen, wie er da gelegen hatte. Ihr fiel ein, dass sie noch nie einen Toten gesehen hatte, nicht in Wirklichkeit. Friedlich und sehr weit entfernt von allem, was sie kannte. Katja versuchte sich von ihren Empfindungen zu lösen. Wie eine Fremde, klar und analytisch, musste sie alles betrachten, was sie bisher erfahren hatte. Vielleicht war sie der letzte Mensch gewesen, mit dem Bernhard gesprochen hatte, bevor er zum Denkmal gefahren war. Dieses Denkmal. Katja spürte Hass aufsteigen gegen das monströse Bauwerk. Warum war Bernhard dort hinaufgestiegen? Was hatte er dort gewollt? Es musste mit seiner Arbeit zusammenhängen. Sie dachte an das, was ihr Professor Seifert erzählt hatte.

Konnte es sein, dass Bernhard etwas herausgefunden hatte, das geheimbleiben sollte? Jetzt fängst du schon an, Gespenster zu sehen, ermahnte sich Katja. Keine wilden Verschwörungstheorien. Es ist nur ein Denkmal, nichts anderes. Aber was hatte Bernhard dann daran so fasziniert? Welche Ideen hatte er darin verkörpert gesehen, und welchen Zusammenhang mit seinem Tod konnte es hier geben? Sie spürte, dass sie an dieser Stelle nicht weiterkam. Bernhards Arbeit bot keine Erklärung für das, was geschehen war. Das Einzige, was Katja wusste, war, dass Bernhard sich mit ihr am Sonntag hatte treffen wollen. Es war also eher unwahrscheinlich, dass er geplant hatte, an diesem Abend zum Denkmal zu fahren. Es musste ein spontaner Entschluss gewesen sein. Oder jemand hatte ihn gebeten, dorthin zu kommen. Aber wer? Und warum? Es hatte eine Explosion gegeben. Noch immer wusste sie nicht, ob es sich dabei um einen Unfall handelte oder ob jemand einen Anschlag auf das Denkmal verübt hatte. Wenn Letzteres der Fall wäre – unmöglich, dass Bernhard etwas damit zu tun hatte. Es ergab einfach keinen Sinn. Wenn ich mich am Sonntagabend noch mit ihm getroffen hätte, dachte Katja, dann wäre er vielleicht nicht mehr dort hinausgefahren. Dann würde er vielleicht noch am Leben sein. Seufzend beschloss Katja, alle E-Mails durchzugehen, die Bernhard ihr in letzter Zeit geschrieben hatte. Vielleicht fand sich dort ein Hinweis. Eine Bemerkung, die sie nicht verstanden oder überlesen hatte. Die aber jetzt eine andere Bedeutung bekommen konnte. Katja klappte den Laptop auf und begann die gespeicherten Nachrichten durchzulesen. Aber sie kam nicht sehr weit. Plötzlich spürte sie, wie sie immer müder wurde. Sie schaffte es gerade noch, die Schuhe abzustreifen. Mit an den Bauch gezogenen Knien schlief sie ein.

41

Sie hatten den Uferbereich in mehr als hundert Abschnitte aufgeteilt. Kleine Quadrate, die sie systematisch absuchten. Eine halbe Hundertschaft Bereitschaft war seit dem Morgen im Einsatz, durchsuchte das Ufergestrüpp und das Wäldchen. Gefunden hatten sie bis jetzt nichts außer Müll, den jemand unter die Bäume gekippt hatte. Aber sie mussten weitermachen. So lange, bis ausgeschlossen war, dass im Uferschlamm oder am Grund des Sees die Leiche von Beata Zinner lag. Wehrstedt blickte auf seine Armbanduhr. Es ging schon auf Mittag zu. Köster hatte sich noch immer nicht gemeldet. Der Taucher kam wieder hoch und schüttelte den Kopf.

»Sind Sie sicher, dass hier etwas ist?« Der Einsatzleiter war zu Wehrstedt getreten. Er zündete sich eine Zigarette an. Wehrstedt nickte ungeduldig.

»Wir erweitern den Radius noch einmal«, sagte er.

Der Einsatzleiter zuckte mit den Schultern. »Wenn Sie meinen, dass es etwas bringt.« Er gab dem Taucher ein Zeichen, weiterzumachen.

Wehrstedts Handy meldete sich. Es war Birgit Kroll.

»Was ist los?«, fragte Wehrstedt unwirsch. »Seid ihr mit der Anrufliste durch?«

»Georg, du wirst es nicht glauben, aber dein Büro wird gerade durchsucht.«

»Mein Büro? Durchsucht? Was soll das sein? Ein dämlicher Witz?«

»Leider nein. Und mir wurde übrigens untersagt, dich zu informieren.« Ihre Stimme vibrierte vor Empörung.

Wehrstedt schluckte. Das war nicht möglich. Aber der gehetzte und ernste Ton in Birgits Stimme signalisierten ihm, dass es stimmen musste.

»Was ist los?«, fragte er tonlos.

»LKA-Leute. Großes Aufgebot. Keine Ahnung, was dahintersteckt. Sie wollen mir nichts sagen. Am besten du kommst sofort her. Ich muss Schluss machen.«

Wehrstedt glaubte, sich verhört zu haben. Das LKA durchsuchte sein Büro? Weshalb und mit welcher Begründung? Warum hatte man ihn nicht informiert?

»Birgit?«, schrie er ins Telefon. »Verdammt, soll das ein schlechter Scherz sein?«

Er bat den Einsatzleiter der Bereitschaft, ohne ihn weiterzumachen, und fuhr ins Präsidium. Seine Gedanken überschlugen sich. Birgit würde mit so etwas keinen Scherz machen, war nicht ihre Art. Es musste ein Missverständnis sein. Oder man versuchte ihn kaltzustellen. Eine böse Ahnung stieg in Wehrstedt auf.

Auf dem Hof standen ein dutzend Fahrzeuge. LKA-Leute trugen weiße Plastikwannen voller Aktenordner. Er fuhr hoch zu seinem Büro. Köster baute sich im Gang vor ihm auf. »Sie können da jetzt nicht rein«, sagte er. Hinter ihm erschienen LKA-Beamte. Die Situation erschien Wehrstedt vollkommen irreal.

Dem Kriminalrat war die Angelegenheit sichtlich unangenehm.

»Kollege Wehrstedt. Bitte nehmen Sie Platz. Ich wollte mich ohnehin gerade mit ihnen in Verbindung setzen.« Es war Bayer anzusehen, dass er sich bei dem, was jetzt kommen würde, nicht wohlfühlte. Aber das war Wehrstedt egal. Er war nicht in der Stimmung, irgendwelche Rücksichten auf die Befindlichkeiten des Kriminalrats zu nehmen.

»Wer hat diese Aktion in meinem Büro angeordnet? Was soll das? Ich verlange eine Erklärung!«

»Kollege Wehrstedt, es liegt eine Anzeige gegen Sie vor. Strafvereitelung im Amt. Das LKA ermittelt.«

»Das ist doch lächerlich! Was wirft man mir konkret vor?«

»Versuchen wir es rational anzugehen. Es gab Hinweise, dass …«

»Rational? Hinweise? Was für Hinweise?«, unterbrach ihn Wehrstedt zornig.

»Regen Sie sich bitte nicht auf, Wehrstedt. Es ändert nichts am Sachverhalt. Das LKA hat gewisse Hinweise, dass Sie bei Ihren Ermittlungen …«

»Dass ich bei meinen Ermittlungen einigen Herrschaften in unserer schönen Stadt zu nahegekommen bin, wollten Sie da sagen? Ist es das?«

Der Kriminalrat schüttelte den Kopf. »Wehrstedt, ich muss Sie vom Wegener-Komplex abziehen.«

Wehrstedt schüttelte heftig den Kopf. »Das geht nicht, das ist mein Fall, meine Ermittlungsarbeit!«

»Es tut mir leid. Aber da war absolut kein Spielraum. Zumindest bis die Vorwürfe gegen Sie ausgeräumt werden, sind mir die Hände gebunden.«

»Seit wann wissen Sie es?«

»Genau genommen schon seit gestern. Aber ich habe noch nach Möglichkeiten gesucht …«

»Mit welcher Begründung?«, unterbrach ihn Wehrstedt.

»Wie schon gesagt, es liegt eine Anzeige gegen Sie vor. Verdacht auf Strafvereitelung im Amt. Die Staatsanwaltschaft und die Kollegen vom LKA sind da tätig geworden.« Er hob bedauernd die Hände. »Ich denke, es ist besser, wenn sie sich ein paar

Tage freinehmen, Wehrstedt. Sie haben doch sicher jede Mengen Überstunden angehäuft. Wenn die Untersuchung abgeschlossen ist, sehen wir weiter, vielleicht löst sich alles wieder …«

»Ich werde nicht freinehmen.« Wehrstedt war jetzt ganz ruhig. Der Vorwurf war vollkommen aus der Luft gegriffen. Er hatte niemanden begünstigt, keine Informationen unterschlagen, seine Berichte waren sauber und nachprüfbar. Nein, er war offenbar jemandem zu nahegekommen. Er hörte wieder die Stimme von Beata Zinner: *Ich habe die Staatanwaltschaft informiert.* Es musste mit dem Wegener-Komplex zusammenhängen. Sie wollten ihm eine Lektion erteilen, das stand fest. »Wenn Sie mich hier loswerden wollen«, sagte er, »müssen sie mich schon suspendieren.«

Der Kriminalrat räusperte sich. »Das würde ich nur ungern, Wehrstedt. Sehr ungern. Aber wenn Sie mich dazu zwingen, muss ich es wohl.«

Es war ein Alptraum. Ein bösartiger, unbegreiflicher Traum. Wer, lautete die Frage, wer steckte dahinter? Und warum? Hatte es mit dem Verschwinden von Frau Zinner zu tun? Oder wollte sich hier jemand rächen, für irgendetwas, was mit einem alten Fall zu tun hatte? Oder war er in das Räderwerk einer größeren Sache geraten? Er zermarterte sich das Hirn, kam aber zu keinem greifbaren Ergebnis. Außer zu dem, dass er keinen Urlaub nehmen, keine Überstunden abfeiern würde. Er war mitten in einer wichtigen Ermittlungsarbeit! Es gab neue Erkenntnisse, denen nachgegangen werden musste. Es wäre unverantwortlich, jetzt nicht weiterzumachen. Er dachte wieder an Frau Zinner. Das Amtsgericht. Vielleicht war hier eine Erklärung zu finden.

Sein Handy klingelte. Es war der Einsatzleiter vom See. »Wir haben etwas«, sagte er. »Weibliche Leiche. Schwarzer Plastiksack, war mit Steinen beschwert. Etwas weiter südlich von der Stelle, an der wir zuerst gesucht haben. Wir brauchen die Spurensicherung.«

42

Toms Gedanken irrten zurück durch ein Labyrinth aus Jahren und Ereignissen. Es war verrückt, aber seit Andrea hatte er nicht mehr so empfunden. Andrea war seine große Liebe gewesen. Nach all den Jahren konnte er noch immer ihr bezauberndes Lachen hören, ihre hellen Augen sehen, die ihn immer so aufmerksam gemustert hatten. Nie hatte er den Mut oder die richtigen Worte gefunden, ihr zu sagen, was er für sie empfunden hatte. Vielleicht auch beides nicht, Mut und die richtigen Worte. Und dann war alles sehr schnell gegangen, die Trennung seiner Eltern, seine Enttäuschung über das begonnene Studium, der Entschluss, wegzugehen, und die Jahre, in denen er von einem Land ins nächste gezogen war, mit nicht mehr als einem Rucksack und etwas Geld. Wie viele Jahre waren seither vergangen? Als er zurückgekommen war, hatte er die Weinhandlung aufgebaut. Er hatte zwei, drei kürzere Beziehungen gehabt und nicht mehr so oft an Andrea gedacht. Aber etwas Ernsthaftes hatte sich aus diesen Affären nicht entwickelt. Sie waren jedes Mal nach ein paar Wochen oder Monaten wieder auseinandergegangen, und Tom hatte irgendwann beschlossen, es sein zu lassen. Er hatte keine Lust auf neue Hoffnungen, die am Ende doch nur enttäuscht wurden.

Doch jetzt war plötzlich diese Frau aufgetaucht. Katja. Tom sah sie wieder vor sich stehen, hörte ihre Stimme, verspürte den starken Wunsch, sie zu berühren. Er hatte den Zufall verflucht, der sie ausgerechnet an diesem Verkostungsabend in die Weinhandlung geführt hatte. An jedem anderen Abend hätte er viel mehr Zeit für sie gehabt.

Sie hatte ihm erzählt, was passiert war. Wenn Bernhard ermordet worden war, wie sie glaubte, dann war sie vielleicht auch in Gefahr. Zwar konnte sich Tom nicht vorstellen, dass Bernhard

Feinde hatte, dass es überhaupt irgendeinen Grund gegeben haben könnte, ihn umzubringen, aber Katja schien davon überzeugt zu sein. Tom versuchte sich zu erinnern wie Bernhard in letzter Zeit gewesen war. Aber es war ihm nichts aufgefallen. Außer das Bernhard gelöster und fröhlicher gewesen war in den letzten Wochen. Verena hatte sogar gemutmaßt, er habe eine Frau kennengelernt. Nein, Tom schüttelte den Kopf, nach einem Selbstmordkandidaten hatte Bernhard nicht ausgesehen.

Er hätte gern mit Katja darüber gesprochen, aber sie war weggegangen und hatte nicht einmal daran gedacht, sich von ihm zu verabschieden. Wenigstens hatte sie seine Karte eingesteckt, auf die er noch schnell seine private Handynummer geschrieben hatte. Vielleicht meldete sie sich ja doch noch einmal bei ihm. Tom konnte plötzlich das Gerede der anderen nicht mehr hören. Er schüttelte entschieden den Kopf, als ihm ein leeres Glas entgegengehalten wurde. »Schluss für heute«, sagte er und begann aufzuräumen.

43

Etwas musste hier sein. Bernhard war nicht zufällig an diesem Ort gestorben, Katja war sich jetzt sicher. Er hatte wahrscheinlich etwas gesucht. Aber was konnte das sein? Und warum war er überhaupt so versessen darauf gewesen, das Geheimnis des Denkmals zu ergründen? Katja starrte den steinernen Koloss wütend an. »Was ist es«, murmelte sie. Vielleicht hing es mit den Restaurierungsarbeiten zusammen? Die untere Eingangstür war offenbar erst später eingelassen worden. Auf Bernhards Schreibtisch hatte sie ein Foto gesehen, das rohe Steinquader zeigte, wo jetzt der Eingang hineinführte. Auf der Rückseite des Fotos hatte Bernhard geschrieben: *der raue stein versperrt die pforte.*

Was bedeutete das? War es ein Zitat? Und wenn ja, woher stammte es?

Die Fragezeichen türmten sich in ihrem Kopf. Seit Stunden war sie jetzt schon hier, und sie wusste selbst nicht, was sie zu finden hoffte. Es war langsam dunkel geworden, und die Beleuchtung am Denkmalturm war angegangen. Scheinwerfer strahlten die riesigen Figuren hoch oben an und tauchten den Koloss in einen geheimnisvollen Halbschatten. Noch vor einer halben Stunde war eine Touristengruppe hier gewesen, aber jetzt stand Katja ganz allein zu Füßen des Erzengels Michael. Sie fühlte sich beobachtet. Es war besser, jetzt auch zu gehen. Als sie die Stufen zum Wasserbassin hinunterging, bemerkte sie einen Schatten, der sich lautlos von einer Mauer gelöst hatte und auf sie zu glitt. Dieses Mal wollte sie sich nicht überrumpeln lassen, Katja versuchte eine abwehrende Stellung einzunehmen, aber es war schon zu spät, ein Schraubstock wurde um ihre Arme geschlungen, ein Körper presste sich an sie und eine schwere Hand legte sich auf ihren Mund.

»Schreien ist schlecht«, flüsterte eine raue Stimme. »Ganz schlecht. Wenn du nicht schreist, passiert dir nichts. Kapiert?«

Katja versuchte zu nicken. Sie spürte die Angst wie einen eisigen Strom durch ihren Körper fließen. Etwas sagte ihr, dass das der Mann war, der sie in Bernhards Wohnung niedergeschlagen hatte. Was wollte er von ihr?

»Ich werde dir eine einfache Frage stellen. Du antwortest, dann passiert dir nichts. Okay?«

Katjas Herz schlug heftig und laut. Sie registrierte alles mit fast schmerzhafter Deutlichkeit.

»Wo sind die Papiere? Dir passiert nichts, wenn du es sagst. Aber glaub nicht, dass du mir Schwachsinn erzählen kannst.«

Die Hand gab ihren Mund frei, glitt jetzt zu ihrer Kehle, ein Würgereiz überkam sie, Katja musste husten. Der Geruch war es. Es war derselbe Geruch, den sie in Bernhards Wohnung wahrgenommen hatte. Eine widerliche Mischung aus kaltem Zigarettenrauch, Schweiß und etwas anderem, das sie nicht zuordnen konnte.

»Was für Papiere?«, keuchte Katja. »Ich weiß nichts von irgendwelchen Papieren.«

»Verarsch mich nicht«, sagte die Stimme. »Das kann ich überhaupt nicht leiden.« Er zog ihren Arm ruckartig nach oben. Der Schmerz durchflutete Katja wie ein elektrischer Schlag, sie stieß einen überraschten Schrei aus. Die schwere Hand legte sich wieder über ihren Mund. Sie musste gegen einen heftigen Würgereiz kämpfen.

»Wie du willst, blöde Kuh. Ich hab dich gewarnt.«

Der Mann zerrte Katja die Stufen hinunter zum Rand des Wasserbassins. Sie versuchte sich gegen ihn zu stemmen, aber er hob sie einfach hoch, ihre Füße fanden keinen Halt mehr, strampelten hilflos in der Luft. Dann zwang er sie auf die Knie. Mit der linken Hand hielt er sie umfasst, die rechte hatte ihre Haare gepackt und zog ihren Kopf herunter. Als ihr Kopf unter die Wasseroberfläche gedrückt wurde, überkam sie Panik. Ihr Mund öffnete sich, um zu schreien, sie schluckte Wasser, heftiger Würgereiz schüttelte ihren ganzen Körper. Als sie auftauchte, schnappte sie reflexartig nach Luft.

»Wo sind die Dokumente?«, zischte die Stimme. »Rede, du Miststück.« Katja stöhnte, wieder wurde ihr Kopf unter Wasser gedrückt.

44

Leo war nie besonders mutig gewesen. Und vielleicht war er es dieses Mal auch nur deshalb, weil er keine Zeit zum Nachdenken hatte. Die Frau war langsam nähergekommen, so nahe, dass er sich einen Moment lang gefragt hatte, ob sie ihn entdecken würde. Aber sie hatte ihn nicht gesehen. Sie war stehengeblieben, so nahe, dass er ihrem Atem hören konnte und hatte hinuntergeschaut. Leo hatte vermutet, dass sie auf jemanden wartete. Er hatte die Frau wiedererkannt. Sie war schon zweimal hier gewesen. Sie hatte den Mann, der hinuntergestoßen worden war, vielleicht gekannt. Sie hatte traurig ausgesehen, Leo hatte ihr Gesicht beobachtet. Sie war wunderschön und traurig. Vielleicht war es die Frau des toten Mannes. Leo hatte überlegt, ob er zu der traurigen Frau gehen und mit ihr sprechen sollte. Aber dann hatte er es nicht getan. Es hätte eine Falle sein können. Man durfte sich nicht von Gefühlen leiten lassen. Man musste hart sein können. Vater hatte das gesagt, früher. Und Taxil auch. Man musste so hart sein können, dass man sich selbst umbringen konnte, wenn es notwendig war. In der Zeitung hatten sie geschrieben, das sich der Mann, der vom Turm gefallen war, selbst getötet hätte. Aber es war gelogen. Wie immer. Sie hatten nichts von den anderen Männern geschrieben, die in dieser Nacht hier gewesen waren. Und nichts von dem schmalen Koffer, der neben dem toten Mann gelegen hatte.

Die Frau hatte nahe bei ihm gestanden, und Leo hatte ihren Atem gehört, aber sie hatte ihn nicht bemerkt. Sie war aufgeregt. Ihre Hand hatte gezittert, als sie sich eine Zigarette anzündete. Lange hatte sie so gestanden und den Turm betrachtet. Dann war sie hinuntergegangen auf die Freifläche und vor dem Erzengel stehengeblieben. Leo hatte sich flach auf die steinerne Brüstung gelegt, um sie unentdeckt weiter beobachten zu können.

Den Mann hatte er erst spät entdeckt. Er musste auf Leos Seite lautlos die Treppe heruntergekommen sein. Leo hatte sich um die Frau gesorgt. Er wollte nicht, dass ihr etwas passierte. »Lauf«, hatte er geflüstert. »Lauf schnell, weg von hier.« Dabei hatte er die Frau angesehen, hatte gehofft, dass seine Worte einen Weg in ihre Gedanken finden. Aber es hatte nicht funktioniert. Sie hatte sich wieder eine Zigarette angezündet und war langsam zu den Stufen gegangen, die zum Wasserbecken führten. Dann war der Schatten gekommen.

Die Gestalt, die hinter den Beinen des Erzengels hervorhuschte, war so schnell, dass Leo sie erst richtig erkannte, als sie schon bei der Frau angekommen war. Er hörte einen abgerissenen Schrei, sah wie die beiden Schatten zu einem einzigen unförmigen Schemen verschmolzen. Leo war aufgesprungen, er dachte nicht mehr daran, dass man ihn jetzt sehen konnte, es war ihm egal. Die Gestalt hatte die Frau gepackt und zerrte sie die Stufen zum Wasser hinunter. Sie verlor einen Schuh, ihre Beine strampelten wild, aber sie konnte sich aus der Umklammerung nicht befreien. Leo sprang von der Brüstung und rannte zur Lindenallee. Er hörte Wasserplatschen. Hörte wieder einen kurzen Schrei. Und wieder das Wassergeräusch. Er sprang über die niedrige Hecke, war schon den steilen Hang hinuntergeeilt. Lautlos näherte er sich der Gestalt. Er war jetzt nahe genug herangekommen, um alles genau zu erkennen. Der Mann war groß, sehr groß und kräftig. Die Frau lag am Rand des Wasserbassins. Sie keuchte und schnappte heftig nach Luft. Der Mann hatte einen Arm der Frau auf den Rücken gedreht und hielt sie fest. Er redete auf sie ein. Mit der rechten Hand hatte er ihren Kopf gepackt. Dann drückte er den Kopf der Frau wieder unter die Wasseroberfläche. In diesem Moment sprang Leo. Er hatte sich zusammengekrümmt und sprang jetzt, wie von einer eisernen Feder angetrieben, auf den Rücken des Mannes, krallte sich an ihm fest, schlang einen Arm um seinen Hals und drückte ihn mit aller Kraft zusammen. Aus der Kehle des Mannes drang ein dumpfes Knurren, Leo spürte, wie sich die Halsmuskulatur anspannte. Der Mann ließ von Katja ab und rollte sich seitlich über sie hinweg. Sie fielen vornüber ins Wasser. Leo spürte noch, wie die Frau unter ihnen wegglitt und sich aufrichtete. Lauf, wollte er ihr zurufen. Lauf, so schnell du kannst und schau nicht zurück! Aber er hatte keine Zeit, um irgendetwas zu rufen. Wasser drang ihm in Mund und Nase. Seine Beine und Arme verselbständigten sich, schlugen und strampelten wild. Er konnte den Mann nicht mehr länger festhalten und versuchte Halt zu finden, sich aufzurichten. Aber sein Gegner war schneller. Das Überraschungsmoment war vorbei, ein harter Schlag traf Leo ins Gesicht, als er auftauchte. Dann legten sich zwei eiserne Schraubstöcke um seinen Hals und drückten ihn wieder unter Wasser. Leos Hände versuchten die tödliche Umklammerung aufzubrechen, aber es war nur noch ein zielloses Zerren und Schlagen. Die Luft ging ihm aus, er musste atmen, mechanisch öffnete sich der Mund, Wasser drang ein, füllte seine Lungen, Leo würgte und wand sich, er kämpfte wie nie zuvor in seinem Leben. Luft, er brauchte Luft. Er wollte nicht sterben, sein ganzer Organismus lehnte sich auf, aber der Widerstand, der ihn unter Wasser hielt, war zu stark. Leos Körper erschlaffte. Sein Denken war nur noch eine schemenhafte Aneinanderreihung von verblassenden Worten und Bildern. Aus denen aber noch eine letzte Erkenntnis in Leo heraufdämmerte: Das Geheimnis lag nicht im Tode. Es lag im Leben. Die dämmrige Lindenallee tauchte als letztes Bild vor ihm auf. Das Summen der Insekten in den dichten Baumkronen wurde laut und lauter, unerträglich laut, und er begann zu rennen, immer schneller rannte er mit ausgebreiteten Armen in die befreiende Dunkelheit hinein, als ob er fliegen wollte.

45

Autos waren ihr hupend ausgewichen, als Katja auf die Fahrbahn getaumelt war. Keiner hatte gehalten, wahrscheinlich hielt man sie für verrückt oder betrunken. Das Kleid hing ihr durchnässt und schmutzig am Körper, sie blutete aus der Nase, und ihr Gesicht musste schrecklich aussehen. Die Straßenbahn war ihre Chance, sie stürzte hinein, schrie, flehte, beschwor, die Polizei anzurufen. Ein Mann versuchte sie zu beruhigen. Aber die Türen hatten sich wieder geschlossen, und die Bahn fuhr an, sie musste doch zurück und dem Unbekannten helfen! Sie hatte einen Augenblick gezögert, als sie aus dem Wasserbassin herausgekrochen war. Ihr war so übel gewesen, dass sie geglaubt hatte, sich erbrechen zu müssen. Im Wasser hatten die beiden Männer gekämpft, sie konnte nicht mehr unterscheiden, wer sie überfallen hatte, wer ihr zu Hilfe gekommen war. Sie hatte nur noch diese Stimme in ihr gehört, die ihr befohlen hatte, zu laufen. *Lauf*, hatte sie gerufen. *So schnell du kannst, Katja! Jetzt!*

Die Fahrgäste in der Straßenbahn starrten sie entsetzt an. »Ein Telefon«, schrie Katja. »Bitte, bitte, rufen Sie die Polizei an.«

Ein älteres Paar saß nahe bei der Tür. Sie reagierten nicht, blickten starr an Katja vorbei, als ob sie nicht existieren würde. Aber eine junge Frau im hinteren Teil des Wagens stand auf und kam zu Katja. Sie legte ihr den Arm um die zitternden Schultern, führte sie zu einem Sitz und versuchte sie zu beruhigen. Dann tippte sie die Notrufnummer in ihr Handy. An der nächsten Haltestelle stieg sie mit Katja aus. Wenige Minuten später hielt ein Streifenwagen bei ihnen.

Katja war verwirrt. Wieso hatte sie ihn angerufen? Sie kannte Tom doch überhaupt nicht, hatte nur ein einziges Mal mit ihm gesprochen. Aber an ihn hatte sie spontan gedacht, als die Polizisten sie fragten, ob sie jemand abholen würde. Als er kam, umarmte sie ihn flüchtig. Auch Tom wirkte verlegen. Er gab ihr seine Jacke und brachte sie zu seinem Wagen. Katja hatte sich bei ihm eingehängt. »Vielleicht ist Bernhard von diesem Wahnsinnigen getötet worden«, sagte sie. Ihre Stimme zitterte. »Vielleicht hat das alles gar nichts mit irgendwelchen Freimaurersymbolen zu tun. Vielleicht gibt es kein Geheimnis.«

Der schreckliche Moment, in dem sie der Fremde gepackt und zum Wasser geschleppt hatte, tauchte wieder vor ihr auf. Erschöpft schloss sie die Augen. Sie spürte, dass sie gleich zusammenbrechen würde. Aber Tom hielt sie. Er musste gespürt haben, was in ihr vorging. Katja war erleichtert, dass er nicht mit Fragen über sie herfiel.

»Ich bring dich jetzt nach Hause«, sagte er einfach nur, als sie endlich erschöpft neben ihm im Wagen saß. Sie war ihm dafür dankbar. Sie empfand Vertrauen zu ihm, und es fühlte sich so an, als ob sie sich schon lange kennen würden.

46

Becker hatte das Gefühl, den Jungen schon einmal gesehen zu haben, aber er konnte sich nicht erinnern, wo und in welchem Zusammenhang es gewesen war. Die Spurensicherung hatte inzwischen einen weiteren Scheinwerfer aufgebaut, und die Stufen und der freie Platz vor dem Denkmalklotz waren jetzt in grelles Licht getaucht.

»Mitte, höchstens Ende zwanzig, würde ich sagen«, hörte er die Stimme von Franziska Köster sagen.

»Kann man in einem ein Meter fünfzig tiefen Wasserbassin ertrinken?« Das war Tielmanns Stimme.

»Wenn jemand da ist, der einem lange genug den Kopf unter Wasser drückt, schon.«

»Das war eine rhetorische Frage.« Tielmann hatte einen roten Kopf bekommen. Von der Spusi-Ziege würde er sich nicht wie ein Schuljunge abkanzeln lassen. Und Becker würde das Grinsen auch noch vergehen, dachte Tielmann wütend.

Aber Becker war es gar nicht nach Grinsen zumute. Er war in Gedanken versunken und achtete nicht auf Tielmann. Der Fall

Hoffman war zwar noch nicht geschlossen, aber es lief alles darauf hinaus, dass sie es als Suizid zu den Akten legen würden. Doch Becker fragte sich jetzt, ob diese Katja Friedrich nicht vielleicht doch recht haben könnte. Zwei Tote kurz hintereinander am selben Ort. War das noch Zufall? Und konnte es ein Zufall sein, dass Katja Friedrich in beide Fälle verwickelt war? Die Friedrich hatte keine Ruhe gegeben, sie wollte nicht an einen Suizid Hoffmanns glauben, warum auch immer. Vielleicht wusste sie aber auch etwas über den toten Bernhard Hoffmann, das sie ihnen bisher verschwiegen hatte. Vielleicht war sie stärker in diese Vorgänge verwickelt, als sie bisher zugegeben hatte. Dann wäre ihr plötzliches Auftauchen in Leipzig nicht ganz so harmlos, wie sie es dargestellt hatte. Aber worum könnte es dabei gehen? Ein Eifersuchtsdrama? Dazu passte der tote Junge nicht. Becker konnte sich nicht vorstellen, dass er in einer Beziehung zur Friedrich gestanden hatte. Sie hatte ausgesagt, überfallen worden zu sein. Von einem Unbekannten. Und der Junge sah aus wie einer der Junkies, die für eine Handtasche nahezu jedes Risiko eingehen. Aber was war geschehen, nachdem die Friedrich geflohen war? Jemand habe ihr geholfen, hatte sie gesagt. War der tote Junge möglicherweise nicht der Täter, sondern hatte ihr nur zu Hilfe kommen wollen?

Tielmann sagte wieder etwas, aber Becker hörte nicht zu. Sie standen am Rande des ovalen Wasserbassins, der See der Tränen genannt wurde, und blickten auf den toten Jungen. »Wahrscheinlich nicht länger als zwei Stunden tot«, sagte Franziska Köster gerade. Becker fühlte sich in ihrer Gegenwart unsicher. Sie hatte seine Annäherungsversuche konsequent ignoriert, verhielt sich aber auch nicht abweisend oder unfreundlich.

»Spurenlage?«, fragte Becker.

»Sieht so aus, als ob ein Kampf stattgefunden hätte.« Franziska Köster strich sich eine Haarsträhne aus dem Gesicht. »Der Sand vor dem Bassin, hier, sie wies einige Meter weiter nach rechts, wo ein rotweißes Band flatterte, ist vollkommen zerscharrt. Die

Mauer muss noch untersucht werden, da könnten Gewebereste dran sein.«

»Das stützt die Aussage der Friedrich«, murmelte Tielmann.

Becker nickte. »Schon merkwürdig. Innerhalb weniger Tage der zweite Tote an diesem verfluchten Denkmal.«

»Das Denkmal kann nichts dafür«, sagte Franziska Köster. »Es sind immer die Menschen, Becker.«

»Danke für die Belehrung«, murmelte Tielmann erbost. Becker erwiderte nichts. Er sah nachdenklich aus. Katja Friedrich, dachte er. Schon wieder Katja Friedrich.

47

»Darf ich jetzt davon ausgehen, dass wir unseren Vergleich damit erfolgreich abgeschlossen haben?«

»Wenn ich im Gegenzug davon ausgehen kann, dass dieser übereifrige Ermittler ruhiggestellt wird, lautet die Antwort ja.«

»Sie können sich auf mein Wort verlassen. Es sind entsprechende Maßnahmen in die Wege geleitet. Der Mann dürfte in Kürze mit eigenen Problemen beschäftigt sein. Ich habe gehört, dass es den Vorwurf der Strafvereitelung im Amt geben soll. So etwas lässt sich nicht von heute auf morgen ausräumen. Da wird wohl das LKA ermitteln müssen.«

»Und wenn das nicht reicht?«

»Dann haben wir immer noch ein Ass im Ärmel. Und selbst wenn eine einzelne Zeugenaussage nicht wirklich etwas bewirkt, wird es eine Menge prozessualer Vorgänge auslösen. Verfahren, die sich sehr lange hinziehen können, die in ihrer Endlosigkeit und komplexen Verschlingung einen Mann über Jahre hinweg vollständig in Beschlag nehmen können.«

»Davon verstehe ich nichts, das ist ihr Ressort, Herr Staatsanwalt. Mich interessiert nicht wie, sondern lediglich, ob es funktioniert.«

»Dann sage ich es mal etwas volkstümlicher: Man kann ihm nicht wirklich etwas anhängen, aber er wird wirksam an weiteren Ermittlungen gehindert werden. Sie können mir das glauben, diese Mühlen haben schon ganz andere Leute sehr wirkungsvoll beschäftigt.«

»Kann es sein, dass da eine leise Drohung in ihren Worten mitschwingt, Schönherr?«

»Sie sind zu empfindsam, Bormann. Genau wie ihr Geschäftsfreund Seitz.«

Für jeden Vorüberkommenden mussten die beiden Männer auf der Parkbank den Eindruck erwecken, als würden sie über das Wetter sprechen, zwei freundliche, gutgekleidete Herren, vielleicht Beamte am nahen Bundesverwaltungsgericht oder einer der hier ansässigen Anwaltskanzleien und Architektenbüros, die in ihrer Mittagspause etwas Sonne suchten. Aber harmlos waren sie durchaus nicht. Und auch wenn Rivalitäten zwischen ihnen bestanden, waren sie beide Teil eines informellen Geflechts, das sich wie eine Seuche über die Stadt ausgebreitet hatte und in immer neuen Verschlingungen wuchs und wucherte. Denn die Stadt mit ihrer Mischung aus provinzieller Nähe und Weltläufigkeit bot einen idealen Nährboden. Man kannte sich, pflegte gute Kontakte. Und es gab ein ständiges Kommen und Gehen, neue Leute kamen mit Ideen und mit Hunger in die niemals fertige alte Handelsmetropole, die offen und ausgebreitet in der Tiefebene lag und von alters her allerlei Volk anzog, das hier seinen Schnitt zu machen hoffte. Dafür sprachen die ausgedehnten Gründerzeitquartiere und zahlreichen Industriebauten, die neuer Verwendung zugeführt werden wollten, die innerstädtischen Brachen und Grundstücke mit ungeklärten Eigentumsfragen, die Heerschar der Anleger, die auf Steuervergünstigungen und steigende Mieten setzte, und die Alteigentümer, die naiv genug waren, zu glauben, eins und eins ergäbe zwei.

48

»Wir haben die Identität des Toten aus dem Wasserbecken. Er heißt Leo Weinrich. Siebenundzwanzig Jahre alt. Wohnhaft zuletzt in der Schirmerstraße im Stadtteil Anger-Crottendorf. Miete ist seit Monaten nicht mehr bezahlt worden, eine Räumungsklage des Eigentümers läuft.«

»Was wissen wir noch über ihn?«

»Abgebrochenes Chemiestudium, keine Ausbildung. Der Vater, Martin Weinrich, hat in den Neunzigern Selbstmord begangen, hatte damals für Aufsehen gesorgt, der war früher ein hohes Tier.

»Früher?«

»DDR.«

»Warum?«

»Warum was?«

»Warum hat er sich umgebracht, der Vater.« Becker warf Tielmann einen vernichtenden Blick zu.

Tielmann zuckte mit den Schultern. »Keine Ahnung. Wird wohl mit den neuen Bedingungen nicht klargekommen sein.«

»Neue Bedingungen?«, wiederholte Becker irritiert.

»Sie wissen schon, Demokratie und so.« Tielmann grinste.

»Und die Mutter?«, fragte Becker knapp.

»Die hat sich schon vorher scheiden lassen.«

»Wahrscheinlich wegen der neuen Bedingungen«, sagte Becker.

Tielmann nickte. »Sie wissen ja, Becker. Verlierer sind nicht beliebt. Jedenfalls hat der Freitod des Vaters den jungen Weinrich offenbar aus dem Gleichgewicht gebracht. Er ist danach mehrfach auffällig geworden.«

»Aktenkundig?«

Tielman nickte. »Es gibt eine Verurteilung, allerdings ist er mit

Bewährung davongekommen. Verminderte Schuldfähigkeit. Tätlicher Angriff auf einen Beamten unter Drogeneinfluss.«

Die Wohnung in Anger-Crottendorf schien seit längerer Zeit niemand betreten zu haben. Hinter der Wohnungstür lag ein dunkler enger Flur, von dem mehrere Türen abgingen. Die Luft war abgestanden. Irgendetwas roch unangenehm. Das Licht funktionierte nicht. Erst als Tielmann eine Tür öffnete, fiel etwas Helligkeit in den Flur. Der Gestank kam aus der Küche. Auf einer Ablage neben der Spüle lagen verdorbene Lebensmittel. Brot, das von grünlichweißem Schimmel überzogen war, grünstichiger Aufschnitt und Tomaten mit einem pelzigen Belag, der sich bereits bis zur Wand ausgebreitet hatte.

Im Zimmer gegenüber der Küche standen Bett, Schreibtisch und Bücherregal. Überall lagen Sachen auf dem Boden, Hemden, Bücher, fettige Pizzaschachteln, leere Plastikflaschen. Auf die Wände waren düstere Graffitis gesprüht. »Dan Brown«, rief Tielmann, der vor einem Regal stehengeblieben war und die Buchtitel studierte. »*Europäische Geheimgesellschaften*, *Krieg der Freimaurer*, nette Sammlung!«

»Armes Schwein«, murmelte Becker. »Kommt mal hier rüber«, rief er dann. Er hatte die Tür zu einem zweiten Zimmer aufgestoßen und war überrascht stehengeblieben. Auf einem Tisch und auf dem Boden standen Glasgefäße mit gläsernen Deckeln, Glaskolben und ein Kühlschrank.

»Sieht nach Drogenküche aus«, murmelte Tielmann, der herübergekommen war und Becker über die Schulter schaute.

»Oder nach Sprengstoffherstellung«, sagte Becker. »Der scheint eine komplette Laborausstattung zusammengetragen zu haben.«

Tielmann öffnete die Kühlschranktür. Ein Gefäß mit weißen Kristallen stand darin.

Becker nickte. »Deutet alles auf Plastiksprengstoff hin. Deshalb auch der Kühlschrank. Wenn die Stoffe ohne Kühlung zusammenkommen, läufst du Gefahr, dass sie sofort hochgehen.«

»Deshalb hat er die Lebensmittel nicht in den Kühlschrank gepackt«, sagte Tielmann. »Er hat den Platz für etwas anderes gebraucht.«

49

Es war vorbei. Wehrstedt wusste, dass er keine Chance mehr hatte. Irgendjemand hatte seine mächtigen Hände schützend über die Verdächtigen gehalten. Er musste verdammt nah herangekommen sein, wenn sie sich gezwungen sahen, ihn kaltzustellen. Wehrstedt ballte die Hand zur Faust. Vielleicht war er noch näher herangekommen, als ihm selbst klar war. Vielleicht war es nur noch ein einziger Schritt. Aber es war sinnlos, darüber nachzudenken.

Er hatte keine Befugnisse mehr, konnte nicht weiter ermitteln. Er wusste, dass er nicht einfach abschalten konnte, aber es hatte keinen Sinn. Köster und Birgit Kroll konnten ohne ihn weitermachen, sicher. Aber es würde nicht mehr dasselbe sein. Das LKA hatte einen Großteil ihrer Akten beschlagnahmt. Unklar, wann die wieder zurückkommen würden. Unklar, ob sie in irgendeinem Lager verstauben würden oder ob die das in eigene Untersuchungen einarbeiteten. Seine Abteilung im Kommissariat 26 war jedenfalls erst einmal stillgelegt und würde in der Folge vielleicht sogar aufgelöst werden. Es war eine einzige riesige Sauerei. Die Arbeit von mehreren Monaten war sabotiert. Und wahrscheinlich nur deshalb, weil irgendein Dreckskerl, der die Karriereleiter hinaufgefallen war, auch weit oben nicht hatte aufhören können, sich mit Dreck zu besudeln. Weil irgendein, nein, nicht irgendein, er war nahe genug herangekommen, um Namen zu nennen. Eindeutige Beweise fehlten zwar, aber man konnte es schon eingrenzen. Er war verdammt nah herangekommen.

Nach dem dritten Glas spürte er, wie sich etwas öffnete, er konnte sich selbst wieder sehen, unbeteiligt beobachten diesen Mann, der da saß und trank, sich betrank mit der gleichen Konsequenz, mit der er sonst seiner Arbeit nachgegangen war. Er sah noch einmal die LKA-Leute in sein Büro kommen, hörte dem absurden Dialog zu, sah wie die in jahrelanger Kleinarbeit zusammengestellten Akten und Dossiers in Plastikkisten verschwanden und hinausgetragen wurden. Sah noch einmal die Schlagzeile auf der Titelseite der Zeitung am nächsten Morgen: *Polizeikrieg in Leipzig*.

Er würde klagen. Das musste er, denn wenn er es nicht tat, würde der Eindruck entstehen, an den Vorwürfen sei etwas dran. Wehrstedt ahnte, dass ihm jetzt ein endloser Kleinkrieg bevorstand. Der Weg durch die Instanzen. Das konnte sich hinziehen. Inzwischen würde der Wegener-Komplex, würden sämtliche Ermittlungen zu Bormanns Immobilienfirmen, der Verbindung zum Baudezernat, zur kommunalen Wohnungs- und Baugesellschaft, zur Staatsanwaltschaft auf Eis liegen, unter Umständen würden auch noch Akten auf rätselhafte Weise verschwinden oder versehentlich von irgendeinem Praktikanten geschreddert. War alles schon vorgekommen. Er stieß ein wütendes Lachen aus. Der Barkeeper sah überrascht zu ihm herüber. Wehrstedt nickte ihm zu und zeigte auf sein leeres Glas. »Noch mal dasselbe.«

Der Alkohol ließ die Konturen verschwimmen. *Reg dich nicht auf*, sagte eine Stimme in Wehrstedt. *Lass dich nicht kaputtmachen. Bring Distanz rein, sonst stehst du das, was jetzt kommt, nicht durch.* Es wird unangenehm werden, dachte Wehrstedt. Sie werden dir vielleicht noch etwas anderes anhängen. Vielleicht auch gefährlich. Und falls ich aus der ganzen Sache wieder herauskomme, wenn ich von jedem Vorwurf freigesprochen werde – etwas bleibt doch hängen. Es war so simpel wie wirksam. Ewas blieb immer hängen.

50

Vielleicht hatte ihre Mutter recht und sie sollte einfach zurück nach Brüssel fahren, sich mit Gerald aussöhnen. Ihn vor die Frage stellen: Hopp oder Topp. Jetzt oder nie. Eine eigene Familie. Zu Hause bleiben, ein Kind bekommen. Geralds Karriere unterstützen. Vielleicht war das alles einfach zu viel. Die Stadt erschien ihr jetzt wie ein bedrohliches Tier, das auf der Lauer lag. Heimtückisch und unberechenbar. Seine Opfer durch geschickte Tricks ablenkend. Kindheitserinnerungen tauchten auf. Mit dem Vater auf der Kleinmesse am Cottaweg. Die Juninächte im Clara-Zetkin-Park und die Glühwürmchen, als sie einmal mit Silke und einer anderen Freundin, an deren Namen sie sich nicht mehr erinnerte, im Dunkeln von der Rennbahnbrücke hinüber zum Mexikaner in die Industriestraße gelaufen war. Der Bärlauchgeruch im Frühjahr. Sie hatte nur die guten Erinnerungen mitgenommen.

Die Stadt hatte sie verfolgt, nach Freiburg und nach Brüssel, war immer präsent gewesen und hatte sie zurückgelockt mit großen Versprechungen. Zu Hause sein. Endlich ankommen. Aber dann hatte sie ihr anderes Gesicht gezeigt. Es war ein brutales und tückisches Gesicht. Bernhard war tot. Sie selbst war niedergeschlagen worden. Und jetzt hatte ein Wahnsinniger versucht sie zu ertränken. Aber war das wirklich ein Wahnsinniger gewesen? Er hatte Papiere, irgendwelche Dokumente haben wollen. War sie Opfer einer Verwechslung geworden? Oder hing das alles miteinander zusammen. Und wer war der Unbekannte, der sie gerettet hatte? Sie spürte Scham bei der Erinnerung daran, wie sie kopflos weggelaufen war. Kein Gedanke an den unbekannten Retter war ihr gekommen, nur weg von diesem schrecklichen Ort hatte sie gewollt. Weg von diesem schrecklichen Menschen, der ihren Kopf so lange unter Wasser gedrückt hatte, bis sie glaubte, ertrinken zu müssen. Weg von diesem unheimlichen Ort, an dem schon Bernhard hatte sterben müssen.

Katja bemerkte nicht, dass sie den Pullover nun schon zum dritten Mal zusammenlegte. Sie war weit weg in ihren Gedanken, während sie ihre Sachen ordnete und den Koffer packte. Es war einfach zu viel. Die Entscheidung, zurückzufahren, war ganz plötzlich vor ihr gestanden. Nach Brüssel fahren, als ob das hier nur eine vorübergehende Auszeit gewesen wäre. Dem Museum absagen, das Max-Planck-Institut vergessen. In ihr möbliertes Zimmer in der Rue de Chambéry zurückkehren, als ob nichts gewesen wäre. Nicht einmal zu Bernhards Beerdigung gehen, nur weg von hier. Weg von diesem undurchschaubaren Geflecht, von diesem Sumpf, in dem sie immer tiefer zu versinken drohte. Zweimal war es jetzt schon zu einem gewaltsamen Angriff auf sie gekommen. Und wahrscheinlich hatte sie es nur dem Unbekannten zu verdanken, dass sie beim zweiten Mal mit dem Leben davongekommen war. Der Kripobeamte hatte einen Namen genannt, hatte gefragt, ob sie den Mann gekannt habe. Sie hatte den Namen nie gehört. Leo. Sie hatte sich nur den Vornamen gemerkt. Zuerst hatten sie ihr nur ein Foto gezeigt. Das schmächtige Gesicht war ihr unbekannt. Ein Mann, sicher kaum älter als sie, durchdringende Augen, gescheiteltes dunkles Haar, schulterlang. »Ist das der Mann, der mir zu Hilfe gekommen ist?«, hatte sie gefragt. Der Kommissar hatte genickt. Katja hatte nicht gewagt, zu fragen, was mit ihm geschehen war, aber sie hatte es dennoch erfahren. Es war nicht zu vermeiden gewesen, es gab Schlagzeilen: *Der zweite Tote am Völkerschlachtdenkmal!*

Es war einfach zu viel. Katja sehnte sich danach, von jemandem in den Arm genommen zu werden. Sich an jemanden zu lehnen, der Ruhe und Sicherheit ausstrahlte. Jemanden, der nichts von ihr forderte, der einfach nur für sie da war.

Ganz plötzlich spürte sie, wie erschöpft sie war. Die Beine zitterten und gaben nach, Katja setzte sich so vorsichtig auf das Bett, als könnte es zerbrechen. »Ich kann nicht mehr«, flüsterte sie.

Der Abschied von ihren Eltern war kurz. Die beiden schienen erleichtert zu sein, dass Katja wieder nach Brüssel fahren wollte. Die Ereignisse der letzten Tage hatten sie überfordert.

»Es ist richtig, dass du nicht einfach hinschmeißt«, sagte ihr Vater auf dem Weg zum Flughafen. »Man muss die Dinge, die man angefangen hat, zu Ende bringen.«

Wenn man merkt, dass man auf einem falschen Weg ist, muss man dann trotzdem weitergehen, wollte Katja erwidern, aber sie ließ es sein. Sie hatte keine Kraft mehr für derartige Auseinandersetzungen. Bis zum Flughafen saßen sie schweigend nebeneinander. Als sie angekommen waren, ging ihr Vater mit in die Abfertigungshalle hinauf. Er ließ es sich nicht ausreden, den Koffer zu tragen. Katja bat ihn, nicht zu warten. Er nickte stumm. In diesem Moment wirkte er plötzlich hilflos und verloren. Katja hatte ihren Vater noch nie so gesehen, und sie musste sich zusammennehmen, um nicht in Tränen auszubrechen. Sie umarmte ihn. »Ruf uns an, wenn du gelandet bist«, sagte er. Bevor er im Fahrstuhl verschwand, drehte er sich noch einmal kurz um. Katja winkte ihm zu.

Sie hatte noch eine knappe Stunde Zeit. Durch die gläserne Wand des Terminals blickte sie hinüber in Richtung Leipzig und versuchte zu begreifen, was alles geschehen war in den wenigen Tagen, die sie hier gewesen war.

51

Becker war über sich selbst erstaunt. Nach Wehrstedts Anruf hatte er ein paar Erkundigungen eingeholt. Wehrstedt war suspendiert worden. Über den Buschfunk waren schon seit Tagen Gerüchte im Umlauf, aber darauf hatte er nicht viel gegeben. Irgendetwas war faul an der Sache. Es hieß, dass das Kommissariat 26 einer großen Sache auf der Spur gewesen sei. Warum man Wehrstedt jetzt ausgebremst hatte, war aber nicht herauszubekommen. Offiziell wegen einer Anzeige. Strafvereitelung im Amt. Aber das war lächerlich. Becker kannte Wehrstedt nur flüchtig, hatte ihn aber immer als zuverlässigen und ruhigen Kollegen gesehen. Er konnte sich nicht vorstellen, dass Wehrstedt ein falsches Spiel spielte. War er erpressbar?

Es war jedenfalls alles andere als klug, sich in dieser Situation mit ihm zu treffen. Becker hatte keine Vorstellung, was Wehrstedt von ihm wollte. Aber er hatte gezögert, hatte nicht einfach nein sagen wollen. Wehrstedt war ihm sympathisch. Und er hatte nicht feige sein wollen. Wehrstedt musste sein Schweigen als Zustimmung aufgefasst haben, denn er hatte einen Treffpunkt vorgeschlagen und dann aufgelegt.

Er parkte in einer Nebenstraße und ging dann hinunter zum See. Die Promenade war noch voller Jogger, Inlineskater und Fahrradfahrer. Das weiße Haus, wie die Markkleeberger den einsamen Bau am Seeufer nannten, war nicht zu verfehlen. Seitlich von dem Gebäude führte ein Weg hinunter zum Ufer. Vor der Terrasse standen einige Liegestühle, aus dem zweiten winkte eine Hand.

»Schön, dass Sie Zeit haben, Becker.«

Fast hätte Becker Wehrstedt nicht erkannt. Jeanshemd, Sonnenbrille, ausgebeulte blaue Hosen und Slipper.

»Wunderbarer Seeblick, Becker.«

»Diese Stadt ist reich an wunderbaren Ausblicken«, erwiderte Becker sarkastisch.

Wehrstedt lachte. »Hab gehört, Sie waren auf dem Völkerschlachtdenkmal?«

»Woher wissen Sie von dem Fall?«

Wehrstedt winkte ab. »Ich lese Zeitung. Außerdem spricht sich so etwas herum.«

»Worüber wollen Sie mit mir sprechen, Wehrstedt?«

Wehrstedt nickte müde.

»Gut, lassen wir die Spielereien. Ich würde gern erfahren, was sie zu Bernhard Hoffmann, dem Toten vom Völkerschlachtdenkmal, ermittelt haben.«

»Becker sah ihn erstaunt an.«

»Wieso interessiert Sie das? Ich dachte …«

»Ja, ich weiß. Sie dachten der Wehrstedt hat andere Sorgen. Sie dachten, der Wehrstedt sucht vielleicht Verbündete, braucht vielleicht interne Schützenhilfe.« Er lächelte. Aber er sah nicht froh aus. Alles andere als froh, dachte Becker.

»Und wissen Sie«, fuhr Wehrstedt fort, »damit liegen Sie gar nicht ganz falsch. Aber mir geht es jetzt um etwas anderes. Ihr Fall könnte möglicherweise mit meinem in Zusammenhang stehen.«

»Mit Ihrer Beurlaubung –«

»Inzwischen Suspendierung, Becker. Geht schnell. Schneller als man gucken kann. Sie können noch mal überlegen, ob Sie weiter mit mir sprechen wollen. Wenn nicht, hole ich Ihnen jetzt ein Bier vom Tresen und wir schauen noch ein bisschen in den Sonnenuntergang, und das war es dann. Ich würde es Ihnen übrigens nicht einmal übelnehmen.«

»Hoffmann«, sagte Becker. »Bernhard Hoffmann. Historiker. Lebte allein. Hat vor ein paar Jahren seinen Job an der Universität verloren. Schulden. Keine berufliche Perspektive. Genug Gründe für einen Suizid also. Mit dem Denkmal hat er sich gewissermaßen beruflich beschäftigt.«

»Inwiefern?«, fragte Wehrstedt.

»Wir haben Fotos und Unterlagen gefunden. Er hat da offenbar eine Theorie entwickelt: Architektur und Ideengeschichte. Freimaurersymbole. Er hat auch den Leipziger Hautbahnhof untersucht und …«

»Freimaurersymbole?«, fragte Wehrstedt erstaunt nach. »Was soll das denn?«

»Keine Ahnung. Ich sage nur, was wir vorgefunden haben. Offenbar hatte sich Hoffmann da in etwas verrannt. So eine fixe Idee.«

»Mhm.« Wehrstedt wirkte nachdenklich. »Aber Sie sind nicht davon überzeugt, dass er sich das Leben genommen hat?«

»Die Fakten deuten darauf hin«, antwortete Becker. »Aber es gibt Umstände, die mich irritieren.«

»Zum Beispiel?«

»Zum Beispiel, dass sich ein Ermittler der Abteilung Organisierte Kriminalität für den Tod Hoffmanns interessiert.«

Wehrstedt lächelte müde. »Geschenkt. Und weiter?«

»Der Sprengstoffanschlag. Warum sollte er das Denkmal, das doch Gegenstand seiner Arbeit war, zerstören? Das ergibt keinen Sinn.«

»Stimmt. Und was noch?«

»Dass in Hoffmanns Wohnung eingebrochen wurde. Und zwar kurz nach seinem Tod. Dass diese Frau –«

»Welche Frau?«, unterbrach ihn Wehrstedt. Er hatte sich aufgerichtet und wirkte jetzt sehr konzentriert.

Becker blickte Wehrstedt erstaunt an. »Katja Friedrich«, sagte er dann. »Sie war mit Hoffmann befreundet. Lebte in den letzten Jahren in Brüssel. Sie ist am Tag nach Hoffmanns Tod in seiner Wohnung von einem Unbekannten niedergeschlagen worden. Sie glaubt nicht an einen Suizid. Hat dann angefangen, auf eigene Faust zu ermitteln, und ist am Völkerschlachtdenkmal überfallen worden. Dabei hat es einen weiteren Toten gegeben. Ein Mann, der ihr zu Hilfe gekommen ist, wurde ertränkt.«

Wehrstedt war in angestrengtes Nachdenken versunken. »Was wollte sie von Hoffmann?«, fragte er.

Becker zuckte mit den Schultern. »Sie sagt, es habe eine Verabredung gegeben, die Hoffmann nicht eingehalten habe. Konnte er ja auch nicht, er war ja bereits tot. Als sie ihn auch telefonisch nicht erreichen konnte, ist sie am Montagnachmittag zu seiner Wohnung gefahren. Die Tür war aufgebrochen, sie ist rein und dann ist es passiert. Sie hat nicht viel mitbekommen.«

»Habt ihr das gesamte Umfeld von Hoffmann untersucht?«

»Sicher.« Aus Beckers Stimme war jetzt eine Spur von Ungeduld herauszuhören.

»Sicher haben wir das. Privat und beruflich. Die Nachbarn. Aber da ist nicht viel. War ein Einzelgänger. Lebte allein.«

»Beata Zinner, sagt Ihnen der Name etwas, Becker?«

»Die Tote aus dem See. Eigentlich Ihre Baustelle. Hat Pfeiffer von der K 1 übernommen.«

Wehrstedt nickte. »Sie war Justizsekretärin am Amtsgericht. Sie hat sich bei uns gemeldet, weil sie im Zusammenhang mit Beurkundungen, die sie durchzuführen hatte, auf einige Dinge gestoßen war, die ihr merkwürdig erschienen waren.«

»Merkwürdig? Und was hat das mit Bernhard Hoffmann zu tun?«

»Sie hat weiter recherchiert. Es geht um Immobiliengeschäfte. Betrug im großen Stil. Außerdem scheint sie Zeugin eines Gesprächs geworden zu sein, das sie nicht hören sollte. Sie hatte sich an die Staatsanwaltschaft gewendet, und als von dort kein Reaktion kam, an uns. Aber noch bevor ich mit ihr sprechen konnte, ist sie verschwunden. Wir haben ihr Handy gefunden, die häufigste Nummer, die sie in letzter Zeit angewählt hat, ist der Anschluss von Bernhard Hoffmann.«

Becker starrte Wehrstedt an. In seinem Kopf arbeitete es fieberhaft. Hoffmann und die Tote aus dem See kannten sich? Handelte es sich bei Hoffmanns Tod doch um ein Eifersuchtsdrama? Welche Rolle spielte Katja Friedrich dabei? Kannten sich die beiden Frauen? Und wie passte das zu den Ermittlungen der Kollegen von der Abteilung Organisierte Kriminalität?

»Um was geht es eigentlich bei Ihnen, Wehrstedt?«, fragte er dann. »Ich hab gehört, das LKA hat tonnenweise Akten aus ihrer Abteilung geholt. Was hat Ihnen diese Frau Zinner mitteilen wollen?«

Wehrstedt antwortete nicht sofort. »Haben Sie eine Zigarette für mich?«

»Wusste gar nicht, dass Sie rauchen.«

»Ich auch nicht«, antwortete Wehrstedt. Er stand auf. »Gehen wir ein paar Schritte«, schlug er vor.

»Es gibt rechtswidrige geschäftliche Absprachen zwischen Unternehmern, leitenden Beamten der Stadtverwaltung und Politikern im Zusammenhang mit Grundstücksgeschäften. Angefangen hat es mit einem Hinweis auf solche Absprachen über Umwidmungen von preisgünstigen Grundstücken in hochwertiges Bauland. Wir haben monatelang ermittelt. Aber jetzt ...«

»... seid ihr jemandem auf die Füße getreten.«

Wehrstedt nickte müde. »Das LKA hat einen Großteil der Akten beschlagnahmt. Selbst wenn die Vorwürfe gegen mich zurückgezogen werden, meine Arbeit ist damit weit zurückgeworfen. Und Frau Zinner konnte ich nicht schützen.«

»Wäre ihre Aussage von Bedeutung gewesen?«, fragte Becker.

»Wir haben jede Menge Hinweise, aber keine Beweise. Frau Zinners Aussage hätte von entscheidender Bedeutung sein können. Sie deutete an, dass sie Unterlagen zusammengestellt hat. Aber wir haben nichts finden können.« Wehrstedt schnippte die Zigarettenkippe ins Wasser und vergrub die Hände in seinen Jackentaschen. »Außerdem hat sie mir am Telefon gesagt, dass sie das Gespräch mitgehört hat. Ein Gespräch, das nicht für ihre Ohren bestimmt war. Offenbar wird einer der Amtsrichter erpresst. Falls Hoffmann mit der Zinner befreundet und in diese Sache verwickelt war, dann könnte hier der Schlüssel liegen.«

»Aber Hoffmann ist tot. Und wir haben keine Dokumente bei ihm gefunden«, sagte Becker.

Wehrstedt starrte über die Wasserfläche des Sees. Er dachte daran, dass Beata Zinner auch gesagt hatte, sie habe die Staatsanwaltschaft über den Vorgang informiert.

52

»Wo sind Sie?«, fragte Becker.

»Flughafen«, antwortete Katja knapp.

»Wollen Sie verreisen?«

»Ich reise ab. Ich gehe zurück nach Brüssel.«

»Frau Friedrich, ich kann verstehen, wenn sie nicht hier bleiben wollen, aber ich muss noch einmal mit Ihnen sprechen. Es ist dringend, wir brauchen Ihre Hilfe.

»Mein Flug geht in einer Stunde«, antwortete Katja. Etwas in Beckers Stimme ließ sie zögern. »Haben Sie etwas Neues über Bernhard herausgefunden?«

»Ich erzähle Ihnen alles, sobald ich da bin. Verschieben Sie Ihren Flug, wir kommen für die Kosten auf. Wir können Bernhards Mörder mit Ihrer Hilfe stellen.«

»Sie glauben also nicht mehr an einen Selbstmord?«

»Ich hole Sie ab«, sagte Becker, ohne weiter nachzufragen. Er konnte sich denken, was in Katja vorging. »Bleiben Sie einfach, wo Sie sind. Ich bin in einer halben Stunde bei Ihnen.«

Georg Wehrstedt wusste, dass er einen Fehler machte. Wenn er jemals wieder in sein Büro zurückkehren wollte, durfte er jetzt nicht mit Becker zu dieser Frau auf den Flughafen fahren. Er hätte noch nicht einmal mit ihm sprechen dürfen.

Das, was er jetzt tun müsste, wäre, sich zu ducken. Sich unsichtbar zu machen. Für eine Weile sehr still bleiben. Material sammeln, außerdem Kraft und Verbündete. Es war noch nicht vorbei. Wehrstedt machte sich keine Illusionen. Sie mussten wissen, dass er nicht einfach aufgeben würde. Wenn die Immobilienmafia Verbindungen zur Staatsanwaltschaft hatte, dann war klar, woher der Schlag gegen ihn gekommen war. Zu weit war er schon vorgedrungen. Die entscheidende Frage war, ob seine Vertrauensperson im Rathaus entdeckt worden war. Er musste sie warnen. Aber wenn sie bereits vom LKA beschattet wurde, durfte er sie auf keinen Fall anrufen oder treffen.

Becker fuhr auf die Autobahn und beschleunigte den Wagen. Er blickte kurz zu Wehrstedt, der neben ihm saß. Becker fragte sich, ob Wehrstedt ihm alles gesagt hatte, was er wusste. Und wie viel von dem, was sie wussten, durften sie Katja sagen? Wenn ihre Vermutung richtig war, gab es noch eine Chance, dass sie an das Material der Justizsekretärin herankamen.

Sie saßen in einem Café im Abflugterminal. Katjas Gepäck stand neben ihrem Stuhl. Sie rührte in einer Tasse Kaffee und hörte aufmerksam zu.

»Organisierte Kriminalität?« Katja war überrascht.

»Ja.« Wehrstedt versuchte sich seine Ungeduld nicht anmerken zu lassen.

»Ich habe mich mit dem Kollegen Becker in Verbindung gesetzt. Ich bin im Bilde, was den Fall Bernhard Hoffmann betrifft.«

»Den Fall«, wiederholte Katja leise. »Bernhard war ein guter Freund. Vielleicht der beste Freund, den ich hatte.«

»Frau Friedrich, es tut mir leid. Ich weiß auch, dass Sie überfallen worden sind.«

»Sagt Ihnen der Name Beata Zinner etwas?«, warf Becker ein.

»Es gab eine Beziehung dieser Frau zu Bernhard Hoffmann«, erklärte Wehrstedt.

Katja schaute überrascht auf. »Bernhard hatte eine Freundin?« Dann schüttelte sie den Kopf. »Bernhard hat diese Frau mir gegenüber nie erwähnt. Es ist –« Katja suchte nach Worten. »Es ist, als würde ich jetzt nach seinem Tod eine ganz andere Seite von ihm entdecken. Ich denke manchmal, ich habe Bernhard überhaupt nicht wirklich gekannt.«

»Ich weiß«, sagte Wehrstedt, »wie schwer das für Sie sein muss.

Wir erleben das oft. Ein Mensch kann viele Gesichter haben. Und manchmal ist das, was man entdeckt, nicht schön.«

Katja schüttelte den Kopf. »Das ist es nicht. Ich habe nur – ich dachte, dass er Vertrauen zu mir hat. Ich habe ja gedacht, dass er immer noch an der Universität arbeitet, aber er war schon seit zwei Jahren nicht mehr dort. Wir haben uns fast jede Woche eine E-Mail geschrieben, in größeren Abständen auch telefoniert. Ich verstehe einfach nicht, warum er nie mit mir darüber gesprochen hat.«

Becker: »Möglicherweise war Herr Hoffmann mit Beata Zinner erst seit kurzer Zeit befreundet. Wir konnten keine berufliche oder familiäre Verbindung finden, vielleicht haben sie sich erst kürzlich kennengelernt und er hätte sie Ihnen noch vorgestellt ...«

»Ist sie verheiratet?«

Wehrstedt schüttelte müde den Kopf. »Sie lebte allein. Sie war Justizsekretärin am Amtsgericht. Sie ist tot.«

Katja sah entsetzt auf. »Glauben Sie, dass es einen Zusammenhang mit Bernhards Tod, dem Einbruch in seine Wohnung und dem Tod dieser Frau gibt?«

»Wir gehen davon aus. Auch in Frau Zinners Wohnung wurde eingebrochen. Allerdings liegt das schon zwei Wochen zurück. Frau Zinner ist möglicherweise im Besitz von Dokumenten, die einige Personen belasten...«

»Was für Personen?«

»Ich kann Ihnen nicht mehr darüber sagen, Frau Friedrich. Ich hätte Ihnen nicht einmal das sagen dürfen, was ich Ihnen bis jetzt anvertraut habe. Aber wir brauchen Ihre Hilfe.«

»Meine Hilfe?« Katja war irritiert.

Wehrstedt nickte. »Bernhard hat möglicherweise Kenntnis über das gehabt, was Beata Zinner herausgefunden hat. Vielleicht hat sie sich ihm anvertraut. Und –« Er zögerte, sprach dann aber doch weiter: »Es könnte sogar sein, dass sie Dokumente bei Bernhard deponiert hat.«

»Was für Dokumente?«

»Belastendes Material. Das für einige Personen ziemlich unangenehm sein dürfte.«

»Und Sie glauben, dass Bernhard deshalb ...«

»Ich glaube nichts. Aber ich muss alle Möglichkeiten in Betracht ziehen. Falls Bernhard im Besitz dieser Dokumente war, wäre das allerdings ein Grund gewesen, bei ihm einzubrechen ...«

»Auch ein Grund, ihn zu ermorden?«

»Ja, auch das«, räumte Wehrstedt ein. Aber es war ihm nicht wohl dabei.

»Wie kann ich Ihnen helfen? Ich will, das Bernhards Mörder nicht ungestraft davonkommt.«

Becker schaltete sich ein: »Als Sie am Denkmal überfallen worden sind, Frau Friedrich – ich habe mir Ihre Aussage noch einmal durchgelesen. Sie erwähnten gegenüber dem Beamten, der Sie in der Nacht vernommen hat, dass der Täter Papiere von Ihnen verlangte.«

»Das stimmt.«

»Der Beamte hat das offenbar so verstanden, dass es um Geld, Reiseschecks, Kreditkarten ging.«

»Nein!«, widersprach Katja. »Er sagte Dokumente.« Die nächtliche Szene stand ihr plötzlich wieder klar vor Augen. Sie begann zu verstehen. Becker und Wehrstedt wechselten einen schnellen Blick.

»Kann es sein, dass Ihnen jemand gefolgt ist, seit Sie in Bernhards Wohnung waren?«, fragte Becker.

»Ich habe nichts bemerkt«, antwortete Katja. »Aber möglich ist es.« Sie hatte einen Entschluss gefasst. »Also«, sagte sie und blickte die beiden Männer fest an, »wie kann ich Ihnen helfen, Bernhards Mörder zu finden?«

53

Becker brachte sie zum Hotel *Ambiente*. Die Rezeptionistin erkannte sie wieder und lächelte Katja an. »Sie können Ihr altes Zimmer bekommen, wenn Sie möchten, es ist frei.«

Becker trug ihren Koffer und brachte sie aufs Zimmer. »Ich habe zwei Beamte zu ihrer Sicherheit abgestellt, sie müssen sich keine Sorgen machen«, sagte er, als er sich verabschiedete. »Ich rufe Sie gegen siebzehn Uhr an. Wir haben dann noch zwei Stunden, um alles vorzubereiten.«

Katja nickte. Sie hoffte, dass Becker ihre Angst nicht bemerkt hatte. Als er weg war, rief sie in der Weinhandlung an. Sie hatte sich bei Tom noch nicht einmal bedankt. Verena, Toms Mitarbeiterin ging ran. »Tom ist ausliefern«, sagte sie. »Versuchen Sie es später noch mal. Oder kann ich was ausrichten?«

Katja verneinte. Sie hätte jetzt gern mit Tom gesprochen. Aber das musste warten. Bei dem, was noch zu tun war, konnte er ihr nicht helfen.

Katja bemerkte plötzlich, wie feucht ihre Hände waren. Sie umfasste den Griff des Aktenkoffers noch fester. Hinter sich spürte sie die bedrohliche Kulisse des Turmes, und sie fragte sich, aus welcher Richtung sie kommen würden. Vom Parkplatz? Oder schlichen sie durch den Schatten der Lindenbaumallee? Und wer waren sie? Vielleicht beobachtete sie gerade der Mann, der sie damals in Bernhards Wohnung niedergeschlagen hatte? Eine Welle von Panik überflutete sie. Der Impuls, einfach wegzurennen. Hinüber zur Straße, da wo alles hell erleuchtet war, Autos fuhren, Menschen an einer Straßenbahnhaltestelle warteten. Mit Gewalt zwang sie sich, ruhig zu atmen. Du bist sicher, sagte sie sich immer wieder. Du bist sicher, Katja.

Die Pflaster, mit denen das Mikrophon an ihren Körper geklebt war, juckten, am liebsten hätte Katja sie abgerissen und dem ganzen ein Ende gesetzt. Aber das durfte sie nicht. Sie war es Bernhard schuldig. Bernhard und dieser Frau, die seine Freundin gewesen war und jetzt auch nicht mehr lebte. Sie spürte wieder Zorn auflodern, Wut gegen die Leute, die dafür verantwortlich waren, und die Wut und der Zorn gaben ihr Kraft und Halt. »Ich schaffe das«, murmelte Katja. »Danach ist es vorbei.« Danach – Gerald tauchte für den Bruchteil einer Sekunde vor ihrem inneren Auge auf. Löste sich rasch wieder auf und wurde durch ein anderes Gesicht verdrängt. Es war Toms Gesicht, dieses ernsthafte und doch freundliche Gesicht eines großen Jungen. Wieso Tom, dachte Katja noch überrascht, aber sie konnte dem nicht weiter nachgehen, denn ein Geräusch schreckte sie auf. Es waren Schritte, die auf dem Kiesweg knirschten.

Bormann hatte beschlossen, die Sache dieses Mal selbst in die Hand zu nehmen. Mike hat schon zu viel Mist gebaut, dachte er ärgerlich. Wenn Hoffmann nicht gestorben wäre, hätte ich weder die Kripo auf dem Hals noch diese Frau. Mike hätte besser richtig zugeschlagen, als sie in der Wohnung von Hoffmann aufgetaucht war. Im Gegensatz zu ihm musste sie dort das Dossier gefunden haben. Alles andere als saubere Arbeit. Zwei Tote, die Bullen würden das nicht einfach zu den Akten legen.

Als die SMS bei ihm eingetroffen war, hatte er diese Entscheidung getroffen. Es war nicht klar, mit wem man es zu tun hatte. Es war zwar naheliegend, dass es diese Frau war, aber sie konnte sich Unterstützung geholt haben. Man musste aus der Situation heraus entscheiden. Und darin war Mike alles andere als gut. Aber wer auch immer die Nachricht geschickt hatte, das Dossier musste endlich aus dem Verkehr gezogen werden. Von diesen Papieren führte eine gerade Linie zu einer anderen, noch viel größeren Baustelle. Und wenn jemand diese Linie nachverfolgen konnte, würde es richtig ungemütlich werden. Dann würde man ihn mit der verschwundenen Justizsekretärin in Verbindung bringen und einige andere Herrschaften bis hin zu Seitz und zur Staatsanwaltschaft auch.

Bormann streifte die Lederhandschuhe über. Strich sie sorgsam glatt. Mike war schon da draußen, sollte dieses Mal nur sichern. Hoffentlich hatte der Idiot sein Telefon stummgeschaltet, dachte Bormann, bevor er ihm eine SMS schickte.

Katja fröstelte, als sich eine Gestalt aus dem Schatten der Mauer löste und auf sie zukam. Für einen Moment spürte sie Panik in sich aufsteigen und den unkontrollierbaren Wunsch, einfach wegzulaufen. Die Erinnerung an den Überfall, an die brutalen Hände, die ihren Kopf unter die Wasseroberfläche gedrückt hatten, war wieder da.

»Guten Abend.« Der Mann lächelte sie auf eine unangenehme Art an. »Hätte nicht gedacht, dass du so geschäftstüchtig bist. Als Akademikerin, meine ich.«

»Haben Sie das Geld dabei?« Katja versuchte fest zu klingen, aber ihre Stimme flatterte.

»Vielleicht. Kommt darauf an, was du zu bieten hast, Schätzchen.«

»Bernhard Hoffmans Unterlagen. Vollständig.«

»Kopien oder die Originale?«

»Wie abgesprochen, die Originale. Sie hören danach nie wieder etwas von mir.«

»So etwas hat dein Freund Hoffmann auch gesagt.«

»Haben Sie ihn wegen diesen verdammten Dokumente umgebracht, Bormann?«

»Warum hätte ich das tun sollen? Das hat er ganz allein hinbekommen.«

Katja schüttelte energisch den Kopf. »Das war kein Selbstmord, Bormann. Das wissen Sie so gut wie ich. Sie haben ihn mitsamt der Papiere in die Luft sprengen wollen. Sie haben ihn hierher gelockt und kaltblütig umgebracht!«

Bormann lachte kurz auf. »Du hast eine blühende Fantasie, Mädchen. Zu viele Krimis gelesen? Warum sollte ich mit einer Explosion, die man bis ins Polizeipräsidium hören kann, auf mich aufmerksam machen? Ich will dir etwas sagen: Ich habe keine Ahnung, warum dein bescheuerter Freund Hoffmann hier hinausgefahren ist. Aber falls er dieses scheußliche Denkmal in die Luft sprengen wollte – ich hätte nichts dagegen gehabt. Würde mich gern bewerben, wenn das Areal als Bauland ausgeschrieben wird. Ruhige Lage, direkt am Südfriedhof. Da könnte man ein paar nette Altersresidenzen aus dem Boden stampfen.« Er wurde wieder ernst. »Hör zu Mädchen. Ich weiß nicht, wer du bist, ob du allein arbeitest oder nicht, und es ist mir auch egal. Hoffmann hatte von mir nichts zu befürchten. Ich hätte ihm seine Papiere abgekauft und gut. Soll jeder seinen Schnitt machen. »Leben und leben lassen« ist meine Devise. Dass er ins Gras beißen musste« – er breitete die Arme aus und drehte die Handflächen nach oben –, »was habe ich davon außer Scherereien?«

»Ich glaube Ihnen kein Wort«, flüsterte Katja. Sie zitterte vor Wut. »Sie wollen mir jetzt sicher gleich noch erzählen, dass ich auch ungeschoren davonkomme.«

»Geben Sie mir die Dokumente. Dann verschwinden Sie aus dieser Stadt, wohin auch immer, und wenn sie dort sind, schicken Sie mir eine Nachricht, wie ich an Bernhards Sicherheitskopie komme. Sicherheit gegen Sicherheitskopie.«

»Sie drohen mir, Bormann?«

Bormann zuckte mit den Schultern.

»Was haben Sie mit Bernhards Freundin gemacht?«

Bormann antwortete nicht mehr, er riss ihr mit einer einzigen schnellen Bewegung die Tasche aus der Hand. Katja bemerkte, dass er Handschuhe trug, sie trat unwillkürlich einen Schritt zurück.

»Was soll das?«, zischte Bormann. Er hatte die Tasche geöffnet und starrte ungläubig hinein. »Wo sind die Originale, du Schlampe?«

In seiner Hand lag plötzlich eine Pistole. Bormanns wutverzerrtes Gesicht kam auf Katja zu. Er hob den Arm und holte zum Schlag aus, als ein Schuss aufpeitschte und das Echo von den Mauern zurückgeworfen über sie hinwegrollte. Ein abgerissener Aufschrei erklang, Scheinwerfer leuchteten grell auf und tauchten die Szenerie unvermittelt in gleißendes Licht. Bormann erstarrte. Eine Megaphonstimme brüllte: »Keine Bewegung. Hier spricht die Polizei. Lassen Sie die Waffe fallen!«

Das Lächeln war aus Bormanns Gesicht verschwunden »Das wird dir noch leidtun«, flüsterte er. Im nächsten Augenblick wurde Katja von einem Polizisten zur Seite gerissen, zwei weitere packten Bormann. Sie atmete auf. Es war vorbei.

»Ohne Ihre Hilfe hätten wir Bormann nicht so schnell überführen können. Danke.« Becker streckte Katja seine Hand entgegen. Sie saßen sich in seinem Büro im Präsidium gegenüber. Katja griff nach Beckers Hand.

»Hat er Bernhard getötet?«

Becker wiegte den Kopf und blickte nachdenklich. »Wir haben außer Bormann noch einen zweiten Mann verhaftet. Ein Angestellter Bormanns. Die beiden beschuldigen sich gegenseitig. Aber wir haben zahlreiche Indizien, seien Sie unbesorgt Katja, die kommen nicht ungestraft davon. Wahrscheinlich hat Bormanns Mann fürs Grobe auch Beata Zinner ermordet.«

Katja nickte stumm.

»Was ist mit ihrem Kollegen Wehrstedt?«, fragte sie.

»Ich hoffe, er kann seine Abteilung irgendwann wieder übernehmen. Im Moment sieht es leider nicht gut für ihn aus. Er muss sich jetzt um seinen eigenen Prozess kümmern.«

»Wieso Prozess? Ich verstehe dass nicht …«

»Es gibt eine Anklage gegen ihn, Strafvereitelung im Amt. Und seit gestern eine weitere Anzeige, weil er gegen Schönherr, den Staatsanwalt, ausgesagt hat …«

»Aber das kann doch nicht sein!«

»Leider doch. Seine Abteilung hat in einem ganzen Komplex von Fällen ermittelt, die miteinander in Beziehung stehen. Bormann spielt dabei eine wichtige Rolle. Es gibt aber offenbar auch Verbindungen zur Justiz.«

»Und Sie glauben, dass man ihm deshalb etwas anhängen will?«

»Es sieht zumindest so aus. Wehrstedt hat Indizien, dass führende Persönlichkeiten der Stadt in kriminelle Immobiliengeschäfte verwickelt sind, es steht da viel auf dem Spiel, und es geht um sehr viel Geld. Leider ist das Dossier von Frau Zinner nicht aufgetaucht. Vielleicht hat Bernhard Hoffmann es irgendwo deponiert. In diesem Fall werden wir es früher oder später finden. Jedenfalls«, fügte Becker mit einer gewissen Unruhe hinzu, »falls uns niemand zuvorkommt.«

54

Wehrstedt stand auf dem kleinen Balkon seiner Wohnung und rauchte. Seit ein paar Tagen hatte er wieder damit angefangen. In der Hand hielt er einen geöffneten Brief, der mit der heutigen Post gekommen war. Seine Suspendierung sollte ausgesetzt werden, aber sie wollten ihn in die Kriminaltechnik abschieben. Es war inzwischen klar, dass die Anschuldigungen, die zu seiner Suspendierung geführt hatten, falsch waren. Aber angeblich war er nicht mehr geeignet für den Bereich Organisierte Kriminalität zu arbeiten. Auch die Führung von Vertrauenspersonen war ihm ausdrücklich untersagt. Wehrstedt lächelte grimmig. Er würde jetzt seinerseits Strafanzeige stellen, gegen Beamte des Landeskriminalamtes wegen Verdachts der Verfolgung Unschuldiger.

Hoffnungen setzte er auch in einen Journalisten, der ihm einen objektiven Bericht versprochen hatte.

Aber Wehrstedt wusste auch: Irgendetwas würde hängenbleiben. Selbst wenn er vollständig rehabilitiert, wenn er von den absurden Vorwürfen freigesprochen werden würde. Man würde sich in einigen Monaten oder Jahren nicht mehr an Details erinnern, man würde, wenn man von ihm sprach, sagen: *Mhm, war das nicht dieser korrupte Ermittler?*

Wehrstedt gab sich keinen Illusionen hin. Das Spiel war gelaufen. Alles, was er jetzt noch tun würde, tat er allein aus Selbstachtung. Er würde es tun müssen, um morgens noch in den Spiegel schauen zu können. Aber man brauchte ihm nichts zu erzählen. Er war erledigt. Er würde einen einsamen, vielleicht jahrelangen Kampf durch die Instanzen führen. Es würde ihn aufreiben, aber er würde es auch nicht unterlassen können.

Die Türklingel unterbrach seinen Gedankengang.

»Kann ich reinkommen?«

Wehrstedt starrte Franziska überrascht an. Schließlich nickte er.

»Störe ich auch nicht?«

»Ich habe nicht mehr viel Besuch in letzter Zeit«, sagte Wehrstedt. »Bist du dienstlich oder privat hier?«, fragte er dann mit einem Anflug von Sarkasmus.

»He, Brauner.« Sie lächelte ihn an. »Willst du mich nicht begrüßen?«

Er nahm sie in den Arm. »Du siehst gut aus. Wo warst du?«, murmelte er in ihr Haar.

»Ich brauchte eine Auszeit. Ich musste einfach allein sein. Aber jetzt ist alles entschieden.«

»Was ist entschieden?« Er nahm ihren Kopf in seine Hände und schaute sie aufmerksam an.

»Ich habe die Scheidung eingereicht. Sie ist jetzt endgültig durch.« Franziska lächelte. »Außerdem dachte ich mir, du könntest jetzt etwas Aufmunterung gebrauchen«, flüsterte sie und strich ihm über die stoppelige Wange.

55

Gerald hatte gehofft, Katja bei ihren Eltern anzutreffen, aber sie war nicht mehr dort. Ihre Eltern hatten ihn darin bestärkt, dass er sich jetzt um sie kümmern müsse. Sie war überfallen worden, die Polizei war da gewesen. Sie hatte schon mit dem Gedanken gespielt, zurückzufliegen, war dann aber doch geblieben. Und jetzt wohnte sie wieder im Hotel, wie bei ihrer Ankunft vor einer Woche.

»Sie ist so eigensinnig!«, hatte ihre Mutter geklagt.

Der Vater hatte geschwiegen und Gerald ein Bier gebracht.

»Was ist eigentlich zwischen euch passiert?«, hatte er dann wissen wollen.

Gerald hatte verlegen die Hände gehoben. »Es war zuletzt schwierig. Nichts Besonderes, keine Streitereien. Ich dachte, sie kommt nach ein paar Tagen zurück.«

Katjas Mutter schüttelte den Kopf. »Sie hat gesagt, sie will hier bleiben. Sie will sich um eine Stelle bewerben und eine Wohnung suchen.«

Gerald wirkte bedrückt. »Davon weiß ich nichts. Wir haben darüber nie gesprochen. Sie wollte eine gemeinsame Wohnung in Brüssel. Aber das ist schwierig …«

»Sie ist eben in einem Alter, in dem Frauen gern wissen wollen, woran sie sind, ob ein Mann Kinder mit ihr haben will. Zuverlässig ist«, sagte Katjas Vater.

Gerald wartete in der Lobby. Es ist gut so, dachte Katja. Ich kann nicht länger ausweichen. Sie gab ihm zur Begrüßung die Hand, ertrug ohne eine Regung seinen Versuch, sie zu umarmen.

»Ich war mit deinen Eltern, Sie haben mir alles erzählt.«

»Bei deinen Eltern«, korrigierte Katja mechanisch.

»Was?«

»Es heißt ...«

»Katja, hör auf! Ich mache mir große Sorgen. Jemand hat dich überfallen.« Gerald suchte nach Worten. Er verstand das alles nicht. War das noch die Katja, die er kannte? Es war doch normal, dass es nicht immer optimal lief in einer Beziehung. Aber sie hatte einfach hingeschmissen, war weggefahren und hatte ihm nur eine kurze Nachricht hinterlassen. Später hatte sie nicht mit ihm sprechen wollen am Telefon. Und jetzt war sie sauer, weil er hergekommen war. Aber was hätte er denn tun sollen?

»Gerald. Es ist vorbei. Ich hätte es dir sagen müssen, bevor ich gefahren bin.«

»Warum hast du es dann nicht?«

»Weil ...« Katja suchte nach Worten. »Vielleicht weil es mir selbst noch nicht so klargewesen ist. Weil ich vielleicht erst einmal Abstand brauchte, um mir darüber klarzuwerden.«

»Und du meinst, dass dir bei allem was hier inzwischen passiert ist, irgendetwas klarwerden konnte?«

Katja schwieg.

»Katja«, sagte Gerald leise. »Ich bitte dich, nimm dir Zeit für eine solche Entscheidung. Ich weiß nicht genau, was hier alles vorgefallen ist. Aber wenn nur die Hälfte von dem, was mir deine Eltern erzählt haben, stimmt, dann ...«

»Was dann?«, fuhr ihm Katja dazwischen. Die Erwähnung ihrer Eltern machte sie wütend. Sie sah die drei zusammen auf der Terrasse sitzen bei Kaffee und Kuchen und über sie, über Katja sprechen.

»Komm mit mir zurück. Ich hab mir ein paar Tage freigenommen, wir können in Ruhe ...«

»Ein paar Tage freigenommen! Das ist ja großartig, Gerald. Ein paar Tage, und dann wird wieder alles so sein wie zuvor?«

»Katja! Mach doch nicht alles kaputt.«

Katja schüttelte müde den Kopf. »Ich komme nicht mit dir mit, Gerald. Übermorgen ist Bernhards Beerdigung. Ich möchte dabei sein. Und dann – ich werde mir hier eine Wohnung suchen. Nach Brüssel komme ich nur noch zurück, um im Institut zu kündigen und mein Zimmer zu übergeben.«

Gerald starrte sie wütend und ungläubig an. Es war Katja gleichgültig. Sie würde sich jetzt Zeit lassen, um alles, was geschehen war, zu verstehen und zu verarbeiten. Danach würde etwas Neues beginnen, das spürte sie. Und sie wusste auch, dass sie Tom wiedersehen wollte. Vielleicht sogar schon heute Abend.

Epilog

Es war kurz vor sechzehn Uhr, als das Telefon in der Abteilung Wirtschaftskriminalität noch einmal klingelte. Sofia Zalowski stöhnte entnervt. Es nahm heute einfach kein Ende. Die Nachfolge des suspendierten Kollegen Wehrstedt anzutreten, war keine leichte Aufgabe gewesen. Zuerst hatte sie sich geschmeichelt gefühlt, aber da hatte sie auch noch nicht gewusst, was auf sie zukommen würde. Wehrstedt hatte Unmengen von Material zusammengetragen. Und das LKA hatte große Teile seiner Sammlung beschlagnahmt. Es war noch immer nicht klar, warum. Auch auf ihre Anfrage, wann diese Akten zurückkommen würden, hatte sie bisher keine Antwort bekommen. Und der Kriminalrat hatte ihr zu verstehen gegeben, sie solle sich Zeit nehmen und mit aller gebotenen Gründlichkeit in die Materie einarbeiten. Bloß wie sie das tun sollte, wenn die Aktenlage unübersichtlich war und weder ihr Vorgänger noch dessen frühere Mitarbeiter da waren, um sie einzuarbeiten, das sagte ihr niemand.

»Zalowski, Kommissariat 26«, meldetet sie sich.

»Hier Becker, K 2 haben Sie einen Moment Zeit für mich?«

Sofia blickte rasch auf ihre Armbanduhr. Eigentlich hatte sie heute pünktlich Schluss machen wollen, aber dass sie die Mordkommission anrief, war doch ungewöhnlich.

»Was gibt's, Kollege Becker?«, fragte sie forsch.

»Es handelt sich um einen Fall, den ich bearbeite. Mordfall Zinner, Beata, und möglicherweise auch Bernhard Hoffmann. Es ist da Material aufgetaucht, um genau zu sein, eine Aktentasche mit Unterlagen. Wir konnten den Koffer Frau Zinner zuordnen.«

»Und? Wie kommt jetzt meine Abteilung ins Spiel?«

»Das ist etwas kompliziert.« Becker überlegte, wie weit er gehen konnte. Er hatte weder Beweise noch kannte er diese Zalowski. Sie hatte Wehrstedt beerbt, aber das musste nichts heißen. Vielleicht hatte sie nicht die geringste Ahnung, dass sie auf einem Schleudersitz saß.

»Ich hatte mich vor einiger Zeit mit dem Kollegen Wehrstedt, ihrem Vorgänger, ausgetauscht«, sagte Becker zurückhaltend.

»Es gibt Verbindungen zwischen Ihrem Fall und unserem Bereich?«

»Das wird durch dieses Material zumindest wahrscheinlicher.«

»Ein Aktenkoffer, Kollege Becker. Unterlagen. Geht's ein bisschen genauer?«

Becker musste unwillkürlich grinsen. Das hätte er an ihrer Stelle vermutlich auch gesagt.

»Der Koffer selbst ist in der Kriminaltechnik«, antwortete er. »Den Inhalt«, Becker zögerte, »sollten sie sich mal besser selbst anschauen.«

»Okay. Dann müssen wir jetzt eine Übergabe vereinbaren. Wo haben Sie denn ihren ominösen Koffer überhaupt gefunden?«

»Tja, auch das ist einigermaßen ungewöhnlich. Der Friedhofsverwalter vom Südfriedhof hat auf dem zuständigen Polizeirevier angerufen. Sie haben eine unterirdische Grabanlage auf Einsturzgefahr kontrolliert und dabei den Koffer mit Dokumenten gefunden.«

»Das glaub ich nicht«, entfuhr es der Zalowski.

»Offenbar hat den dort jemand versteckt«, fuhr Becker fort. »Es handelt sich um Kopien von Grundbuchauszügen, Nachweisen zu Immobiliengeschäften – jemand hat da eine Art Dossier zusammengestellt. Da stehen ein paar Namen drauf, die jeder in der Stadt kennt.«

»Klingt nach Räuberpistole, wenn ich ehrlich sein soll. Und was hat das mit Ihrem Fall Zinner zu tun?«

»Möglicherweise hat es mit zwei meiner Fälle zu tun. Aber das erkläre ich Ihnen, wenn wir uns treffen.«

»Café Schiller?«

»Ich würde lieber einen etwas diskreteren Ort bevorzugen.«

»Verstehe. Sagen wir, Parkplatz Völkerschlachtdenkmal, gegen achtzehn Uhr?«

»Einverstanden.«

Sofia Zalowski legte auf. Jetzt würde es doch wieder spät werden.

Aber die Angelegenheit duldete keinen Aufschub. Sie griff zu ihrem privaten Mobiltelefon und wählte eine der gespeicherten Nummern.

»Schönherr«, meldete sich eine sonore Stimme.

»Hier Zalowski. Es gibt leider unerfreuliche Neuigkeiten. Können wir sprechen?«

»Bitte. Worum geht es?«

»Die Unterlagen der Zinner sind aufgetaucht.«

Sofia Zalowski wartete auf eine Antwort. Sie hörte die gleichmäßigen Atemzüge des Mannes am anderen Apparat.

»Davon weiß ich nichts«, hörte sie endlich die ruhige Stimme. »Ich weiß absolut nicht, wovon Sie sprechen. Und Sie sollten am besten auch nichts davon wissen. Wenn dieses Dossier bei ihnen gelandet ist, dann sorgen Sie dafür, dass es endgültig verschwindet.«